EL VALLE DE LAS SOMBRAS

JERÓNIMO TRISTANTE

EL VALLE
DE LAS SOMBRAS

PLAZA JANÉS

Primera edición: junio, 2011

© 2011, Jerónimo Tristante
© 2011, Random House Mondadori, S. A.
    Travessera de Gràcia, 47-49. 08021 Barcelona

Printed in Spain – Impreso en España

ISBN: 978-84-01-33976-9
Depósito legal: B. 18.155-2011

Compuesto en Revertext, S. L.

Impreso y encuadernado en Liberdúplex
Ctra. BV2249, km 7,4
08791 Sant Llorenç d'Hortons

L 339769

A Sergio Vera, el único héroe que conozco.
Y a los presos, a todos

1.ª ÉPOCA

Diciembre de 1937

Perros con la revolución

Diciembre de 1937

No puedo creer que estemos haciendo esto —dijo el comandante Cuaresma mientras observaba el avance de sus hombres con sus viejos prismáticos.

Apenas intuía unas figuras que avanzaban por la planicie cubierta de nieve a su derecha. Su propio vaho le impedía ver con claridad. Hacía un frío de mil demonios. A la izquierda, más lentamente, avanzaban otros trescientos hombres para sorprender al enemigo cuando se produjera la explosión. Pero ¡qué tontería! ¿Qué explosión? No iba a producirse ninguna explosión. Aquello no era sino una locura.

—Ponme con Juan Hernández, joder —se escuchó decir otra vez.

—Lo intento —repuso el operario haciendo girar la manivela del teléfono—. Pero las líneas siguen caídas.

Gerardo Cuaresma Lorente tuvo que aceptar que no había forma de parar aquello. Iban camino de la debacle y él no había podido hacer nada. Estaba al mando de aquella unidad y suya, únicamente suya, era la responsabilidad de lo que iba a ocurrir allí aquella noche. Necesitaba hablar cuanto antes con

Juan Hernández Saravia, jefe del Cuerpo de Ejército de Levante, y no podía hacerlo. Se sintió, una vez más, impotente. Apenas unas horas antes aquello le hubiera parecido un mal sueño, una especie de pesadilla surrealista; pero la realidad demostraba que, por desgracia, el asunto se le había ido de las manos para convertirse en algo tan real como inevitable. Estaban, como quien dice, a un paso de Teruel. Tras la toma de El Campillo se les había asignado el asalto de una pequeña zona alomada cercana a La Muela, situada al otro extremo del barranco que llamaban de Barrachina. La caída de Teruel era inminente y se hacía evidente que los sitiados no podrían mantener por mucho tiempo sus posiciones. Pero Cuaresma, avezado militar, temía que los nacionales estuvieran logrando aguantar lo suficiente como para asegurar que el contraataque de Franco fuera, como siempre, fulminante. Había conocido bien al maldito petimetre en la Academia General Militar y luego había tenido la desgracia de coincidir con él en África. Aquel enano de voz repelente nunca había sido santo de su devoción. Lo conocía a la perfección y sabía que, hasta aquel momento, su comportamiento en todos los enfrentamientos —quitando el avance de las columnas desde el sur y el transporte de tropas por vía aérea en los que sí estuvo brillante— se había ceñido al mismo guión: ataque brutal y sorpresivo por parte republicana, recomposición fascista y contraataque con victoria final para Franco. El comandante en jefe de los rebeldes no era un tipo brillante, sólo paciente. Lo que más le dolía era que aquella panda de ineptos que dirigía el Ejército de la República no aprendía, y aquello llevaba camino de convertirse en una segura derrota. La implantación de la más absoluta de las disciplinas se hacía imprescindible o iban al desastre. A veces tenía la sensación de que sólo él lo notaba. No se arrepentía de haber tomado partido por la República, en absoluto. Y estaba dispuesto a dar su vida por luchar contra el fascismo, pero tenía que reconocer que tanta tontería, tanta gaita, acababan por minarle a uno la moral. Cuando todo comenzó, en Barcelona, él era el más ilusionado. Pero, poco a poco, la inexorable realidad le había ido colocando ante el inevitable y crudo destino. Quizá influía el cariz que habían tomado las cosas, claro. Igual, de ir ganando la guerra, lo vería todo de otro color, pero las cosas eran como eran y punto. Sabía que a veces se ponía demasiado sentimental. Una mala cualidad en un militar. Desde el primer momento se había sentido incómodo comandando una unidad formada en su mayor parte por tropas de origen anarquista. Había aguantado a duras penas, apoyándose en los pocos comunistas —los únicos con cabeza— que tenía a mano, y sólo porque su amigo Juan Hernández Saravia le había pedido el favor. Las insubordinaciones, la indisciplina, la presencia de mujeres en las trincheras… todo lo había soportado con el mayor de los estoicismos, pero aquello que estaba a punto de ocurrir, que estaba ocurriendo, era la gota que colmaba el vaso.

—Ponme con Juan Hernández —se escuchó decir de nuevo.

—Señor…

—¡Ponme, hostias!

—… no hay línea, señor…

El comandante reparó en que aquel crío no tenía culpa alguna de aquello y volvió a mirar por los prismáticos. Es difícil aceptar que alguien va a encontrarse de frente con un tren en marcha, avisarle para que salve la vida y sentir que te ignora, que va a una muerte segura. Cuaresma, mientras veía cómo sus hombres avanzaban penosamente sobre la nieve, recordó la cadena de sucesos que le habían llevado a aquella situación. Todo por aquel búnker. El objetivo, al que el Estado Mayor había dado el nombre en clave de «cota 344», aparecía al fondo, silueteado sobre la nieve y con la luna al fondo. Una pequeña zona alomada en la que los fascistas habían creado una suerte de inmensa fortificación que cerraba el paso al avance republicano. Las órdenes del Estado Mayor eran rotundas: tenían que tomar la cota antes de que transcurrieran veinticuatro horas. Los ánimos de la tropa estaban caldeados. Demasiado quizá. Por la brutalidad de aquellos malditos fascistas. La avanzadilla que había enviado por delante, unos ocho hombres, había sido sorprendida por un batallón integrado por moros. Cuaresma sabía cuánto les temían sus hombres, pues se comportaban como bestias, auténticos salvajes que actuaban de forma ruda, brutal e inhumana. Peor incluso que aquellos fanáticos requetés que tanto impresionaban por su conocido fanatismo.

Cuando encontraron a los miembros de la avanzadilla se les cayó el alma a los pies. Se habían ensañado de veras con ellos: habían quemado vivos a dos hombres, pero lo peor fue lo que habían hecho con un crío de catorce años de Vinaroz, pelirrojo, una criatura. «El Panocha», le llamaba la tropa.

Lo habían violado brutalmente. Eran muchos. Luego, tras destriparlo, aún vivo, lo habían arrastrado durante cientos de metros. El sargento Juárez, que había caído herido tras los primeros disparos, logró ocultarse tras una inmensa coscoja para verlo todo. Había quedado como ido después de aquello.

De inmediato, el comandante Cuaresma había convocado una reunión con su gente de confianza, un capitán y tres tenientes, pero cuando se vino a dar cuenta, los sargentos habían avisado a la tropa que, en masa, quería participar en la toma de decisiones. Destacaba por su virulencia un sargento, un tal Tomás Benavides, que comandaba a los anarquistas venidos de Valencia y que eran mayoría en aquella unidad. Cuando el comandante expuso que en aquella ocasión el asunto era grave y que las decisiones técnicas debían ser tomadas por los militares, aquel tipejo le amenazó descaradamente recordándole que su antecesor había muerto de un disparo por la espalda durante una refriega con los fascistas.

El comandante Cuaresma comprobó con tristeza que sus oficiales chaqueteaban. Todos excepto uno. Un teniente llamado Juan Antonio Tornell y un sargento muy amigo suyo, Berruezo, le apoyaron manteniéndose firmes. Y por si fuera poco, cuando la cosa comenzaba a ponerse fea, apareció por allí un teniente coronel, un anarquista de nombre Oliveira que antes de la guerra era cerrajero y que, acompañado por un coronel, Satrústegui, insistieron en que en el Ejército Popular las decisiones se tomaban de manera asamblearia. Eran oficiales del Estado Mayor de Juan Hernández. Un par de desocupados que estaban de excursión por el verdadero frente de combate. No quedó más remedio que reunir a la tropa. El comandante planteó su plan explicando cómo iban a asaltar el búnker. La idea era lanzar un ataque de distracción por el flanco derecho que permitiera al grueso de las fuerzas acercarse lo suficiente por el noroeste. Armados con las dos piezas de que disponían dispuestas a cota cero podrían atacar aquella mole de hormigón con ciertas garantías. De inmediato, los soldados se negaron alegando que ellos «no eran carne de cañón». Ni que decir tiene que el plan de Cuaresma fue rechazado por mayoría. Entonces los oficiales y el propio comandante tuvieron que asistir a la exposición de los planes más peregrinos, algunos incluso suicidas, que planteaban ahora un cabo, ahora un simple soldado y que fueron desechados uno tras otro. En aquel momento, un chaval de Cádiz al que apodaban «el Guarro», trapero de profesión, planteó una idea que encandiló a la asamblea. ¡Atar paquetes de dinamita a varios perros y lanzarlos contra el búnker!

Cuaresma se carcajeó pensando que era una broma, pero al momento, comprobó con asombro que no. No sólo la idea iba en serio, sino que era acogida por aquellos descerebrados con evidentes muestras de entusiasmo. ¿Cómo se iba a ganar así una guerra? Protestó enérgicamente y, una vez más, el teniente Tornell le apoyó. Sabía hacer valer su autoridad ante sus subordinados. El sargento Benavides, el anarquista, jaleó a la tropa y se votó de inmediato. El plan fue aprobado por mayoría. Un delirio. Cuaresma había intentado negarse, oponerse a aquella locura y Tornell se les había enfrentado abiertamente pero no había manera. Al comandante incluso se le había pasado por la cabeza fusilar a tres o cuatro, pero estaban demasiado levantiscos, no contaba con más allá de una docena de hombres para imponer el orden y los dos altos mandos recién llegados no habían hecho sino reforzar las posiciones de la tropa. Cuaresma había tenido que soportar alusiones a su falta de valor —¡con lo que él había hecho en África!— e incluso que se le acusara de ser un agente de los fascistas. Tornell, muy valiente, había tenido que sacar la pistola y las cosas habían llegado a ponerse calientes ante aquellas acusaciones de cobardía. Entonces, con más coraje que ninguno de ellos, aquel joven oficial dijo que él iba con la avanzadilla pero que el sargento Benavides les acompañaba quisiera o no.

—¡Por cojones! —había dicho sin dejar lugar a la duda.

Porque lo decía él, sin más. El otro no se había atrevido a negarse. Podían haberle tildado de cobarde.

A Cuaresma le constaba que dicho oficial, Juan Antonio Tornell, uno de los pocos apoyos con que contaba en aquella locura, había sido tanteado por comunistas y socialistas para que ingresara en sus partidos. Se comentaba que había sido policía de brillantísima hoja de servicios y que era un gran especialista en explosivos.

Con la caída de la tarde se puso en marcha el plan de aquellos descerebrados. Una avanzadilla de ciento cincuenta hombres, comandada por Tornell, se adelantó por el flanco derecho, cuyo relieve era más suave, con cinco perros a los que se ató la dinamita junto con un temporizador. La idea era disparar al aire para que corrieran hasta las líneas enemigas haciéndolas volar por los aires. Al anochecer, Cuaresma se dispuso a observar desde un promontorio con sus prismáticos mientras enviaba a un mensajero con detalles sobre el asunto para Juan

Hernández que no sabía si llegaría a destino. Y en ésas estaba, mirando cómo avanzaban sus hombres, cuando había vuelto a la realidad desde sus propios pensamientos. La nieve brillaba aún y la temperatura había bajado por debajo de menos diez grados. Entonces escuchó disparos al aire.

—Ahí van —dijo su ayudante haciéndole ver que la operación estaba en marcha.

Cuaresma vio las figuras de los perros correr hacia el búnker en mitad de la noche. Al mismo tiempo, más de trescientos hombres comenzaron a correr semiocultos por una vaguada situada en el flanco izquierdo para hacer una envolvente. Fue en aquel momento cuando una sombra, que más tarde se supo era una perra, salió de no sabía dónde como una exhalación. Algunos contaron luego que de las propias líneas nacionales. Corría como una loca hacia las filas republicanas, aunque nadie supo por qué. Lo peor del asunto fue que debía de estar en celo porque, al instante, los cinco perros se giraron y comenzaron a perseguirla. ¡Corrían hacia el lugar donde se hallaban Tornell y sus hombres!

—¡Rediós! ¿Qué es eso? —exclamó Cuaresma preguntando a sus subordinados.

—Van hacia los nuestros. ¡La dinamita! —acertó a musitar el operario del teléfono que seguía sin poder contactar con el Estado Mayor.

Los fascistas, alarmados por el ruido de los primeros disparos, comenzaron a hacer fuego y Cuaresma comprobó horrorizado que su gente había quedado atrapada en tierra de nadie. Entonces, en mitad del campo, sobre la gélida nieve, uno de los perros hizo explosión al pasar junto a los hombres que

18

comandaba Tornell. Los demás animales debieron de explotar por simpatía al hallarse cerca, porque Cuaresma creyó ver al menos tres deflagraciones más. Una, dos, tres.

—¡Ay, la Virgen! —exclamó alguien mientras el comandante cerraba los ojos sin poder creer lo que veía.

La perra, intacta, continuó corriendo a toda velocidad y llegó hasta las líneas republicanas perseguida por el último de los perros-bomba. Todos comenzaron a disparar a los dos canes pese a que el comandante, presa de la desesperación, intentó gritarles que no, que no lo hicieran, que iban a volar todos por los aires. Demasiado tarde.

—¡Alto el fuego! ¡Alto el fuego, idiotas! —acertó a gritar el teniente Marín.

Algún imbécil hizo blanco y el perro voló justo al pasar junto al camión de la munición. La explosión fue inmensa e iluminó el campo como si fueran las tres de la tarde. El ruido fue ensordecedor. Parecía que se hubiera detenido el tiempo, como si todo transcurriera a cámara lenta.

Aprovechando aquella cegadora luz provocada por la deflagración y el subsiguiente incendio, varias ametralladoras fascistas barrieron a los trescientos del flanco izquierdo a placer pues habían quedado al descubierto cuando reculaban hacia las líneas republicanas.

El enemigo se permitió entonces lanzar incluso algunas bengalas para alumbrarse mejor. Mientras tanto, la confusión en la retaguardia era colosal: hombres muertos, amputados aquí y allá, lloros, gritos y órdenes a medias mientras que, en el campo, quedaban los cadáveres de tantos y tantos hombres salpicándolo todo de sangre. En el área de la avanzadilla de la izquierda, los hombres de Tornell aparecían horriblemente despedazados. Cuaresma salió de la trinchera, sin reparar en su propia seguridad, al descubierto. Por un rato quedó en cuclillas, mirando hacia donde se hallaban sus hombres, con las manos en la cabeza. Sus subordinados no se atrevían ni a dirigirle la palabra. La noche iba a ser larga, así que dispuso que los sanitarios atendieran a los heridos del campamento. Al fondo se escuchaban los alaridos de los moribundos en mitad del terreno. La temperatura llegó a alcanzar los veinte grados bajo cero y no se podía auxiliar a los heridos abandonados a su suerte en tierra de nadie, porque los fascistas comenzaron a hacer fuego barriendo la zona para impedir que llegaran las asistencias. Con las primeras luces del alba aquella tragedia cobró su verdadera dimensión. Un desastre. Cuando la cosa se hubo calmado, el ayudante de Cuaresma llevó a éste el recuento de bajas. Estremecedor: trescientas veinticinco. Trescientas veinticinco bajas por seguir el plan de ¡un trapero de Cádiz! El comandante mandó que se lo trajeran para fusilarlo allí mismo, pero, tras buscarlo por todas partes, a eso de las doce de la mañana, le dijeron que el muy ladino ¡se había pasado a los fascistas! Cuaresma echó un vistazo con sus prismáticos y pudo ver cómo cogían vivo a Tornell, el único oficial serio de que disponía. Pudo ver, entre lágrimas de rabia y desesperación, cómo se lo llevaban entre empellones pese a que cojeaba ostensiblemente y que llevaba la pierna derecha empapada en sangre. Pensó que ojalá hubiera muerto. No le deseaba lo que tenía por delante. A buen seguro iba a ser brutalmente torturado por aquellos bestias para averiguar los planes de batalla de los republicanos. Un buen hombre. Una pena.

Fue entonces cuando decidió ir a ver personalmente a Juan Hernández Saravia. Estaba decidido. Si no depuraba al teniente coronel Oliveira y al coronel Satrústegui, aquellos dos desalmados de su Estado Mayor que habían vuelto a la comodidad de sus despachos tras provocar aquella debacle, se pegaría un tiro. No podía pasarse al enemigo, al que despreciaba, y no podía desertar, un militar de raza nunca lo haría; así que, si no le tomaban en serio y no se castigaban aquellos hechos con severidad, se quitaría de en medio.

2.ª ÉPOCA

Octubre-diciembre de 1943

Cuelgamuros

Juan Licerán siempre fue carne de obra. Estaba escrito así desde el día de su nacimiento pues su familia era pobre y todos tenían que echar una mano para poder salir adelante. Hijo y nieto de albañiles, no podía sino dedicarse a la paleta y el andamio. Se estrenó nada menos que a los nueve años, ayudando a su padre en lo que podía, y no sabía de otra cosa que trabajar como un animal de sol a sol aprendiendo el oficio que había de proporcionarle sustento para toda la vida. Es por esto que, cuando estalló la guerra, era ya hombre de confianza en la empresa donde trabajaba y tenía asignados a su cargo a un buen puñado de empleados. Como nunca fue amigo de politiqueos pero, por edad, le correspondía acudir a filas, desempeñó labores de logística en el Ejército de la República, trabajando en tareas de fortificación hasta que cayó Madrid. Lo suyo no fueron los tiros sino salvar vidas, protegiendo a aquellos valerosos hombres que luchaban contra el fascismo con sus trincheras, casamatas y refugios. Al acabar aquella locura fue hecho prisionero pero no tuvo ni que pedir un aval pues, de inmediato, acudió a buscarle uno de sus antiguos jefes, don José Banús, que le reclamaba para trabajar en su empresa ya que había logrado importantes contratos con el Nuevo Régimen. Como Licerán nunca se había metido en líos y Banús y su hermano tenían mucha mano, fue sencillo sacar al capataz del campo de concentración en el que apenas llegó a estar dos días. Él se sabía hombre afortunado, pues otros no habían corrido la misma suerte. En aquel momento se incorporó sin hacer muchas preguntas a la empresa de los hermanos Banús y trabajó aquí y allá, ya que había mucho que hacer para reconstruir un país destruido por la guerra. Con seguir vivo era bastante, tenía trabajo, vivía con su familia y no tenía problemas con las nuevas autoridades, así que optó por trabajar y no buscarse problemas. José y Juan Banús eran empresarios de éxito y tenían buenas relaciones con el Movimiento, de manera que las obras no faltaban. De hecho, se les reclamó para colaborar en la construcción del monumento más emblemático del franquismo: el Valle de los Caídos. Allí había mucho dinero que ganar y ellos, buenos empresarios, se subieron al carro. Cómo no. Licerán, al igual que todos los vencidos, no quería entrar en consideraciones sobre si aquello le parecía bien o mal, aunque tenía su opinión al respecto. En aquellos días tan sólo se preocupaba de trabajar y salir adelante, que ya era bastante. Nada más. No quería problemas y bien sabía cómo las gastaban los vencedores. Su paso por el Ejército de la República sólo podía acarrearle problemas; bien era cierto que él no había hecho nada malo, pero de gente así estaban llenas las cunetas de España mientras que, a veces, los que de verdad se habían llenado las manos de sangre, ensañándose y haciendo verdadero daño a la causa de la libertad habían escapado al extranjero cuando las cosas se pusieron feas. Licerán había asistido como testigo a aquella maldita guerra y tras ver el comportamiento de los vencedores al acabar el conflicto supo que las autoridades franquistas no habían sabido ni querido entender que, en general, aquellos que se habían comportado como criminales —los hubo en ambos bandos— se encargaron de poner pies en polvorosa, mientras que los pobres desgraciados que habían luchado por corresponderle por su quinta o que sólo habían participado como carne de cañón se quedaron en España pensando que nada tenían que temer.

No fue así, pues la guerra se convirtió en la excusa perfecta para que se dieran múltiples ajustes de cuentas que a veces no tenían nada que ver con la política sino con viejas rencillas en pueblos, ciudades, venganzas personales y conflictos entre familias. Era por aquel motivo que Licerán obviaba en lo posible aquel asunto y se dedicaba a lo suyo, trabajar y hacer ganar dinero a sus patronos que ya era bastante en aquellos duros e inciertos días. Fue enviado a Cuelgamuros casi de inmediato, pues se supo que el Caudillo tenía previsto construir un mausoleo que fuera un monumento a los caídos. Según se decía, a los caídos de ambos bandos. Aunque aquello, la verdad, no se lo creía nadie. El dictador lo tenía pensado desde antes de acabar la guerra, así que en cuanto llegó al poder se dedicó a recorrer la zona norte de Madrid, la sierra, acompañado por el general Moscardó, el del Alcázar. Unas veces en avión, otras a caballo o en coche, el caso es que Franco halló el lugar que buscaba: Cuelgamuros. Un paraje hermoso a un paso de El Escorial, cerca de la capital y de una belleza natural arrebatadora.

Aquello era para él una especie de obsesión, así que de inmediato se iniciaron las obras. Licerán ya estaba allí con sus patronos el día en que el sátrapa hizo estallar el primer barreno. Fue el primero de abril del año 40 y se dijo que en un año el monumento estaría terminado. Ilusos. Tres empresas se encargaban de las obras: San Román, que debía encargarse de abrir una cripta en la roca viva a base de explosiones, ya que aquel granito era de una dureza incomparable; Molán, que debía hacerse cargo de levantar un monasterio anexo a la cripta; y la constructora de los hermanos José y Juan Banús, que debía encargarse de construir una carretera que permitiera llegar al complejo a la mayor cantidad de visitantes posible. Licerán, aun trabajando para los Banús, era requerido igual en la cripta que en el monasterio o en la carretera, por ser veterano, y le preguntaban su parecer sobre muchos aspectos técnicos relacionados con la construcción. Aquello le permitía moverse arriba y abajo, y saber quizá mejor que nadie lo que pasaba allí. Al poco pareció evidente que las obras no avanzaban al ritmo que se deseaba. Había pasado un año y de inauguración, nada. Apenas se había progresado un poco en excavar algunos metros de cripta en la roca. El Régimen comenzó a impacientarse y poco a poco se fue dando más y más prioridad al proyecto. A Juan Licerán, en el fondo, le parecía inmoral que se dedicaran tantos recursos a algo como aquello cuando en España había hambre y un déficit de infraestructuras tremendo, pero aquel monumento tenía un gran valor simbólico para Franco y su palabra era ley. Aproximadamente en la primavera del 43 se decidió que había que apoyar aquello con mano de obra reclusa. Los Banús —como otros muchos empresarios— se aprovecharon sin dudarlo de aquella situación, pues las cárceles estaban llenas de presos locos por salir y ganarse la vida como fuera y ellos necesitaban mano de obra de manera urgente. Los batallones de trabajadores no eran lo que se decía un paraíso pero las cárceles eran horrendas, mucho peor, estaban atestadas y los presos caían como moscas a causa de la desnutrición y las enfermedades. Salir a trabajar al exterior permitía reducir la condena y, al menos, aseguraba alejarse de las prisiones y los campos de concentración, así que eran muchos los penados que solicitaban ir a trabajar pese a que se les explotara descaradamente.

Corría el mes de septiembre cuando Juan Licerán, al que los obreros libres y penados comenzaban a llamar con respeto «señor Licerán», acompañó al señor Banús a la cárcel de Ocaña a por una remesa de presos que trabajara en la obra. Licerán contaba con un maestro cantero, Colás, de Murcia, que era un portento. Había luchado con la República pero fue avalado por un guardia civil al que su familia había ayudado cuando quedó, siendo un crío, huérfano de padre. Aquello permitió a Licerán llevarlo a trabajar con él a Cuelgamuros y no le había dado motivos de queja. Tenía unas manos extraordinarias para trabajar la piedra y labraba en relieve como nadie, por lo que Licerán le tenía en alta estima. Era un hombre noble que no hablaba apenas y trabajaba mucho. Los obreros como Licerán y Berruezo escaseaban tras la guerra y se necesitaba como nunca mano de obra cualificada así que, trabajando bien y sin meterse en líos, podían salir adelante. Era duro y muy triste bajar la cabeza, humillar la cerviz y olvidar aquel sueño que había sido la República, pero en aquellos días se luchaba tan sólo por sobrevivir. A eso se había llegado. Curiosamente, cuando Berruezo supo que Licerán y Banús iban a Ocaña a por mano de obra reclusa, se acercó con disimulo al capataz y le hizo una petición: allí penaba un conocido suyo, un tal Juan Antonio Tornell que había llegado a teniente en el Ejército de la República y que era hombre cabal. Le pidió que intentara llevarlo a Cuelgamuros diciéndole que no se arrepentiría. Licerán, sin dar lugar a que siguiera rogando, le contestó sin más: «Descuida, está hecho».

Cuando Banús y su capataz llegaron al patio de la prisión, acompañados por un oficial del ejército y un guardián, hicieron formar a los presos. De inmediato se pidió que aquellos que quisieran ir a trabajar a la sierra de Madrid dieran un paso al frente. Fueron bastantes los que se ofrecieron. Licerán preguntó de inmediato por su recomendado y el guardián le señaló con la cabeza a un hombre alto como un mástil y flaco como un perro. Allí todos evidenciaban la falta de alimento pero éste destacaba por su aspecto macilento y su mirada perdida. Licerán se acercó a su jefe y le preguntó si aquel tipo podía incorporarse a las obras. Tras un momento de silencio, Banús se acercó al penado y le miró los dientes a la vez que le tanteaba los músculos. A Juan Licerán, un hombre honrado, le pareció humillante. Aquellos hombres merecían más respeto, no estaban en una feria de ganado. ¿O sí? No quiso pensarlo. Entonces, Banús se giró con mala cara haciendo evidente que aquel tipo no le convencía. Allí había presos más fuertes y menos desnutridos que le interesaban más. Afortunadamente, en aquel momento apareció un empleado de la oficina que reclamaba a Banús porque tenía una llamada. Aprovechando la pausa, Licerán pensó que había ganado algo de tiempo y se acercó a su hombre.

—¿Cómo lo ve? —dijo el preso entre susurros.

Le faltaba el resuello pues su estado era penoso.

—Mal, hombre, mal. Estás en los huesos.

—Si no salgo me muero. Llevo seis años de prisión en prisión, de campo en campo, desde antes de acabar la guerra. Pasé una pulmonía y una disentería. Las dos veces llegaron a darme por muerto. Aquí estamos hacinados, se han declarado dos casos de tifus exantemático y hay piojos por todas partes. Es cuestión de días que me contagie. Esta vez estoy tan débil que sé que no sobreviviré.

Al pobre Licerán se le hizo un nudo en la garganta. Al fondo, Banús volvía acompañado por el oficial y el guardián, que le hacían la pelota descaradamente por si caía una propina. Era evidente que el empresario era hombre espléndido y sabía «engrasar la maquinaria», como él mismo solía decir a menudo. El capataz supo que tendría que emplearse a fondo o el preso se quedaría en aquel lugar. Se lo debía a Berruezo y tenía plena confianza en él. Si recomendaba a su amigo a buen seguro que sería un tipo de fiar. Volvió a la carga.

—Don Juan —mintió Licerán cuando su jefe se puso a su altura—, este hombre es de ley. Necesitamos gente de confianza. Quizá no esté en buen estado pero es un cantero de primera, un gran trabajador con mucha experiencia.

Banús se paró sin volverse. Fue entonces cuando el desconocido, con una voz fuerte y grave, sorprendente en un fulano que se halla a un paso de la muerte, espetó:

—No se arrepentirá, señor. Trabajaré como cinco hombres. Lo juro.

Banús miró sonriendo a su encargado y continuando su camino, dijo:

—Tú eres el capataz y tú decides. Ya sabrás lo que haces…

—Yo lo fío —aseguró Licerán sabiendo que no había logrado engañar a su jefe.

Se hizo un silencio.

—Este preso… —dijo Banús dirigiéndose al capitán que parecía al mando de aquello— ¿puede salir a redimir su pena?

—Tenía pena de muerte pero se le conmutó por perpetua. Como a tantos otros. Está dentro de lo permitido, sí —contestó el oficial, un tipo regordete y con voz de pito.

—Sea —dijo Banús dando por cerrado el asunto con cierta indolencia.

Entonces, Licerán y aquel despojo humano en que se había convertido el preso, se miraron y suspiraron de alivio.

El asesino del puerto

En el camino de vuelta a Cuelgamuros, Licerán tuvo ocasión de conocer algo mejor al hombre que tan vehementemente había fiado Berruezo. Como Tornell se hallaba en tan mal estado, Licerán le hizo viajar dentro de la cabina junto al conductor y a él mismo, mientras que el resto de los presos se agolpaban en la parte trasera del vehículo.

—Me contó Berruezo que fuiste policía —dijo Licerán más por vencer el tedio del viaje que por otra cosa.

El conductor, un joven soldado algo alelado, de Lugo, iba a lo suyo, con la mirada perdida en la carretera.

—Sí —contestó el preso—. En Barcelona. Antes de la guerra.

—¿Y se te daba bien?

Juan Antonio Tornell esbozó una sonrisa que al capataz le pareció amarga y melancólica.

—Podemos decir que sí. Tuve algún que otro caso que llamó la atención. Ya sabe usted, en este país el vulgo gusta en exceso de las noticias truculentas.

—Bueno, bueno —terció Licerán a modo de disculpa—. Yo mismo soy muy aficionado a leer novelas policíacas. No soy hombre instruido pero me gusta jugar a adivinar quién es el culpable. Quizá hubiera hecho un buen policía.

—Sí, quizá.

—¿Y qué casos de relumbrón investigaste?

Tornell puso cara de hacer memoria, como el que tiene mucho vivido, y contestó:

—Creo que… sin duda el que más repercusión tuvo fue el del «asesino del puerto».

—¡Coño! El del tipo ese que mataba prostitutas. ¡Claro que lo recuerdo! Lo leí en la prensa… ¡El asesino del puerto! —exclamó el capataz ladeando la cabeza y con cara de admiración—. Y tú eres el tipo que logró cazarlo. Ahora recuerdo, ¡claro! Rediez, Tornell, si eras una celebridad.

—Tanto como eso…

—Eso debió de ser por el año treinta y…

—Dos, fue en el treinta y dos. Lo cacé el 4 de marzo de 1932.

—Cuenta, cuenta, Tornell, ¿cómo lo hiciste?

—Si la prensa lo contó todo con detalle, señor Licerán, a estas alturas debe usted de conocer los pormenores.

—Sí, sí, pero hace tiempo y no lo recuerdo todo; además, me gustaría saberlo de primera mano, ya sabes, nada menos que contado por el policía que lo capturó.

Juan Antonio Tornell puso cara de pocos amigos pero aquel tipo acababa de sacarle del infierno. No podía negarse, así que, como el que cuenta algo que ha relatado más de mil veces, comenzó el relato:

34

—Pues fue el caso que, digamos, me hizo saltar a la fama. Dentro de un límite, claro está. El asunto mantenía en vilo a la ciudad de Barcelona desde hacía ya varios meses. No hace falta que le diga cómo estaban las autoridades. Las presiones que recibíamos para cazar a aquel tipo estaban llegando demasiado lejos y encima la prensa no hacía más que alarmar a la población desgranando los detalles más escabrosos de los crímenes.

—Un asunto complicado.

—Sí, bueno, aunque no tanto. Creo que acerté porque cambié la perspectiva del asunto. Desde el principio seguí mi propia línea de investigación. Sólo le diré que me tomaron por loco porque ésta difería de las de la prensa, del fiscal y de las de mis propios compañeros del cuerpo de policía. La línea maestra de mi investigación consistía en considerar que el asesino no era un loco ni un psicópata, sino un simple ladrón que no reparaba en asesinar a sus víctimas con tal de no ser capturado. Como recordará usted, en apenas dos meses, más de ocho prostitutas habían sido brutalmente degolladas en las inmediaciones del puerto de la ciudad de Barcelona.

—Sí, claro. ¡Menuda se armó!

—Todas habían muerto a manos del mismo hombre: un tipo zurdo que, usando una navaja cabritera, les había cortado el cuello de parte a parte tras lograr llevarlas a lugares apartados haciéndose pasar por un cliente que quería disfrutar de sus servicios. —El preso parecía otro, al hablar de su trabajo había adquirido otro aire, aparentaba rebosar energía—. Como en ninguno de los casos se habían observado indicios de violencia sexual, yo aposté por la vía del simple robo.

—Me parece lógico.

—¿Verdad? Pues nadie había reparado en ello. Todos pensaron en un enfermo sexual, un pervertido. Aquello me llevó a interrogar a todos los peristas que movían mercancía robada en la ciudad y sus alrededores. Así fue como conseguí dar con un tipo, Heredia, que intentaba vender unos pendientes pertenecientes a la última de las víctimas del asesino. El perista no pudo suministrarme el nombre del sospechoso, pero sí hizo una detallada descripción de aquel tipo que, junto con las declaraciones de algunas compañeras de las fallecidas, me permitió resolver el caso.

—¿Cómo lo hiciste? Creo recordar que le tendiste una trampa…

—Sí, digamos que me aparté un poco de los métodos más ortodoxos y logré convencer a una prostituta para que, convenientemente vigilada, actuara de cebo por los lugares en los que había actuado el asesino. Estipulamos que la joven hiciera cierta ostentación de pendientes, medalla y esclava de oro (joyas que le suministramos nosotros, claro) con el objeto de llamar la atención del criminal. Así fue como el cuarto día de marzo, cómo olvidar la fecha, comprobamos que nuestros esfuerzos daban fruto. Recuerdo que con las primeras sombras de la noche, un tipo que coincidía plenamente con la descripción del asesino se acercó a la chica en cuestión entablando con ella una conversación. Tanto la joven como el posible asesino fueron seguidos con discreción por mí mismo y por dos guardias de paisano hasta un solar de la Barceloneta donde, justo cuando el desgraciado sacaba la navaja para degollarla, pudimos reducirle. No crea usted, el tipo era un auténtico animal: se llamaba Huberto Rullán Jiménez, alias «Paco el Cristo», «Rasputín» o «Melenas», era vecino de Martorell, un viejo conocido de las fuerzas de orden público.

—Sí, sí, la prensa lo bautizó como «el degollador del puerto».

—Era un tipo primario, brutal, de mirada inyectada en sangre y más de cien kilos de peso; un energúmeno de aspecto imponente que llamaba la atención porque lucía una barba muy poblada y una descuidada melena. Daba grima; el pelo y la barba eran muy rizados, de color negro azabache. Su nariz era grande y redonda, casi como un pegote añadido a aquel rostro de asesino que quedaba rematado por una única ceja inmensa y amenazante. A mí me recordaba a un ogro de los que ilustraban los cuentos infantiles de mi infancia. Jesús, ¡qué espécimen! Cuando lo presenté en el juzgado la expectación era máxima. Iba escoltado por dos guardias de asalto bien recios y, pese a hallarse esposado, el tipo se resistía y blasfemaba amenazando al tribunal, al fiscal e incluso a los numerosos periodistas que se habían dado cita ante aquel acontecimiento. Un salvaje. El abogado defensor que le tocó en suerte, un vivo, alegó que su cliente había sido maltratado; pero tanto un servidor como los guardias que habían participado en la detención mostrábamos suficientes moretones, contusiones, heridas y golpes, como para demostrar con veracidad que aquel animal se había resistido violentamente a su captura. Aquello justificaba, de largo, que hubiéramos tenido que emplearnos a fondo para reducir al inculpado que, dicho sea de paso, tenía la fuerza de cuatro hombres. Recuerdo que el juez desoyó con aire molesto aquellas alegaciones del letrado y rogó que se continuara con la vistilla.

—Bien hecho.

—Además, tuvimos la suerte de que el tipo había confesado nada más llegar a comisaría. Y no crea, señor Licerán, no se le tocó un pelo. Yo mismo había reunido pruebas más que suficientes en apenas un par de días. Las primeras, la enorme navaja cabritera que el detenido portaba en el momento de su detención y una cuerda con evidentes manchas de sangre seca que escondía en el bolsillo del pantalón. En el registro del domicilio del inculpado se habían hallado asimismo trescientas pesetas cuyo origen no pudo aclarar, un anillo de oro con las iniciales D.G.L. grabadas, que fue identificado por los familiares de la primera víctima del degollador del puerto como perteneciente a Dionisia Guarinós Lucientes, y un chal negro con bordados rojos que las compañeras de la tercera víctima de este presunto criminal reconocieron como perteneciente a la joven y que tenía manchas de sangre. El mismo Huberto Rullán nos condujo hasta el domicilio de otro perista, un gitano del barrio Chino, que confesó haber dado salida a una serie de joyas que los familiares de las jóvenes asesinadas identificaron tras ser recuperadas: unos pendientes de plata, un anillo y una esclava de oro. Dada la abrumadora evidencia de las pruebas en contra del detenido, el fiscal solicitó al señor juez la prisión incondicional sin fianza para el reo.

—Recuerdo que la prensa se deshacía en elogios hacia usted.

Tornell sonrió al recordar tiempos felices.

—Sí, el mismo juez me felicitó públicamente. Recuerdo sus palabras: mostró su aprobación por el trabajo desarrollado por la fuerza pública, así como la pulcritud demostrada a la hora de presentar las pruebas ante el tribunal y decretó la prisión incondicional, incomunicada y sin fianza, ordenando que el reo fuera juzgado antes de que pasara un mes de la fecha de aquella vista.

—Le caería perpetua.

—En efecto, seis meses después, Huberto Rullán, popularmente conocido ya como el degollador del puerto fue sentenciado a cadena perpetua por los crímenes que, según consideró probado el tribunal, el imputado había perpetrado junto al puerto de Barcelona. La prensa se deshizo en elogios hacia la brillante labor de las fuerzas policiales, me encumbraron. No crea, señor Licerán, tampoco me volví loco con las lisonjas. En este país nos gusta subir a la gente a los altares para luego dejarla caer.

—Cierto es —apuntó el capataz que comenzaba a sospechar que aquél era hombre templado. Le gustaba.

—Reconozco que en aquel momento la cosa me halagó, no en vano a la República le interesaba dar publicidad a asuntos como aquél. Yo era joven y mi estrella ascendente. Además, era simpatizante de las izquierdas y aquello me convirtió en el personaje de moda. Así me lo hicieron saber desde el propio Ministerio de la Gobernación. Según ellos, yo era la imagen del futuro, un hombre preparado, de ideas abiertas, la sangre nueva de la República que había probado la segura implicación en los hechos de aquel criminal. Nunca me gustaron los políticos ni sus manejos. Los diarios más sensacionalistas abundaron en los detalles más sórdidos de la vida del reo, Huberto Rullán, de profesión ebanista pero con antecedentes policiales por robo con extorsión, proxenetismo, escándalo público y estafa. Un mal hombre, hijo de prostituta fallecida por la sífilis y padre desconocido que había conocido la dureza de las calles desde niño. Se decía que de joven había flirteado con el anarquismo más violento y era temido y respetado en prisión por su carácter impulsivo y su inmenso tamaño. Había vivido en París, aunque tuvo que huir de Francia tras un atraco cometido en Toulouse, y se le había relacionado con los «hombres de acción» del sindicalismo catalán, los pistoleros de García Oliver, con los que había terminado mal por su afición a gastar el dinero de la organización en vino y prostitutas. Alto, de más de uno noventa de estatura, su más que evidente sobrepeso hacía de él un ejemplar imponente, una bestia. Sus víctimas, mujeres indefensas, no tuvieron ni una sola oportunidad. Según quedó probado en el juicio, el móvil no era otro sino el robo, ya que las jóvenes prostitutas, pobres desgraciadas, pululaban indefensas por los lugares más peligrosos de la ciudad donde eran presa fácil para este sádico. Me alegró mucho apartar de la circulación a un tipo así.

Licerán, satisfecho por su nueva adquisición, sacó su cantimplora y ofreció al preso un trago de coñac. Éste, más reconfortado, miró al infinito con la mirada perdida en el camino, como el conductor. Parecía pensar en sus cosas, como recobrando el aire tristón que le acompañaba al salir de prisión y que había abandonado por unos minutos al hablar de tiempos mejores. El capataz conocía muy bien aquella mirada, la mirada de la derrota. Una pena.

El nuevo

Cuando Licerán llegó a Cuelgamuros con los nuevos prisione-
ros, Colás Berruezo se cuadró ante aquel pobre resto de piel
y huesos en que había acabado convertido Tornell.

—Pero ¿qué haces? —dijo el capataz propinándole un em-
pellón. Aquel tipo de cosas no podía sino traerles problemas.
El Ejército de la República ya no existía.

—Perdone, señor Licerán, es que aquí tiene usted presente
al teniente con más cojones de la 41.ª División —dijo el cantero a modo de excusa.

—Berruezo —dijo el recién llegado con aquella voz que
apenas si le salía del cuerpo—, no te veía desde…

—Desde Teruel —contestó el otro—. Le debo la vida, mi
teniente, usted me enseñó a sobrevivir en la guerra y…

—No, no, Colás, yo sí que te la debo a ti… a ti…

Ambos se abrazaron sin poder evitar las lágrimas. Perma-
necieron así durante un buen rato, fundidos en uno y llorando como niños. Licerán comenzó a hacerse una idea de lo
que aquellos dos hombres debían de haber pasado. Creyó
oportuno intervenir.

—Ojo, ya sabéis que aquí no hay ya ni tenientes, ni sargentos, ni hostias. Todos sois prisioneros. Ni se os ocurra volver a hablar en esos términos, ¿entendido? No hay Ejército Popular. Cuidado con esas cosas que aquí os limpian, ¿eh?

Los dos asintieron con aire sumiso.

—Disculpe usted —dijo Colás—. Ha sido la emoción.

Licerán, al ver que Banús les miraba de reojo, musitó por lo bajo:

—Bueno, bueno, no llamemos más la atención. Daos un paseo y poneos al día. ¡Andando!

—Gracias, señor Licerán —contestó Colás tomando al recién llegado por el brazo.

El capataz no pudo reprimir que una lágrima asomara a sus ojos al ver a los dos amigos alejarse. Tornell se apoyaba con dificultad en Berruezo. ¡Qué pena ver así a hombres que fueron tan valientes! Intentó disimular.

En los días que siguieron a la llegada de Tornell, el señor Licerán no tuvo motivos de queja con respecto al nuevo. Apenas si podía con su alma, pero comenzó trabajando con una energía que, dado su estado físico, sorprendió al veterano capataz. Nada más llegar a Cuelgamuros, se produjo un espectacular cambio en el penado. Acostumbrado a estar encerrado, la contemplación de apenas una fanega de campo abierto le iluminó los ojos. Se notaba que su mirada era otra. Dicen que la mente y la presencia de ánimo lo pueden todo y, en este caso, dicha premisa pareció cumplirse más claramente que nunca. El aire puro de la sierra resultó el mejor reconstituyente para el cuerpo y el espíritu de aquel hombre que aparentaba haber sufrido lo suyo. Los dos presos, Tornell y Berruezo, no comían demasiado bien —como todos— pero de vez en cuando Licerán les hacía pasar por su casa a que cenaran con él y con su familia. Tenía esposa y dos hijas, y la fortuna de verlas a diario, así que se sentía feliz compartiendo lo que se servía en su mesa con otros menos agraciados por el destino. De este modo, comprobó que el nuevo comenzaba a recuperarse poco a poco pese a las extenuantes jornadas a que se veían sometidos los penados. Colás, que echaba bastantes horas en el tajo, tenía para algún que otro extra y contribuyó a mejorar la alimentación de su amigo, pues sentía por él una gran admiración que venía desde los tiempos de la guerra. Juan Antonio Tornell cobró al fin su primer sueldo y pudo comprar una lata de chicharrones en la cantina. La segunda semana ahorró para comprar una hogaza de pan junto con Colás y otro preso, y a la tercera, su rostro ya no estaba ceniciento. El nuevo les contó que había escrito a su mujer a Barcelona —a la que llevaba seis años sin ver— y parecía ilusionado. No era hombre para ganarse el pan con las manos pero se esforzaba porque no quería que ni Colás ni Licerán, que lo habían fiado, pudieran tener problema alguno por su culpa.

La verdad era que Tornell sentía haber vuelto a la vida. Después de tantas penurias percibía que su cuerpo comenzaba a reaccionar, a recuperar el tiempo perdido y a sobreponerse al castigo recibido. Era algo así como volver a nacer.

En aquellos días comenzaba a refrescar por las noches. De

hecho, le habían dicho que el invierno era tremendamente duro allí. No le importaba. Había estado en el infierno y no pensaba volver. Cuelgamuros no podía ser, ni de lejos, peor que los lugares por los que había pasado en aquellos seis años de cautiverio. Tornell había comprobado cómo las gastaban los vencedores y no quería desaprovechar aquella oportunidad de recomponerse, de sobrevivir, de volver a sentirse un ser humano y salir libre algún día. Después de un mes en el que, poco a poco, había ido gastando la miseria que ahorraba en comer algo decente para mejorar su condición física, se permitió al fin un pequeño dispendio: una libreta que le llevó uno de los camioneros desde el pueblo. En ella decidió comenzar un diario que escribía a oscuras, junto a la ventana del albergue y aprovechando la escasa luz que, a malas penas, entraba en aquel habitáculo inmundo en el que malvivían: un barracón de madera con el techo de zinc, el suelo de tierra y en el que dormían hacinados cincuenta hombres. En realidad, aunque resultara difícil de creer, aquel lugar era mucho mejor que aquellos por los que había pasado y que su mente pretendía olvidar. Aquella residencia, a la que sólo acudían para dormir, estaba formada por dos filas de camastros sobre el piso de tierra que apenas dejaban paso a un estrecho pasillo central. Una cochiquera. Pero a la noche, a pesar de los ruidos que sonaban a humanidad, las ventosidades, el olor a pies, a sudor, las toses... Tornell se sentía a salvo. Sí, a salvo, lejos de Ocaña, de Albatera, de los Almendros... De tantos lugares por los que pasó y en los que había ido muriendo poco a poco, perdiendo la dignidad a la que debe tener derecho todo ser humano. Ahora miraba hacia delante. Estaba decidido a hacerlo, por primera vez en mucho tiempo comenzaba a creer que podía sobrevivir a aquella maldita guerra. Había vivido muchos años esperando el desenlace que aparecía ante él como inevitable, como la res que espera se la sacrifique al fin, en el matadero, para dejar de sufrir. Recordaba perfectamente esos días en que el cielo era gris aunque brillara el sol, cuando el aire sabía a derrota y el aroma acre de la muerte lo impregnaba todo. Mejor olvidar. Había escrito a Toté y esperaba en breve su respuesta. Los domingos había visita y uno podía pasear con la familia por el monte. Esperaba que ella pudiera acudir a verle, abrazarla al fin, aunque sabía que el viaje era, quizá, demasiado largo.

Curiosamente, allí no había demasiada vigilancia. ¡Quién lo diría! Aquello le llamó mucho la atención. Apenas un par de docenas de guardias y un pequeño destacamento de la Guardia Civil con unos pocos agentes que se encargaban de patrullar por el monte. Había tres destacamentos de presos y no existía demasiada comunicación entre ellos. Al menos para los penados, claro.

El destacamento de Tornell y Berruezo construía la carretera de acceso a lo que iba a ser el gran monumento del franquismo. Era conocido por todos como «Carretera». Era, posiblemente, el de obreros menos cualificados y resultaba de gran dureza pues se dedicaban a desmontar terraplenes y moler la piedra a pico y pala para obtener grava. De mecanización, nada. Bastardos. Les explotaban inmisericordemente. Para eso estaban ellos, los esclavos. Los parias de la Nueva España, los derrotados. Un rojo no valía en aquellos días ni lo que un perro. Cuántos habían caído en las duras jornadas que siguieron al fin de la guerra…

Tornell trabajaba para la empresa de los hermanos Banús, aunque tenía que reconocer que allí, al menos, no vivía uno con la inseguridad de la sentencia —estaban ya todos sentenciados— ni de que hubiera sacas para fusilamientos. Parecía como si eso nunca hubiera ocurrido. Como si fuera cosa del pasado, de los primeros días tras la guerra: aquellos pasos en mitad de la noche, el ruido de rejas chirriando, la incertidumbre, puertas que se abrían y una voz ruda y marcial dictando una lista de nombres de los compañeros que ya no volverían. Tampoco aparecían por allí curas a adoctrinarles continuamente como ocurría en otros campos y eso se agradecía. Allí, lo prioritario era acabar el trabajo cuanto antes, por lo que sus carceleros no perdían el tiempo en monsergas.

A aquella serie de dudosos beneficios de que disfrutaban había que añadir el más apreciado por todos, que consistía en que las familias de los penados podían acudir de visita los domingos y la vigilancia no era excesiva. En suma, aquel campo deparaba unas mejores condiciones de vida que la mayor parte de las prisiones y todos eran conscientes de ello. Por eso se habían doblegado. El rancho, sin ser demasiado abundante ni excesivamente bueno, era mejor que en otros lugares, y la presencia de obreros libres junto a los presos había terminado por hacer que los guardianes relajaran la disciplina. Otra ventaja. El primer día de su estancia en Cuelgamuros Tornell, muy extrañado, le había preguntado a Berruezo:

—¿Y las alambradas?

—No hay —contestó el antiguo sargento como riéndose de él—. Así ahorran dinero.

—¿Y no tienen miedo de que la gente se fugue?

—¿Adónde íbamos a ir? —repuso muy serio el cantero.

Y tenía razón. A aquello habían llegado: a ser domesticados, sometidos. La perspectiva de trabajar de sol a sol, de ser explotados por el peor de los patronos les parecía una maravilla comparada con la vida en prisión. Era mejor no pensarlo. Colás, más al día, le explicó:

—Juan Antonio, España es una inmensa prisión. Una fuga está condenada al fracaso de principio a fin. Para moverte por ahí fuera son necesarios multitud de salvoconductos. Desde que descubrieron un intento de entrada de guerrilleros desde Francia por el Valle de Arán, para pasar por los pueblos de la franja sur de los Pirineos es necesario llevar un salvoconducto del ¡mismísimo capitán general de aquella región militar! Estamos casi en el centro de la península, es imposible escapar. La distancia es inmensa. No llegaríamos ni a Madrid.

Después de saber aquello, Tornell decidió no pensar mucho en aquel asunto. Al cargo de la seguridad del destacamento Carretera había un jefe y dos guardianes. Iban desarmados para evitar que los presos pudieran quitarles el arma y provocar un motín. Aquélla era la causa de que, en líneas generales, los dos vigilantes respetaran a los presos y los presos a ellos. A diferencia de otros campos donde los guardianes hostigaban, golpeaban y vejaban de continuo a los presos, en Cuelgamuros se llegó a un equilibrio en cuanto a las relaciones entre los vigilantes y los reos. Sin duda los obreros libres tuvieron gran parte de culpa pues, en los primeros días, afeaban la conducta a aquellos guardianes con la mano demasiado larga. Además, la guerra comenzaba a ser historia. La disciplina no era extraordinaria. A lo lejos, a lo alto, se veían los tricornios de las parejas de la Guardia Civil que patrullaban la zona. No solían acercarse.

Tornell hizo el mismo cálculo que tantos y tantos: treinta años de cárcel por delante, a una jornada de reducción de pena por día, trabajando bien podían quedar en quince, quizá en diez si lograba hacer muchas horas extra. Ahora, hasta le parecía poco. De locos. Pero se sentía revivir, veía el futuro, quería vivir la vida. Tenía un objetivo distinto a terminar con vida cada jornada que comenzaba y su organismo respondía bien. Recordaba vivamente sus primeros días allí que habían sido horribles. Le había costado adaptarse. Estaba muy débil y nunca había ejercido oficios de fuerza física. Por momentos pensaba que iba a desfallecer, a morir de cansancio, aunque seguía trabajando porque no quería volver a la cárcel o a un campo de concentración. No, no quería morir y tenía algo que hacer, un propósito para mirar hacia delante. Aquél era acicate más que suficiente para seguir y seguir con el pico. Afortunadamente, los domingos se podía descansar y, aunque aquello no era el Ritz, muchos completaban un poco la dieta con pequeños extras que hacían mucho bien. Había incluso una cantina y un pequeño economato. El señor Licerán, un buen hombre, se había encariñado con él. Cuando le veía fatigado, a punto del desmayo, le enviaba a hacer recados con cualquier excusa aquí y allá, de uno a otro destacamento. Pensaba que Tornell no se daba cuenta pero, gracias a su ayuda, logró adaptarse y seguir allí. Y a Berruezo, claro. Los dos únicos amigos de Tornell se llevaban muy bien. Colás era muy amigo del señor Licerán y todo el mundo sabía que el capataz le tenía en alta estima porque era un obrero muy cualificado y un trabajador incansable. Entre los dos le habían sacado del infierno. Y Tornell lo sabía. Las noches que ambos presos pasaban cenando con el capataz y su mujer les hacían mucho bien. Tenían dos hijas preciosas. Era como estar en casa aunque con el toque de silencio tenían que volver a su barracón. Licerán y su mujer disfrutaban, como otros empleados libres, de una vivienda pequeña pero digna y muy limpia. Una nueva vida en aquel maldito Nuevo Régimen era algo mejor que vivir el sueño de los justos en una cuneta como ocurrió a tantos y tantos. Eso pensaban todos allí. Apenas unas semanas antes había llegado un maestro, Blas Miras, que había sido comandante de infantería del Ejército Republicano. Le habían habilitado el salón que hacía las veces de comedor para dar clases de mañana y tarde a la veintena de niños cuyos padres residían en el poblado. Todo aquello iba dando al poblado ciertos visos de normalidad, como si aquello fuera un pequeño pueblo, una especie de comunidad que tras colonizar un territorio hostil comenzara a desperezarse. En suma, un lugar en el que sobrevivir tras haber escapado del infierno. Tornell sabía que, al menos, era una oportunidad.

Un diario

A pesar de que quería mantener ac-
tivo aquel pasatiempo en forma
de libreta que Tornell había llamado diario, pasaban días y días
sin que hiciera anotación alguna. Él mismo sabía que ocurría
por dos motivos: el primero, que caía tan rendido al volver al
barracón, ya de noche, que no tenía apenas fuerzas ni ánimo
para escribir unas letras. Aprovechaba los domingos, cuando
no se trabajaba, para escribir al menos unas líneas. El segundo motivo era asunto más delicado. Era muy precavido y había escondido aquel pequeño bloc tras su camastro, entre las
tablas del barracón. Sentía pereza y miedo ante la idea de mo-
verlo todo y hacer demasiado ruido, corriendo el riesgo de
que alguien le viera y pudiera delatarle. No quería dar motivos para ser enviado de nuevo a prisión por culpa de aquel
pequeño relajo mental que era para él escribir unas líneas,
reflexionar, poner sobre el papel lo que pensaba y lo que allí
estaban viviendo. Además, lo sentiría mucho por el señor Licerán y el bueno de Colás. Tornell soportaba estoicamente las
monsergas de sus captores, la propaganda y el adoctrinamiento que allí, afortunadamente, no era excesivo. Por ejemplo, le

llamaba la atención el contenido de la misa y actos referentes al 12 de octubre. Aquellos idiotas creían o, mejor, pretendían creer que España era un imperio o que lo iba a volver a ser. Trabajaban mucho la propaganda, eso sí. Cualquier efeméride, por nimia que fuera, cualquier fecha que hiciera referencia, aun remotamente, a algún episodio glorioso de la historia era conmemorada con concentraciones, charlas y misas. ¡Hasta la batalla de Lepanto! Tenía que reconocer que, como los nazis alemanes o el fascio italiano, los seguidores de Franco se esmeraban en bombardear, atontar y finalmente vencer a las mentes de los ciudadanos. En aquellos días de octubre Tornell había podido ojear un periódico, el *ABC*. Había pasado varios años incomunicado, casi sin noticias del exterior, y aquello fue un mazazo. Tuvo que reconocer que, por una parte, fue agradable comprobar cuánto habían cambiado las cosas. Pero, por otro lado, ahora se le hacía evidente que habían perdido la guerra. Perdido, sí. La habían perdido, definitivamente. Y había que aceptarlo.

¿Por qué se había dado cuenta? Parecía curioso, cierto; era ridículo, sí; que después de tantas penurias, de pasar por campos y prisiones, fuera un simple periódico lo que le había hecho comprender que sí, que se había perdido la guerra. A veces uno no quiere aceptar la realidad y es un pequeño detalle, una noticia, un comentario, lo que te hace volver en sí, comprender. Algo así como la muerte de su padre. Le vino a la cabeza porque fue un suceso similar. Él aún era soltero y vivía en la casa familiar. No fue consciente de que Germán, su padre, había muerto hasta que un mal día reparó en que, al llegar a casa del trabajo, a mediodía, no encontraba el periódico. Su padre lo compraba todos los días y ya no estaba; daba la sensación de que la prensa diaria hubiera desaparecido con él. Entonces supo que se había ido para siempre, sí, por el maldito periódico. La ausencia de aquel simple diario demostraba que su padre ya no estaba, había muerto. Y lloró como un niño.

La lectura del *ABC* le había abierto los ojos de manera similar. ¡Qué tontería! Quién lo hubiera dicho pero Tornell pensaba, como tantos, que el país debía de haberse hundido dirigido por sus enemigos, por los fascistas. En los campos y en las prisiones muchos decían que no, que España no soportaría una dictadura, que el pueblo se alzaría en armas, que era cuestión de meses. Las democracias europeas, los rusos, el mundo libre, los antifascistas y los exiliados harían caer a Franco como si fuera un pelele. Ocurriría en meses, quizá semanas. Pero, desgraciadamente, parecía que la vida seguía como si tal cosa. Y eso le hizo saber que nadie volvería para rescatarles. La guerra se había perdido para siempre.

Tornell, leyendo el periódico, se había topado con muchas noticias que eran pura propaganda: habían concedido la laureada individual a un tipo, Gómez Landero, por su comportamiento en el Cerro del Mosquito, en el sector de Brunete. Decían que doscientos mil niños habían acudido a un congreso católico infantil en Buenos Aires y encima, había toros. Pudo leer la crónica de la novillada que se había celebrado aquel mismo domingo en Madrid y estuvo ojeando los resultados de la liga de fútbol. Pensó en que le gustaría poder ver un partido, como cuando todo era normal. El Barcelona iba cuarto y había empatado fuera con la Real Sociedad. Al menos el Madrid iba por detrás. Estaba décimo. Un consuelo. Pero, curiosamente, lo que más le había desmoralizado, por raro que pareciera, era un anuncio a toda página, muy lujoso, de un costoso perfume, Fronda. «Muy femenino —decía—. La distinción sólo se consigue con un perfume perfecto.» ¿Tendría la gente dinero para gastar en cosas así? No, no, no podía ser. «La distinción…» ¿Acaso no debían de morir los españoles de hambre inmersos como estaban en un régimen fascista? ¿Qué estaba pasando?

«Fronda.» ¿Dónde quedaban sus sueños? Ni Dios ni amo…

Pero, al menos, había pequeños acontecimientos con los que ilusionarse. No se le hacía difícil mirar hacia delante, en absoluto. Toté llegaría en una semana. El viaje era largo y la pobre llegaría agotada pero, durante la visita del domingo, podrían verse unas horas. ¿Habría encontrado a alguien? La carta que ella le había enviado —que llegó abierta— le hacía pensar que no, pero seis años eran seis años y él tampoco podría reprocharle nada. Eran muchos los que habían sido dados por muertos y se habían encontrado con que sus mujeres, al creerse viudas, habían rehecho sus vidas. Tornell deseaba encontrarse con ella y, a la vez, temía el momento. ¿Qué pensaría ella al verlo así? Reducido a un simple espectro, un esqueleto andante, una sombra de lo que fue. ¿No sentiría repulsión al ver en qué había acabado convertido su marido? Seis años eran mucho tiempo, una vida. Tornell apenas había podido mandar noticias. Hacía ya un par de años desde que, a través de un conocido, un guardia civil de sus tiempos de policía, había podido enviar unas letras. Una carta en la que decía que había sobrevivido, mentía contando que estaba bien y que algún día saldría libre. Lloró al escribirla pero quería calmar a su mujer, hacerle saber que estaba vivo y que no corría peligro a pesar de que esto último no era, ni de lejos, verdad. Mentiras piadosas. En las cárceles nadie estaba seguro y, aunque la represión disminuía con el paso del tiempo, las sacas no habían terminado del todo en aquellos días.

Sólo una vez recibió noticias de ella en todos aquellos años, estando en Ocaña. Una carta que aún llevaba encima, siempre. Al menos ese papel que guardaba como el más valioso de los tesoros, al que se había aferrado dos veces al ver de cara a la muerte, era la prueba de que ella sabía que estaba vivo y le había seguido la pista en su periplo por aquellas prisiones de Dios. En los momentos más duros, en los campos, pensaba en Toté. Cuando creyó morir, se acordaba de ella, en las Ramblas, hermosa, con aquel traje de flores que se ponía al llegar el verano y que tanto le gustaba. Recordaba perfectamente el día en que la conoció: 14 de abril de 1931, día de la proclamación de la Segunda República.

Fue en la plaza de Cataluña, rodeada de miles de personas; ella destacaba por su belleza agitando una pequeña señera. Le pareció la mujer más hermosa del mundo. Alta, delgada, distinguida. Llamaba la atención con su pelo moreno y largo que agitaba con gracia al mover la cabeza. Aquel día la siguió hasta su casa y se aficionó a rondarla cuando salía del trabajo. Una tarde, cuando ella acudía al cine acompañada de una amiga, la joven se giró muy resuelta y le dijo a bocajarro:

—Caballero, si va usted a seguirme todos los días, lo mínimo que podría hacer es presentarse, ¿no?

Él apenas supo balbucear su nombre esbozando una sonrisa torpe y bobalicona.

Desde entonces no se habían separado. María José Bernal Bellido, así se llamaba la chica. Él la llamaba Toté, puesto que ella le contó que, de niña, todos sus primos la llamaban así. Él hizo lo mismo y poco a poco todo el mundo acabó por llamarla como en su infancia: Toté. Sus suegros, gente adinerada de Ezquerra, le aceptaron desde el principio pues sabían que simpatizaba con los socialistas. Se casaron a los ocho meses de haberse conocido. Era algo poco usual pero aquél era un mundo en continuo cambio. Las cosas ya no serían como antes. Iban a transformar aquella sociedad y no quedaría nada de las injusticias del pasado. Hasta la guerra, claro. Tornell se aferraba con desesperación a aquellos recuerdos. Cerraba los ojos y dejaba volar su mente viviendo aquellos momentos una y otra vez. Evadiéndose de la realidad, rememorando los días felices como único escape. Eso no se lo podían quitar. Aguardaba impaciente la visita de Toté y, al menos, la espera era dulce.

Allí en Cuelgamuros no había mucho con lo que matar el tiempo. Se sentía bien lejos del temor a las sacas o al maltrato de los guardianes de las cárceles. Tan sólo había dos encargados que vigilaban al destacamento Carretera: uno era buen hombre. Tornell no acertaba a explicarse qué hacía allí. Los presos le apodaban «el Poli bueno» y se llamaba Fermín. El otro era una mala persona, de las que se crecen con la guerra y con la dominación sobre otras personas. Estaba alcoholizado y los presos le conocían como «el Amargao». Era un mal tipo, como para tenerle miedo. Tornell y sus compañeros tenían muy claramente delimitada la duración de los turnos de uno y otro. Si había que hacer una visita al botiquín o acercarse al economato, era mejor hacerlo durante el turno de Fermín. Muchas tardes, antes de que avisaran para la cena, jugaban a los bolos en una pequeña explanada frente a los barracones. Fermín incluso había participado alguna que otra vez. Jugaba bastante bien. A pesar de la guerra, a veces se topaba uno con gente así, de buen corazón. El otro, el guardián malo, había sido legionario y decían por ahí que había perdido la hombría por la explosión de una granada durante la toma de Bilbao. Licerán se reía de aquello y aseguraba que debía de ser mentira, pero quizá fuera aquél el motivo del odio enfermizo que el guardián malo sentía por todos los vascos. Aquellos dos eran el día y la noche, aunque en líneas generales, incluso el Amargao, los dejaba vivir en paz.

El general

Por aquellas fechas, Roberto Alemán se hallaba en Figueras trabajando en aduanas. Disfrutaba de un puesto cómodo, tranquilo, en el que se vivía bien gracias a las múltiples requisas, con abundante tiempo libre y mejor alojamiento. ¿Qué más se podía pedir? Los intentos de los contrabandistas por pasar a la península diversas mercancías eran muchos y pese a que la corrupción imperante les hacía mirar a menudo a otro lado; intervenían muchos alijos, por lo que él y sus hombres se hallaban bien servidos recuperándose del desgaste de la guerra y disfrutando de las mieles de la victoria. Él, por su parte, después de «su crisis» se sentía como anestesiado, sin ilusión. No veía el norte ni tenía objetivos claros, pero estaba decidido a no volver a dar problemas a la superioridad, así que cumplía con su trabajo de la mejor manera posible e intentaba matar el tiempo leyendo. Leía todo lo que caía en sus manos, lo que se podía, lo que permitía la censura: mucha novela de aventuras, Doyle, Dumas y, sobre todo, Wilkie Collins. Le chiflaba. Aquellas lecturas le permitían evadirse y viajar en el tiempo a una época en que las cosas estaban claras, los malos eran malos y los buenos, buenos. La verdad era que estaba perdido. Vacío. Los libros eran, de largo, mucho mejor que el mundo en que vivía. Pese a la victoria que tanto celebraban unos y otros y que a él le daba igual. Por desgracia lo suyo era matar, la guerra, asaltar una cota, una posición, un búnker y allí, en la oficina, se aburría. Sin saberlo añoraba la guerra. Se veía a sí mismo como un loco, porque, ¿cómo puede alguien sentirse cómodo en una guerra? Era un soldado, lo había descubierto por accidente, sí. Por uno de esos extraños requiebros que, a veces, da la vida. Era lo que mejor sabía hacer y tenía serios problemas para adaptarse a una vida, digamos, normal. Había leído algo al respecto pues no era tonto y había llegado a cursar dos años de Medicina. Aquello estaba descrito como fatiga de guerra, síndrome de estrés postraumático y había sido estudiado en miles de casos tras la Primera Guerra Mundial. Alemán sabía que pese a conocer la causa de su posible trastorno, no tenía respuesta para algo así. Intuía, sin querer reparar del todo en ello, que algo no funcionaba bien en el interior de su mente. Un buen día llegó un despacho de Capitanía que le urgía a hacer el petate de inmediato y presentarse a la jornada siguiente a las siete de la tarde en un domicilio de la Gran Vía madrileña. Se hacía referencia a «un inminente cambio de destino». Sin aclarar nada más. Aquello le extrañó sobremanera pero, como buen militar, estaba acostumbrado a obedecer órdenes sin preguntar y aquel repentino viaje suponía cierto aliciente en su ya de por sí rutinaria y triste vida. Cuando, ya en Madrid, tocó el timbre del domicilio que se le indicaba en el despacho, le abrió una fámula impecablemente vestida con uniforme negro, bastante largo, rematado con un delantal y cofia de puntillas, estos últimos de color blanco.

—Pase, señor —le dijo sin preguntar siquiera. Parecía evidente que allí le esperaban.

Alemán la siguió mientras ella le llevaba a un amplio despacho que apareció tras una puerta corredera.

—¡Alemán! —dijo de pronto una voz que le resultaba familiar.

—Coronel Enríquez —contestó él cuadrándose al momento.

El dueño de la casa se echó a sus brazos, pues le profesaba un profundo y paternal afecto, a la vez que el recién llegado se percataba de que en sus galones brillaba ya la estrella de general.

—Perdón, ¡qué digo coronel! ¡A sus órdenes, mi general!

—Déjate de idioteces, Roberto, estás en tu casa.

—Pero, yo… No sabía.

—Siéntate, capitán. Descansa, descansa…

Y dicho esto, el anfitrión llamó a la criada, que les sirvió un par de copas de coñac. El despacho era amplio, con grandes cristaleras y estaba tapizado por una inmensa librería que lo ocupaba todo, repleta de volúmenes de mil y una procedencias.

—Bueno, bueno… te preguntarás qué haces aquí.

—Pues más bien sí.

—Te he mandado llamar, mejor dicho, trasladar. Vas a trabajar conmigo.

—Otra vez.

—Otra vez. Eres el mejor oficial que he tenido a mis órdenes y te necesito para un asunto.

—Lo que sea, mi general.

Entonces, Enríquez le miró con cara de pocos amigos y Alemán tuvo que rectificar:

—… bueno, lo que sea, Paco.

—Así está mejor. Pero antes de nada, ¿cómo estás?

—Bien. ¿Por qué lo preguntas?

—Me refiero a tu… «crisis».

—Eso es historia.

—¿Tienes novia?

—No.

—Malo.

—Paco, no ocultaré que no soy la Alegría de la Huerta, pero he aprendido a soportarme y me refugio en mi trabajo y en la lectura.

—Te quedas a cenar —dijo sin dar lugar a que el otro pudiera responder con una negativa—. Delfina ha preparado algo especial.

—¿Y la familia?

—Mis dos hijos, como sabrás, han ido ascendiendo. Uno está en Melilla y el otro de agregado en Argentina.

—¿Y las chicas?

—Tula se casó, vive con su marido en Burgos y Pacita ha salido de compras con mi esposa. Ya la verás, está hecha una mujer… Dice mi Delfina que os va a casar.

—¿Cómo?

—Estás perdido, te lo advierto. Cuando a mi mujer se le mete algo en la cabeza…

Ambos estallaron en una carcajada mientras brindaban entrechocando las copas.

—¿Estás bien, entonces?

—Sí, señor.

—No conseguiste hacerte matar en la División Azul.

—No —dijo Alemán sonriendo con timidez, como el que se siente descubierto.

—No debían haberte permitido que te alistaras en esa locura. Era evidente que querías dejar este mundo.

El joven oficial ocultó que seguía sintiendo lo mismo.

—Al menos, ganaste otro buen puñado de condecoraciones.

—Chatarra —dijo Alemán con aire nostálgico.

—Así me gusta, Roberto, modesto ante todo. Me costó sacarte de allí y que te mandaran a aduanas.

—¿Fue usted?

—¡De tú, de tú, cojones!… Pues claro. Cuando te hirieron la segunda vez me puse a ello y sabes cómo soy.

—Vaya.

—Sé que no me vas a dar las gracias por hacerlo. Pero la División Azul no era lugar para ti. Cumpliste de sobra en la guerra.

Se hizo un silencio entre los dos.

Era obvio que Enríquez esperaba una explicación.

—Mi coronel… —dijo Roberto Alemán.

—Paco, joder, Paco. Además te recuerdo que soy general.

—Creo que te debo una explicación por lo que hice.

—De eso nada. Un error, un mal momento, lo tiene cualquiera. Pasaste las de Caín al principio de la guerra. Cuando saliste de la Academia de Alféreces Provisionales me fijé en ti. Eras una máquina de guerra. Llevabas el odio en los ojos. No he visto a nadie comportarse como tú, de manera casi suicida pero responsable con todos y cada uno de sus hombres. Si no fuera por «el incidente», ahora serías coronel. Tenías un futuro muy brillante.

—Lo sé. Pero intenté suicidarme, mi general, y eso, en esta Nueva España nuestra, se paga.

—No lo habrás tenido fácil, no. Los curas estiman que el suicidio es un pecado muy grave contra la ley de Dios.

—No te haces una idea de la de peroratas que me tuve que tragar en el hospital. Y luego, hubo más; no se atrevían a dejar volver al servicio a un suicida.

—Nunca te gustaron los curas.

—No, lo que ocurrió a mi familia fue, en parte, por la religión.

—Bueno, al menos hubo suerte y tu ordenanza llegó a tiempo, ¿eh? De no ser por él no estarías aquí, con nosotros. ¿Sigue contigo?

—Sí —repuso Alemán sonriendo—. Me espera en la residencia de oficiales.

—¿Cómo se llamaba?

—Venancio.

—Eso es, Venancio, pero ¡qué bestia de tío! ¿Era de…?

—De Puente Tocinos.

—Eso, eso, de Puente Tocinos. Murcia. ¡Ahí es nada! ¡Qué elemento! ¡Con dos cojones!

Volvió a hacerse un incómodo silencio entre los dos. A Roberto le pareció evidente que, hasta el momento, su antiguo jefe había estado evaluando su estado mental, si era apto en verdad para aquello que pretendía que hiciera para él.

Él, por su parte, no tenía ninguna duda al respecto. Paco

Enríquez se había portado siempre como un padre y estaba dispuesto a cumplir con aquello que quisiera encargarle, fuera lo que fuese. Al llegar a su unidad en la guerra, Alemán era, de facto, un huérfano. Un huérfano con una estrella de alférez, loco por matar al máximo número de rojos posible. Un tipo al que sus subordinados apodaban «la metralleta» porque decían que era una máquina de matar.

—Bueno, bueno... —continuó el general— ...Tampoco es tan grave, hijo. No eres el primero al que se ha diagnosticado «fatiga de guerra».

—Mi general, sé que la gente me llama «el Loco».

—Déjate de idioteces. Tras la guerra, yo mismo tuve mis dificultades para volver a una vida, digamos, normal.

—Sí, pero tú no intentaste matarte.

—¿Puedo entender que estás bien?

—Absolutamente —mintió Alemán, que quedó mirando hacia la ventana, como ido.

—Roberto —dijo Enríquez sacándole de su ensimismamiento—. Tengo un trabajo para ti. Como sabrás ocupo un puesto destacado en la ICCP.

—La Inspección de Campos de Concentración de Prisioneros.

—Exacto. No hace falta que te diga que conforme avanzaba la guerra el asunto de los presos se iba convirtiendo en un grave problema. Caían a cientos, a miles. El Ejército Rojo era un caos, una desorganización total, y los soldados no sabían a veces adónde dirigirse, qué hacer. Muchos se rendían pensando que en nuestro lado comerían mejor.

—Ilusos.

—Sí. El caso es que los rojos no tenían ese problema. Iban perdiendo, no hacían tantos prisioneros y cuando tenían que evacuar una zona solucionaban el asunto por la vía rápida, como en Paracuellos.

—Nosotros en Badajoz hicimos otro tanto.

—*Touché!* —dijo sonriendo Enríquez—. Veo que sigues en forma, eres una mosca cojonera. Pero eso es lo que siempre me ha gustado de ti. Volviendo al asunto que nos ocupa, para que te hagas una idea, tras la ofensiva del Ebro nos hicimos con ciento setenta mil prisioneros.

Alemán emitió un silbido de sorpresa.

—Lo sé —continuó diciendo el general—. Un problema logístico acojonante, Roberto. Y más en plena guerra cuando uno necesita todas las tropas, todos los recursos, para hostigar al enemigo. Aquello se solventó como se pudo creando la ICCP, pero no nos engañemos, no había medios, se les hacinó y caían como chinches, apenas comían.

«Como ahora», pensó Alemán para sí. Obviamente no se atrevió a decirlo en voz alta. Enríquez proseguía con su alocución:

—Entonces, me llamaron para que me hiciera cargo del asunto, para que pusiera orden, vamos. Imagina el problema, un país en la ruina, que no puede dar de comer a la población y con cientos de miles de prisioneros abarrotando las cárceles a los que había que mantener, vestir, alimentar, proporcionar medicinas. Hemos llegado a tener presos a setecientos mil tíos, ¿te das cuenta?, ¡se-te-cien-tos-mil! presos hacinados criando piojos, chinches, enfermedades. Un tremendo gasto, Roberto, un tremendo gasto. Recuerdo una reunión en concreto que se convocó para resolver el asunto de una vez, importantísima. Alguien sugirió mirar a Alemania. Allí se quitan a los judíos de en medio por la vía rápida. Yo me negué, claro. Hubo muchos que se indignaron ante la sola idea de hacer algo así aquí. Una cosa es matar al enemigo luchando, en el frente, y otra gasear a la gente como si fueran cucarachas. Además, Roberto, no está claro que los alemanes ganen ya la guerra y todo acabará por saberse. Entonces alguien dijo: «¡Que trabajen, coño!» ¿Te das cuenta, Roberto? ¡Que trabajen! Otro apuntó: «Sí, sí, que reconstruyan lo que destruyeron a bombazos». El aplauso fue general. El mismo Caudillo sonrió satisfecho. Crearon una comisión y nos enviaron a Alemania, a aprender. No sabes cómo lo tienen montado los «doiches». Aquellos tíos no son humanos. Lo aprovechan todo; saben cuánto durará un preso según las calorías que le suministran y según el trabajo que ha de desarrollar. Les importa un bledo que vivan o mueran; para ellos todo son estadísticas. Y la crueldad… En fin, volvimos con una idea de cómo hacerlo a nuestra manera. Entonces, para dar coartada moral al negocio se encargó el asunto a un jesuita.

—El padre Pérez del Pulgar.

—Vaya, veo que estás informado. Sí, fue él el encargado. Él dio cuerpo teórico al asunto, creó una suerte de doctrina y se constituyó el Patronato de Redención de Penas por el Trabajo. Sus ideas eran brillantes, quedaban bien, se podía explicar a la gente sin que sonara mal; es más, sonaba realmente bien: la idea era que los presos redimieran su pena trabajando por España y por cada día de trabajo irían disminuyendo su estancia en prisión. Además, se les pagaría por ello. ¿Entiendes?

—Sí.

—Un sistema redondo, un gran negocio.

—No entiendo.

—Sí, para el Estado, digo. Mira Roberto, en cuanto pusimos en marcha el sistema fueron multitud las empresas que nos solicitaron mano de obra reclusa. Como en Alemania. Veamos, la idea base era que mantener a toda esa gente en la cárcel era carísimo, mientras que, bien pensado, si los poníamos a trabajar serían una fenomenal fuerza de producción que podría ayudar a reconstruir un país asolado por la guerra. Al principio pensamos que, ya que teníamos que darles de comer, podríamos emplearlos en construir puentes, carreteras, edificios, que buena falta hacían. ¿Me sigues?

—Claro.

—Pero el caso es que cuando las empresas entraron en liza nos dimos cuenta de que además el digamos…«alquiler» de los presos reportaba pingües beneficios. Vamos, que nos convertimos en una suerte de agencia de empleo.

—Obligatoria.

—Obligatoria, claro. Te haré los cálculos para un preso y un oficio medio: digamos que el sueldo de un albañil es de 14 pesetas, ¿vale? Bien, pues eso es lo que se le cobra a la empresa. De esas 14 hay que descontar 4,75 que suponen la suma del mantenimiento del penado así como la asignación familiar que se le da, o sea, su sueldo.

—Vamos, que al Estado le quedan limpias de polvo y paja 9,25 por preso.

—Exacto.

—Pero eso es explotación, Paco… —dijo Alemán reparando en que no le agradaban aquellos detalles de mercachifles. Él era un soldado y un prisionero de guerra no deja nunca de ser un combatiente.

—Son presos, Roberto, presos. Déjame terminar. El negocio no termina ahí, porque a la Hacienda, de esas 4,75 se le devuelven las 1,40 pesetas que cuesta el mantenimiento del recluso. O sea, que el Estado se beneficia del 76 por ciento de los jornales que generan los presos trabajando.

—Rediez.

—En la cárcel no rentan tanto.

—No, desde luego.

—Mira, sólo el año pasado, los presos trabajaron 4.187.360 jornadas.

—¡Vaya!

—Sí, hijo, lo tenemos todo cuantificado. Desde el treinta y nueve hasta hoy han echado 44.408.567 jornadas. Si recuerdas que, como valor medio, cada preso deja 10,60, con una simple multiplicación sabemos que en estos años nos han hecho ganar la friolera de 470.730.810.

—¡Cuatrocientos setenta millones de pesetas! —exclamó Alemán vivamente impresionado.

—Exacto. Y conforme se iba poniendo en marcha el sistema comprobamos que había más beneficios.

—¿Más?

—Sí, claro. Es lo que llamamos en nuestro argot «beneficios indirectos». A saber, las obras que llevan a cabo, en primer lugar. Luego...: que los presos disminuyen, de momento, un día de pena por jornada trabajada. Eso acortará su estancia en la cárcel y por tanto disminuirá el gasto que, a la larga, nos producirían. Está cuantificado: nos ahorramos en ese concepto unos once millones de pesetas por año. Y además, en aquellos casos en que no trabajan para empresas sino para ayuntamientos, Falange o el Estado, cobran sólo lo mínimo.

—O sea, todo ganancia.

—Exacto. Y por si todo esto fuera poco, enseguida nos dimos cuenta de que las empresas, aun costándoles lo mismo, preferían mano de obra reclusa a obreros libres y te preguntarás... ¿por qué?

—¿Por qué? —dijo Alemán haciendo lo que el general Enríquez le indicaba.

—Pues porque los presos se matan a trabajar. Tienen que hacer horas extra para ganar un jornal decente y encima, por cada hora que trabajan, saben que pasarán otra menos en prisión. No te imaginas el número de horas extraordinarias que echan, y claro, los empresarios, encantados.

—No sé, Paco, me dan pena. Son soldados, rojos, pero combatientes, joder. No entiendo que estés metido en este asunto.

—No digas tonterías, Roberto. Tú no has visto las prisiones o los campos. Se dan de hostias por salir de esos agujeros e ir a trabajar. Están a cielo abierto, cobran algo y reducen pena. El palo y la zanahoria. Es la rendición total, Roberto, créeme. Un sistema perfecto. Además, cumplo órdenes, me destinaron aquí y punto, si lo hago bien podré salir de este embrollo, dedicarme a cosas de verdad, una división o una legación, algo más serio. Quién sabe, quizá una capitanía.

—Ya. Pero ¿dónde entro yo en esto exactamente?

—Para eso estamos aquí, Roberto.

Una falla en el sistema perfecto

Entonces, el general Enríquez bajó un poco el tono de voz y dijo:

—¿Has oído hablar del Valle de los Caídos?

—Claro, todo el mundo.

—Bien, pues para eso te quiero. Tengo un pequeño problemilla allí.

—Tú dirás, Paco.

—Sabes que es un proyecto personal de Franco.

—Sí.

—Bien, y que los trabajos no van… al ritmo que debieran.

—No tenía ni idea.

—Pues así es, hijo. Resulta que al Caudillo no se le ocurrió otra cosa que construir un enorme monumento donde Cristo perdió el gorro y claro, sólo construir la carretera de acceso está costando sangre, sudor y lágrimas. Por no hablar de la cripta: el Generalísimo quiere una capilla ¡excavada en la roca viva! Y sólo te diré que aquello es granito, ¡granito puro! No hay cojones, Roberto. No hay cojones. Se hace a barrenazo limpio y ni aun así hay manera. El caso es que aquél es asunto prioritario. ¿Entiendes?

—Sí, claro.

—Pero no se progresa. Hace unos meses se decidió enviar presos a trabajar allí. Pero allí no trabajan presos. ¿Comprendes?

—No. Me has dicho una cosa y luego la contraria. No entiendo.

—Joder, Roberto, que en la España de Franco los penados no trabajan. Oficialmente. Además hablamos de un monumento de reconciliación. No puede saberse que hay presos trabajando allí. Se estropearía el asunto, ya sabes, la propaganda.

—Pero… ¡menuda reconciliación! Si yo los he visto… en carreteras, puentes… La gente ve los batallones de trabajadores salir de las cárceles para ir al tajo…

—¡Habladurías! La gente verá lo que quiera ver, pero otra cosa es lo que dice el Movimiento. En el Valle de los Caídos no trabajan presos políticos y punto. Ésa es la versión oficial.

—Entendido, señor: trabajan pero a efectos oficiales no están allí.

—Bien dicho. Eso es hijo, eso es. Una vez aclarado esto tengo que ponerte al día sobre una cosa. Vienes de aduanas y sabes a qué niveles ha llegado el asunto del estraperlo.

—Sí, por experiencia.

—Mejor. Digamos que la comida que debe ir a los campos, a todos los campos —puntualizó—, está perfectamente estipulada. En cada prisión, en cada batallón de trabajadores, se calcula una dieta ideal que aporte las necesidades calóricas que necesita cada penado e incluso un poco más, ¿me sigues?

Alemán asintió.

—Una dieta de entre 2.800 y 3.200 calorías, teniendo en cuenta que un preso necesita unas 2.100 al día para acometer el trabajo, soportar el frío y no caer en manos de las enfermedades infecciosas.

—¿Pero…?

—Sabías que había un pero. Eres listo. No nos engañemos. Esos suministros existen en la ICCP, forman parte del presupuesto y se almacenan, se hacen inventarios y se transportan a los centros de internamiento pero no todo lo que va en los camiones se descarga. Bueno, mejor dicho, casi nada. Vivimos una posguerra, Roberto, y la gente pasa hambre. La posibilidad de sacar eso a la calle y venderlo de estraperlo a precios astronómicos está ahí. Que si un jefe de campo, que si un sargento de cocina… Eso existe y es imposible eliminarlo, además, todo el que lo hace se encarga de que una parte llegue al que tiene arriba, a la superioridad. Así, todo el mundo se beneficia.

—Pero los presos no comen como deberían…

—Se buscan la vida. Con lo que van ganando compran comida extra y sobreviven, ¿qué más quieren?

Volvió el silencio embarazoso. A Alemán todo aquello le parecía, de principio a fin, inmoral. Él era un soldado. Tenía honor.

—Sigo intrigado con cuál es mi misión —dijo.

—Cuelgamuros.

—¿Cómo?

—Así se llama el paraje en el que se está construyendo el Valle de los Caídos. Hay, aparte de algunos obreros libres, tres destacamentos de presos trabajando allí, entre quinientos y seiscientos tíos. Alguien se está pasando de listo con los suministros. He comparado el menú real, el rancho, y las cantidades que registran en la oficina no suelen tener nada que ver… El otro día estuve allí, comí el rancho, bueno lo olí, miré las cantidades, pasé por la cocina… y alguien se está forrando, es obvio. Mi gente ha hecho los cálculos y desaparece el cuarenta por ciento de los suministros que se sirven.

—Acabas de decir que es lo normal, por lo que cuentas este sistema está corrompido.

—No lo entiendes. Alguien se está aprovechando y no renta a la superioridad.

—Ya. Es eso.

—Pero eso no es lo malo. Sólo. El rendimiento en los últimos dos meses ha bajado. Ha habido más enfermedades, desmayos y accidentes. El proyecto debe avanzar a mayor velocidad y se está ralentizando por la codicia de unos desalmados. Franco comienza a ponerse nervioso. Quiero que vayas allí y averigües quién es el desgraciado que está sisando. Tienes plenos poderes. Eres el hombre adecuado. Tu experiencia en aduanas te avala y antes de la guerra estudiabas Medicina. Eres un tipo de Ciencias, bueno con los números. Diremos que vas como enviado de la ICCP para vigilar las obras. Los presos de Cuelgamuros deben comer bien, pues esa obra es prioritaria.

—¿Alguna pista, Paco? ¿Sospecháis de alguien?

—Estamos en blanco. Lo quiero resuelto en una semana. El tiempo apremia.

—Descuida —se escuchó decir a sí mismo Alemán.

Sonó el timbre. Eran Delfina y Pacita, que estaba hecha una mujer. De formas redondeadas, generosas, hermosos ojos negros y amplia sonrisa, lucía una media melena como las de las actrices americanas. La conversación quedó finiquitada al momento, claro. Alemán se sintió como un viejo verde por pensar de aquella forma en ella, era la hija de su mentor y no en vano la conocía desde niña.

La cena fue excelente, entre continuas indirectas de Delfina y descaradas alusiones a que su hija estaba en edad de merecer, cosa que hacía que el invitado se sintiera aún más culpable. Al acabar tomaron una copa de Jerez y visionaron unas diapositivas de un viaje que Pacita había hecho a Italia dos años atrás. Era una cría, veinte años, pero mucho más madura de lo que cabía esperar. A Roberto le pareció ingeniosa, pizpireta, ocurrente y le hizo reír.

Al día siguiente tenía que acudir a Cuelgamuros.

Tornell quedó muy desilusionado cuando recibió una carta en la que Toté le comunicaba que no podría acudir a Cuelgamuros. Al menos de momento. Trabajaba como mecanógrafa en un bufete de abogados y para poder viajar hasta tan lejos tenía que pedir el sábado libre y quizá el lunes entero, lo cual no era asunto sencillo. Aun así sus jefes le habían dado permiso para hacerlo tres semanas más tarde. Juan Antonio, pese a la desilusión, supo que tenía que armarse de paciencia. Ya llegaría el día, tres semanas no era tanto. Además, quiso ver el lado bueno. Veintiún días más de recuperación, de trabajo vigoroso al aire libre y con una alimentación que completaba con lo ganado en sus horas extra no le vendrían mal. Así Toté le vería con mejor aspecto. Decididamente, aquello le obsesionaba:

¿Qué pensaría ella al verle así? No parecía precisamente un galán de cine con el pelo al rape, flaco como un galgo y vistiendo aquel uniforme medio raído, completado con una vieja rebeca de lana que había conseguido en el economato. Las alpargatas apenas si le protegían del frío pese a que se ponía dos calcetines y los sabañones le mataban. Allí arriba hacía un frío de muerte, sobre todo a la noche. Se comía mejor que en otros campos, se trabajaba al aire libre y se disfrutaba de la sierra, sí, pero el frío era lo peor con diferencia. Y pensar que, como decían los que conocían aquellos parajes, aún no había entrado el invierno de verdad. Tornell supo que estaban nada menos que a 1.300 metros de altura. Cada vez aumentaba más el número de horas extra que hacía y eso le permitía mejorar su alimentación para poder renunciar a aquellas horribles latas de sardinas que habían sido su sustento y el de tantos otros en la multitud de campos que había tenido que recorrer. Durante mucho tiempo aquél había sido su único plato diario: un par de sardinas sobre una rebanada de pan duro, con gorgojos, provenientes de requisas que se hicieron al Ejército Republicano, latas caducadas, con el aceite putrefacto, que allí arriba esperaba no volver a consumir.

A pesar de ello, había que trabajar mucho para sobrevivir, eso estaba claro. Cada trabajador recibía un sueldo de unas dos pesetas diarias, de las que se le retenían 1,50 en concepto de manutención. Una injusticia, claro, porque si un obrero libre, en la calle, cobraba por día unas catorce o quince, los presos recibían 0,5. Si el preso tenía mujer —siempre que pudiera acreditar estar casado legalmente y por la Iglesia— percibía dos pesetas más y luego, una peseta por cada hijo menor de quince años. Era evidente que para cobrar un sueldo normal habría que tener algo así como quince hijos. La solución estaba, obviamente, en las horas extra: una vez cumplida la extenuante jornada que dedicaban a «reconstruir con sus manos lo que habían destruido con la dinamita» comenzaban a trabajar para ellos mismos. Los solteros eran, de largo, los más perjudicados por aquel sistema, pero si un preso se mataba a trabajar, reducía más pena y podía comer mejor. El palo y la zanahoria. Lo tenían bien pensado, no cabía duda. Pese a ello, en Cuelgamuros se podía salir adelante. Había incluso un botiquín con consultorio médico. No obstante los accidentes eran muy numerosos pues se trabajaba con medios muy precarios y a toda velocidad. No eran raras las fracturas, miembros aplastados e incluso los bloques de piedra que se desprendían de pronto, por lo que había que ser cauto en el trabajo para no acabar mal. El tercer martes de octubre, Tornell se torció un tobillo y apenas podía andar. Disimuló lo que pudo. Llegó a temer que le devolvieran a la cárcel, pero no, le enviaron a que le examinara el médico, don Ángel Lausín, un buen hombre que trabajaba allí depurado, como casi todos.

El médico le mandó una pomada y le recomendó dos jornadas de reposo. Aprovechando la soledad del barracón Tornell sacó su libreta e hizo algunos apuntes. Cuando apenas había reiniciado su tarea se presentó un tipo de baja estatura, más bien recio y de enorme cabeza. Un tipo que se identificó como «el camarada Higinio». Dijo que era el hombre a cargo del Partido Comunista en Cuelgamuros y que había logrado ser preso de confianza. Hacía los recuentos y aquello le permitía trapichear con los guardianes y obtener información.

—Nos ha costado trabajo traerte —le soltó de pronto—. Espero que estés a la altura.

Era un individuo muy resuelto, de los que tanto abundaron en el Partido; tenía bolsas bajo los ojos y unas amplias entradas que hacían su frente inmensa, como si fuera un tipo inteligente.

—De momento, me he centrado en recuperarme —contestó Tornell.

—Bien hecho —repuso el otro—. He aprovechado que estabas a solas para charlar un poco contigo y ponerte al día. Y presentarme antes, claro, no quería llamar la atención.

—Bien hecho. Hazme un resumen de la situación.

Gracias a Higinio, Tornell supo que allí había cierta organización política entre los presos. Los guardianes lo sospechaban pero no tenían pruebas. Se rumoreaba que sus carceleros habían introducido policías camuflados como obreros libres para detectar cualquier atisbo de organización, por lo que era necesario ser muy prudente. Aun así, los presos se organizaban por afinidades ideológicas: los cenetistas por un lado, a su aire, como siempre, y los comunistas y los socialistas por otro. Todos seguían manteniendo sus mutuos recelos y jerarquías aunque muy en secreto. Las delaciones estaban a la orden del día, como en todos los campos que Tornell había conocido. Era muy habitual que algún desgraciado identificara a un antiguo comisario político a cambio de una onza de chocolate. Por eso era necesario ser discreto, muy discreto. Aquellos comportamientos habían ido disminuyendo pero en los primeros tiempos, al acabar la guerra, las cosas habían sido duras, durísimas. Tornell relató a Higinio cómo era la situación en los campos y cárceles que continuaban abiertas. El comunista no tenía demasiadas noticias al respecto desde que había llegado al Valle. En Miranda de Ebro le habían apaleado dos veces, delante de un juez y dos verdugos.

—Me acusaban de esto y lo otro y yo negaba, claro, sólo fui un soldado —se oyó decir a sí mismo mientras Higinio le escuchaba muy atento—. Cuando perdí el sentido me cargaron sobre una manta y me llevaron a una celda de castigo. Tardé veinte días en estar bien. Otra paliza. Al final, como no tenían nada contra mí me metieron sólo una pena de muerte. Por ser oficial.

—Vaya. Supongo que luego te la conmutaron, ¿no? Has pasado por más campos según me cuenta Berruezo.

—Sí, pero si Miranda era malo creo que peor fue lo de Albatera. Aquello fue antes, me parece que hace ya una vida, nada más acabar la guerra. Me viene a la memoria el hambre, claro, y la sed, sobre todo, la sed. Recuerdo la sed y las caravanas de falangistas que venían a examinarnos buscando a gente de sus pueblos. Cuando identificaban a uno se lo llevaban sin hacer papeles ni nada. Apenas daban la vuelta a la primera curva se oían los disparos. Los fusilaban allí mismo.

—Cabrones.

—Y las viudas… ¡Las viudas! Si una cosa he aprendido de esta guerra es que la atrocidad llama a la atrocidad. Llegaban viudas acompañadas por oficiales del campo a las que nosotros les habíamos matado al marido. Algunos de los nuestros hicieron también de las suyas, a qué negarlo. Por ejemplo, esos malditos cenetistas abrieron las cárceles y sumaron en sus filas a un montón de presos comunes, algunos asesinos, ladrones, violadores… Un error.

—Estoy de acuerdo contigo.

—Tampoco el Partido se quedó corto, amigo.

—No se puede hacer una tortilla sin romper los huevos, Tornell.

—Sí, supongo, pero tanta barbarie se volvió contra nosotros. La violencia engendra violencia. Es un ciclo que ya no se puede romper. Las viudas nos daban más miedo que los falangistas. Llegaban con el odio en la cara, recordaban a sus hombres, muertos, fusilados, y decían: «Ése, ése y ése…». Era horrible. Todo esto lo veo cada vez más lejos, Higinio. Aquí no sufro por mi vida a cada momento y eso el cuerpo lo agradece. Me matan a trabajar, sí, pero sigo vivo y vivo seguiré. Cada día que pasa es un día más que me acerco a la salud, a la libertad, saldré de aquí y viviré, lo juro.

—Sí, pero no te olvides de los amigos. Todo tiene un precio.

—No me olvido, camarada, no me olvido.

Los domingos, Tornell solía contemplar ensimismado cómo las parejas, felices, se perdían entre los árboles a buscar un poco de intimidad. Los guardias civiles que patrullaban a lo lejos hacían la vista gorda. Sentía envidia por sus compañeros, por aquellos que recibían visita y anhelaba ver a su mujer algún día. Recordaba su olor, su risa. Recordaba cómo se marcaban los hoyuelos de sus mejillas cuando, al llegar del trabajo, le pellizcaba el trasero. «¡Eres un pícaro!», le decía haciéndose la ofendida. Cuánto la había echado de menos, ahora lo sabía.

Pero ya faltaba poco y consumía las horas muertas en imaginar cómo sería recibir visita como los otros presos que, por unas horas, parecían felices, como si no estuvieran penando en aquel lugar. Tampoco quería ilusionarse demasiado por si aquel segundo intento se frustraba y Toté no podía acudir.

Los festivos comía bastante bien, a veces se juntaban entre cinco y compraban una hogaza de pan que traían de Peguerinos y una asadura de las que subía la gente a vender desde Guadarrama. Aquello sabía a gloria. Y le hacía mucho bien al cuerpo, la verdad. Aquellos momentos de camaradería, comiendo algo sabroso y ganado con el sudor de su frente, eran momentos de efímera felicidad, un ligero bienestar, un descanso en mitad de todo aquello que le había tocado vivir. Allí el trabajo era muy duro, salían a las ocho hacia el tajo y sólo les vigilaba uno de los guardianes. Tenían a varios presos que eran responsables de los demás y que hacían los recuentos al ir y al volver y antes del toque de silencio.

Nada que ver con los cabos de varas que había conocido en otros campos. Ironías del destino, la mayor parte de ellos eran ex comisarios políticos ascendidos a presos de confianza. Sádicos que disfrutaban fustigando a sus propios compañeros con vergajos de toro. Hijos de puta. Traidores.

Tornell recordaba lo que siempre le decía su comandante, Gerardo Cuaresma: «Tornell, cuídate de la gente que se da golpes de pecho, ésos son los peores».

Y bien cierto que era. No les molestaban mucho con la religión y el adoctrinamiento, solamente querían que trabajaran bien y rápido. En eso aquel campo era muy distinto a los demás. Sólo había misa los domingos y era, en cierta medida, voluntaria. Había que asistir para obtener un sello en el ticket que daba derecho a salir a dar una vuelta y a la comida del domingo que siempre era mejor, casi decente. Merecía la pena tragarse una misa por aquellos pequeños privilegios. Se permitía a algunos presos salir incluso a las fiestas de los pueblos cercanos con un salvoconducto y volver antes del toque de queda. En realidad no había muchas fugas pero no era por falta de ganas. ¿Adónde iban a ir? Los presos coincidían en que, mal del todo, no se comía. Sobre todo los que habían conocido otros campos como Tornell. Se había dado incluso el caso de tipos que, como él, al venir de la prisión y no estar acostumbrados a comer, se habían tomado dos cazos de rancho del doce y su estómago, al no estar preparado, les había hecho caer enfermos. No es que la comida fuera nada del otro mundo. Era mala, pero había almortas, garbanzos —pocos— y se notaba que algún hueso le echaban al caldo para darle sabor. Todo el mundo era consciente de que trabajando allí unos ocho años se amortizaba la pena, y por eso habían acabado por claudicar. Una lástima, pero era demasiado lo que muchos habían pasado para llegar hasta allí, mientras que otros vivían en el extranjero con el dinero de la República. Aquella semana Tornell había tenido, por desgracia, noticias de su comandante en la guerra, Cuaresma. El señor Licerán le había enviado al almacén de la empresa San Román a por mecha para unos barrenos. No había contacto entre los tres destacamentos de presos que allí trabajaban y no solían ver a menudo a los de San Román o construcciones Molán; así que, dar un viaje al almacén era algo agradable, un paseo que permitía dejar el

pico por un rato y tener noticias de otra gente. El almacene-
ro le pareció un hombre educado.

—¿Eres nuevo? —le dijo.

—Sí —contestó él—. Tú pareces veterano aquí.

—Llevo un tiempo, sí, y el que me queda… —Aprovechando que estaban a solas siguió diciendo—: ¿Dónde luchaste?

—Caí prisionero en Teruel, estaba con la 41.ª División.

—¡Coño! ¿En qué regimiento?

—En el 23 —contestó Tornell.

—¡Yo estuve en el Estado Mayor en Teruel! Fui muy amigo de tu comandante, Gerardo Cuaresma. Llegué a teniente
coronel.

—Usted perdone… yo no sabía.

—Apéame el tratamiento o nos buscas la ruina, hijo, ¿cómo
te llamas?

—Tornell, Juan Antonio Tornell.

—Pues mira Tornell, métete en la cabeza cuanto antes que
aquí somos todos iguales: somos presos, simples presos. Ya no
hay mandos, ni generales, ni sargentos, ni otras memeces.
Tutéame y ándate con ojo con no hacerlo. El Ejército de la
República no existe ya.

Juan Antonio bajó la cabeza, apesadumbrado.

—Soy Eduardo Sáez de Aranaz, y aquí me tienes a tu disposición. Para ti y para todos los compañeros, simplemente
Eduardo.

Entonces Tornell apuntó:

—Cuando se ha… te has… te has referido a mi comandante has dicho que «eras su amigo»…

—Se pegó un tiro cuando cayó Teruel.

—Vaya.

Se hizo un silencio.

—Era un gran tipo —dijo apenado.

Recordaba el triste incidente de los perros y la dinamita el día en que fue hecho prisionero. Él había intentado ayudar a su superior a poner orden y había leído la desilusión en los ojos del comandante.

Ambos sabían desde el principio que aquel hermoso sueño iba a la debacle.

—No te falta razón. Pero mira cómo hemos acabado todos. Fíjate lo que son las cosas, yo soy de la misma promoción que Franco, él salió con el número 247 de una hornada de trescientos tíos y yo, con el 65.

—No está mal.

—No. Franco nunca fue un tipo brillante. Es listo, pero no brillante. Fui profesor en la Academia de Infantería de Toledo y el propio Franco vino a buscarme para llevarme con él a la Academia de Zaragoza. Di clase de táctica, armamento y tiro. Enseñé árabe. Cuando la guerra, hice lo que debía, me porté como un militar y cumplí con mi obligación. Yo, con la República. Me condenaron a muerte pero luego me conmutaron por treinta años. Ahora, cuando viene por aquí, ni me saluda.

—¿Quién?

—Pues ¿quién había de ser? Franco.

—¿Franco viene por aquí? —Se hizo el sorprendido pues era vox pópuli que el dictador solía dejarse caer por allí.

—Muy a menudo. Se hace el loco, como si no me conociera. Él me indultó. Yo pedí venir aquí porque así podría salir en ocho años a lo sumo. Tengo un hijo que estudia Periodismo. El que sí me saluda afectuosamente y viene mucho por aquí es Millán Astray. Pero, claro, ése está como una cabra. Me da tabaco y dinero. Toma —dijo entregándole una cajetilla de tabaco.

—Vaya, muchas gracias —acertó a decir Tornell algo azorado por aquel inesperado regalo.

—No hay de qué. No te demores que te echarán en falta. Ya sabes dónde me tienes.

—Un placer, Eduardo, un placer.

Salió de allí taciturno, viendo en qué habían acabado sus sueños.

El Loco

Corría el 30 de octubre cuando Roberto Alemán llegó a Cuelgamuros con un nombramiento que presentar al director de aquel campo, don Adolfo Menéndez Castuera. En aquella misiva, el general Enríquez instaba a don Adolfo a facilitar al máximo la labor de Roberto Alemán, que debía ejercer funciones de inspección en las instalaciones hasta que la ICCP lo considerara necesario.

A Roberto, el director no le causó buena impresión. Era un tipo delgaducho, con un bigotillo ridículo y mirada huidiza. Desde el primer momento notó que se ponía a la defensiva. Se hacía evidente que la presencia de un delegado de la ICCP allí no le agradaba demasiado. ¿Por qué? De inmediato le instalaron cómodamente en una coqueta casita, similar a las que ocupaba el personal civil que trabajaba allí, aunque de mejor calidad. Tenía espacio suficiente y un escritorio, así como un camastro para su ordenanza, Venancio, por lo que al instante se puso manos a la obra. Podía haberse pasado por la oficina y comenzar a pedir los estadillos, pero no quería levantar demasiadas sospechas sobre la naturaleza de su misión en el campo. Además él era hombre de acción, así que prefirió dar una vuelta y comenzar a inspeccionar el terreno. Era necesario hablar con la gente e ir obteniendo información sobre lo que allí se cocía poco a poco. Prefería que pensaran que su presencia allí respondía a una inspección rutinaria, no quería que sospecharan que se había detectado nada raro con respecto a los suministros.

De inmediato comenzó a vagabundear por aquí y allá, observando, aunque notó que algunos de los guardianes de don Adolfo le seguían disimuladamente de lejos. Aquella misma mañana inspeccionó los tres destacamentos. Uno excavaba la cripta en lo que se conocía como el Risco de la Nava, imponente; otro construía el monasterio tras lo que debía ser el gran mausoleo y un tercero allanaba el terreno y cimentaba la carretera para la que serían necesarios más de tres puentes e incluso, según se decía, un viaducto. El paraje era hermosísimo, sin duda, e invitaba a la reflexión en medio de tan exuberante naturaleza. Preguntando aquí y allá buscó al hombre que mejor conocía aquello: el encargado de la empresa San Román, los que excavaban la cueva. Le dijeron que se llamaba Benito Rabal y que era hombre de ley. Enseguida pudo comprobarlo. Minero veterano de la Unión, se había trasladado con su familia a Madrid hacía años. Vivía en Cuelgamuros con su esposa y un hijo de diecinueve años, Damián, en una de las casas que se construyeron para civiles. A Roberto le impresionó cómo aquel tipo aguantaba impertérrito las explosiones de los barrenos. Mientras que unos y otros corrían a ponerse a salvo cuando iban a hacer la «pegada» —como ellos solían decir—, él se quedaba de pie, mirando al frente con orgullo, como si tal cosa. El mismo Alemán, militar curtido en una guerra, se agachaba asustado ante las explosiones y las piedras que volaban sobre sus cabezas, pero don Benito sabía hacia dónde iban a salir despedidos los fragmentos y en qué dirección podía rodar una roca con una precisión pasmosa. Le pareció un tipo de trato fácil, sencillo, sin recovecos, y en cuanto le comunicó que quería que le contara cómo empezó todo aquello no tuvo inconveniente en hacerlo frente a dos vasos de aguardiente: había llegado allí de los primeros, cuando apenas si había quince obreros libres que venían de los pueblos de alrededor como Peguerinos, El Escorial y Guadarrama. Al principio sólo había allí dos casas: la de los guardeses, Cecilio y Julia, que vivían con sus tres hijos y otra de una buena mujer a la que llamaban Juana, la cabrera. Pronto se realizaron algunas construcciones para los encargados. Los obreros de los pueblos, por no bajar al final de cada jornada hasta sus casas, comenzaron a construir pequeñas chabolas con piedras, ramas y madera para pernoctar en ellas entre semana. En aquel momento, aquellas chabolas aún existían y ya que los obreros libres tenían buenos alojamientos, habían sido colonizadas por las mujeres y familiares de muchos de los presos que comenzaron viniendo los domingos a ver a sus hombres y que habían terminado por instalarse definitivamente, ya que vivían del salario que los presos percibían por su trabajo allí. Las autoridades hacían la vista gorda ante la existencia de aquellas infraviviendas e incluso muchos de los críos que las habitaban acudían a la escuela. Don Benito destacaba que la disciplina era bastante laxa —comparada con otros campos, claro— y no era infrecuente que, al acabar la jornada, muchos de los penados pasaran por sus casas —o mejor, chabolas con el techo de zinc— a cenar con la familia y echar un rato. Siempre y cuando se presentaran al último recuento antes de que se tocara retreta no tenían problemas. Rabal le explicó que, al principio de llegar los penados, los funcionarios los trataban con mucha dureza, como en un campo de prisioneros normal, pero los trabajadores libres que había por allí comenzaron a afearles ese tipo de conducta por lo que poco a poco fueron relajando la disciplina. Más que nada por no meterse en líos. Según contaba don Benito, hombre respetado cuya palabra era ley allí, los presos no buscaban problemas por la cuenta que les traía y se dedicaban a lo suyo, trabajar sin desmayo para reducir pena y ganar un dinero con el que mantener a sus familias. No era de extrañar entonces que alguien se estuviera haciendo de oro desviando las provisiones porque aquella gente, por decirlo de alguna manera, se autoabastecía. Según pudo comprobar, poco a poco se había ido desarrollando allí dentro una especie de economía de subsistencia que permitía vivir a unos y a otros. Por ejemplo, un tipo que trabajaba allí, un vivo, colombiano, de nombre Luis —todos suponían que se escondía de algo— había asumido por su cuenta la responsabilidad de bajar todos los días al pueblo a por el pan que correspondía a la pequeña población. Para ello arrendó un burro a los guardeses, Pelusilla, a cambio de una ración extra de pan al día. Como el tipo parecía avispado logró inscribir al pollino como un trabajador más, de nombre Lorenzo Pelusilla Rodríguez, que percibía su ración correspondiente, por lo que el arriendo se pagaba solo. Aquello lo contaba don Benito como una gracia, y aun siendo una irregularidad, aseguraba el suministro de pan a aquella pobre gente. El negocio de Alemán era otro, descubrir un chanchullo más gordo y en ello decidió centrarse. Allí había un economato regentado por un tipo muy gordo al que llamaban «Solomando». Un lugar en el que los presos, mal que bien, hacían sus pequeñas compras para ir tirando. En suma, un pequeño mundo en equilibrio que, siendo una prisión donde se trabajaba en condiciones de esclavitud, era mejor que la mayoría de las cárceles y los campos de concentración que aún existían en España. Después de dar por terminada la charla con el capataz, decidió que al día siguiente debía entrevistarse con el arquitecto, don Pedro Muguruza. Según le habían dicho, subiría a inspeccionar el estado de las obras.

Había pasado otra semana más y Tornell reparó en que le quedaban dos menos de condena: una la vivida y otra la reducida por el Patronato. Faltaba poco para la visita de Toté y aquello le animaba a seguir adelante y sufrir estoicamente la dureza del trabajo, el sol abrasador de la montaña y el frío horrible de aquellos parajes. Poco a poco se iba acostumbrando a aquello. Era como un pequeño pueblo, lejos del mundo, un minúsculo rincón con sus equilibrios, sus reglas, sus penas —¡muchas!— y algunas pequeñas recompensas. Higinio, el jefe de los comunistas le había causado una grata impresión: parecía eficaz y conocía el campo, un valor seguro para dirigir el Partido en Cuelgamuros. Un tipo listo que había conseguido ser preso responsable colaborando con sus captores para lograr beneficiar a su organización. Una jugada inteligente, a su parecer.

Los responsables de las distintas facciones habían llegado a la conclusión de que cuanto más se integraran en la organización del campo más podrían moverse entre uno y otro destacamento y más información obtendrían. Era una prioridad poder saber de primera mano qué se cocía allí.

Comenzaba a hacer frío de veras pese a que la nieve no había hecho aún su temida aparición. Apenas si tenían ropa en condiciones, unos añosos uniformes de rayas blancas y azules que no abrigaban y poco más, por lo que Tornell se colocaba varias capas de ropa, la que podía o la que había conseguido aquí y allá, trapicheando, como todos. Bromeaba diciendo que parecía una cebolla.

Conforme avanzaba la jornada y si el día era soleado, se iba quitando prendas: la guerrera del uniforme de preso, una vieja camisa a cuadros, muy raída, y una camiseta de felpa que le había regalado el señor Licerán y que vestía sobre otra más fina. A mediodía el sol pegaba fuerte y a veces quedaba en camiseta de manga corta. En cuanto paraban se abrigaba lo máximo que podía, allí el aire cortaba y no quería agarrar una pulmonía. Pasaban de sudar a tener frío en unos segundos y había que andarse con tiento para no caer enfermo. Por las noches, tras la cena y si no se encontraba demasiado agotado, solía charlar un rato con los compañeros del barracón: con uno que llamaban «el tío rojo» —no por comunista sino porque su pelo, rojo fuego, parecía el de un inglés—, con Colás, con David el Rata —conocido así porque adoraba a su mascota, un roedor que guardaba en una caja y al que sacaba por las noches— y con Arturito el Mecha, que fue torero antes de la guerra. El Rata le resultaba familiar y así se lo había preguntado al conocerle, pero éste había negado haber visto antes a Tornell. Juan Antonio no insistió, eran muchos los presos que mentían sobre su pasado y que habían logrado borrar el rastro de una militancia demasiado activa en el Frente Popular. Mejor no remover el asunto, no fuera a perjudicar a un compañero. Supuso que debía de sonarle de Madrid, de cuando estuvo en las Milicias de Vigilancia de la Retaguardia. Igual el Rata había sido comisario político e intentaba ocultarlo. Mención especial le merecía el amigo íntimo del Rata, el Julián, un caso como tantos de un tipo que fue delincuente común antes de la guerra y que se había refugiado con los anarquistas. Parecía que le faltara un hervor y es que había estado prisionero en San Pedro de Cardeña, donde un psiquiatra, un tal Vallejo-Nájera intentaba demostrar «el biopsiquismo del fanatismo marxista». «Ahí es nada», decía el pobre Julián entre risas. Aunque aquello no debió haber sido, para nada, divertido. De hecho, cambiaba de tema cuando salía a colación aquel asunto. No sabían qué experimentos se habían realizado allí con los presos, sobre todo con los de las Brigadas Internacionales que, sin pasaporte, no existían oficialmente; pero ni se atrevían a preguntar por ello. El Julián no hablaba nunca del asunto pero era obvio que lo habían dejado tarado, medio ido de la cabeza. Se ponía nervioso cuando se hablaba de aquel lugar y decía no recordar siquiera el porqué. Formaban un grupo variopinto y charlaban con nostalgia sobre los buenos tiempos, de antes incluso de la guerra. Resultaba curioso pero no solían hablar mucho de batallas y hazañas bélicas. Era como si la República no hubiera existido. Algo que querían borrar de su mente pues les hacía daño pensar que habían perdido la guerra, que estaban atrapados allí, sin remisión y que nadie vendría a salvarlos. No estaban los ánimos como para hablar de aquello.

El jueves de aquella misma semana tuvieron un pequeño incidente que bien pudo haber acabado mal: había llegado un oficial nuevo, del Ejército de Tierra, un capitán muy estirado con aires de superioridad, Alemán. Los presos decían que era inspector de la ICCP y todo el mundo se le cuadraba como si le tuvieran miedo, desde los vigilantes hasta los guardias civiles. No se sabía muy bien qué hacía allí aunque los guardianes habían insinuado que la ICCP había decidido colocar un inspector en cada campo de concentración para evitar que se cometieran tropelías con los presos. Los penados se tomaban aquello a risa, evidentemente. Lo peor de los fascistas era que decían aquel tipo de idioteces y acababan por creérselas. Les importaba un bledo el estado físico de los presos, para qué mentir. En cualquier caso, la presencia de aquel tipo dándose ínfulas no parecía agradar a nadie: ni al director, ni a los carceleros, ni mucho menos a los presos. Pronto, Tornell y sus amigos tuvieron ocasión de conocer personalmente a aquel excéntrico. Los presos del destacamento Carretera trabajaban en tres sectores: a lo largo de cinco kilómetros se habían abierto tres tajos conocidos como Los Tejos, Puente del Viaducto y Puente del Boquerón. En cualquiera de los tres el trabajo era muy penoso. Sólo superaba la dureza de aquel destacamento el trabajo que se realizaba intentando excavar la cripta en el granito de Guadarrama. Allí, en Carretera, picaban piedra a todas horas. Tenían que romper rocas de gran tamaño con un mazo para obtener piedras más pequeñas. Las grandes se obtenían de la roca viva de la montaña, tras hacerla explosionar a mediodía con dinamita. Luego había que subir a por ellas y bajarlas ladera abajo. Aquellas rocas tenían aristas muy afiladas, como cristales, por lo que los presos acababan la jornada con las manos ensangrentadas. La mecanización no existía, así que se desmontaban los terraplenes con el esfuerzo, el sudor y la sangre de los penados. Los tajos más cercanos al comedor subían al destacamento a comer, pero el más alejado gozaba del pequeño privilegio de que les llevaran el rancho. Al menos podían tumbarse un poco y descansar antes de retomar la faena. Así fue como conocieron a aquel loco. Estaban descansando a mediodía, tras la comida, junto a una zona en la que habían conseguido aplanar bastante el terreno, cuando el nuevo capitán pasó por allí vagabundeando. Tornell no se dio cuenta y se levantó a por el botijo; al girarse, de pocas choca con el oficial que bajaba por el sendero a paso vivo. Aquel tipo lo miró como si fuera a fulminarle y Tornell —acostumbrado a recibir sopapos por tantos y tantos campos— se apartó y bajó la vista para evitar que aquél le atizara con una vara de mando que llevaba. El capitán lo miró muy serio y le preguntó:

—¿Cómo te llamas?

—Tornell —contestó.

Alemán quedó entonces parado, pensativo, por un instante.

—Vaya, un listillo. Mira, Tornell —ordenó señalando un montículo de piedras enormes que quedaban a la derecha del camino—. Ahora, me coges todas esas piedras y las cambias de lado del camino.

—¿Por qué? —contestó inconscientemente Colás levantando la voz y con un tono demasiado altivo.

El capitán se giró y dio un grito:

—¡Firmes!

Todos se cuadraron.

—Vaya… otro espabilado —dijo acercándose a Berruezo—. Pues porque me sale a mí de los cojones. Cuando pasa un oficial de la infantería española tiembla el suelo. ¡*Cago'n* Dios! Ahora, en lugar de aquí, Tornell solo, le vas a ayudar tú…

—Berruezo, Colás Berruezo.

—Berruezo. Me quedo con tu nombre. Pero claro… a más manos, más trabajo, así que cuando hayáis cambiado las piedras de sitio os vais a paso ligero al Risco de la Nava, os estaré esperando mientras me fumo un cigarro. Una vez allí os daré las instrucciones pertinentes para que volváis a colocar las piedras en su posición inicial.

Tornell miró al suelo, aquello aparte de ser un trabajo excesivo, habría de llevarles buena parte de la tarde y era obvio que no podrían hacer horas extraordinarias. Iban a perder un día de sueldo extra y de reducción de pena por aquel incidente. El capitán se giraba para irse cuando se escuchó una voz que decía:

—¡Señor!

Era Tornell. Todos bajaron la vista o miraron a otro lado, aquello no podía terminar bien de ninguna manera.

—¿Sí? —dijo volviéndose con aire despectivo.

—Pido permiso para hablar. Si no es molestia, claro.

El capitán se le acercó dando dos pasos. Era un tipo alto, como Tornell, pero mejor nutrido y por tanto, más corpulento.

—Procede, Tornell.

El preso, notando que se le hacía un nudo la garganta, acertó a decir con el tono más apacible que pudo:

—Perdone, señor, pero usted es hombre de armas. Nosotros perdimos una guerra, sí, pero fuimos soldados un día. Yo, teniente, y Colás Berruezo, sargento. Creo, conociéndolo como lo conozco, que le ha hecho esa pregunta, impertinente, sin ninguna duda, para que usted le castigara también a él y así ayudarme con ese trabajo, porque él sabe que estoy más débil y quería ayudarme, seguro. Lo conozco como si lo hubiera parido, señor. Pienso que es muy destacable que un hombre se sacrifique por otro, que intente ayudar a un compañero y por eso le ruego le exima del castigo y me deje a mí cumplirlo a solas. Me lo merezco y si usted le castiga no estará sino haciendo lo que él quería en un principio.

El capitán quedó entonces mirando a Tornell de arriba abajo mientras jugueteaba con su bastón de mando. Comenzó a golpearse con él la mano derecha que mantenía abierta, como con impaciencia. Parecía fuera de sí. Iba a estallar. Sus ojos destilaban un odio atroz. Los presos se miraron, asustados, esperando una previsible reacción violenta de aquel fanfarrón. Entonces, como si tal cosa, esbozó una amplia y plácida sonrisa. Por un momento dio la sensación de que se transformaba en otra persona muy distinta de la que fuera apenas hacía unos segundos.

—Eres muy listo Tornell, muy listo. Y le has echado un par de cojones, hay que reconocerlo… y tu amigo este, Berruezo, también los tiene bien puestos. Juntos en la adversidad. ¡Así son los soldados valientes, coño! Olvidad lo de las piedras y seguid a lo vuestro. Esta noche pasad por la cantina, allí tendréis pagados dos vasos de aguardiente.

Entonces soltó una carcajada, totalmente ido, y se fue caminando por un risco mirando las plantas, aquí y allá, como si fuera un científico. Todos suspiraron de alivio sin saber muy bien qué decir. Aquel tipo estaba como una cabra. Fue entonces cuando David el Rata aclaró a Tornell que había jugado con fuego. Un guardia civil le había contado que había estado en el frente con aquel capitán, se llamaba Alemán y se decía que era una auténtica bestia. Tornell reparó en que el nombre le era conocido de algo. Alemán, sí, pero ¿de qué? El Rata siguió desgranando detalles sobre aquel desequilibrado: al parecer le habían matado a la familia al empezar la guerra y él, un tipo con agallas, se había fugado de la mismísima checa de Fomento, pese a no poder casi andar por efecto de la tortura. ¡La checa de Fomento! Era eso, pensó Tornell para sí. De eso conocía el nombre. Roberto Alemán, el tipo que había escapado de allí por las bravas. Estaba vivo, ¡había sobrevivido!

La checa de Fomento

En ese momento, su mente le llevó de nuevo al comienzo de la guerra, en el Madrid del 36. Cuando una mañana de primeros de noviembre un miliciano de aspecto aniñado le había despertado a eso de las diez de la mañana porque, al parecer, su presencia era requerida de inmediato en la Consejería de Orden Público de la Junta de Defensa de Madrid. Lo recordaba todo perfectamente. En apenas unos meses de guerra, Tornell, que había alcanzado el grado de capitán y realizado un curso de explosivos impartido por los mejores especialistas llegados de la Unión Soviética, había sido llamado a Madrid ya que su fama de buen policía le precedía. Según le habían comentado, altos mandos del ejército y del gobierno de filiación comunista insistían en la necesidad apremiante de «poner orden en la retaguardia» pues el asunto de la rebelión de los militares de África se estaba complicando por momentos. En verdad, más que complicarse parecía que aquello se perdía, que iban a la debacle sin remisión. A pesar de que el punto de partida del conflicto había favorecido a la República con gran parte del territorio, las áreas industriales, la Marina y la aviación de su lado, la mayoría de los militares profesionales se había decantado por los insurgentes, por lo que aquello, de ser una simple rebelión contra la legalidad establecida, había terminado por convertirse en una auténtica guerra. Las cosas comenzaban a marchar realmente mal y se hacía necesario ofrecer un frente único al enemigo, comenzando por asegurar que se cumpliera la ley lejos de los campos de batalla. Tornell, junto con algunos ex policías afectos y militares con experiencia en el asunto, tenía que conseguir que las Milicias de Vigilancia de la Retaguardia pasaran a ser un cuerpo militarizado, ordenado y controlado por quien debía mandar: el legítimo gobierno de la República. Hasta aquel momento cada partido, cada sindicato, poseía su propia milicia. En muchos casos, simples matones que atravesaban Madrid a toda velocidad en sus «balillas» deteniendo a quien querían y dando «paseos» de madrugada a aquellos que consideraban peligrosos. Un desastre, un caos. La seguridad en la retaguardia comenzaba a ser una obsesión y se sabía que el enemigo había organizado en Madrid una «quinta columna» con el objeto de sabotear, asesinar, crear la máxima confusión y pasar toda la información posible a los nacionales que estaban a las mismas puertas de la capital de la República. Desde el primer momento, Tornell se sintió incómodo en su nuevo puesto tras comprobar que estaba mejor en el frente. Era más expuesto, sí, pero al menos allí se sabía dónde estaba el enemigo. Sus nuevos mandos querían que «hiciera de policía», que ayudara a «poner orden» pero no era, ni mucho menos, tan sencillo. Ahora, en aquel puesto, no corría riesgo alguno pero había determinados sucesos, ciertos rumores, que le hacían dudar; pensar en si debía volver a su puesto de capitán junto a sus zapadores. Por desgracia, no era asunto sencillo quitarse de en medio y renunciar a aquel nombramiento; además, pensaba que algo podría ayudar a evitar desmanes y a que la causa de la libertad se defendiera con justicia. Tornell opinaba que aquello podía hacerse bien, cambiar aquella sociedad era posible sin incurrir en crímenes innecesarios que, a fin de cuentas, acabarían perjudicando a la República más que otra cosa. Quizá era un idealista.

El recuerdo del día en que le encargaron el caso de Alemán pervivía en su mente de forma nítida, indeleble. Recordaba cómo se había puesto el uniforme a regañadientes —apenas hacía dos horas que acababa de llegar de Valencia— y cómo, tras tomar un café bien cargado, se había encaminado hacia el despacho de su jefe, el teniente coronel Torrico. Su mente volvió a revivir aquello como si estuviera ocurriendo de nuevo. Parecía que había pasado una vida, tanto tiempo, tanto... Pero no. Todo estaba en su memoria. Recordaba que pese a que en aquel momento necesitaba dormir, el ordenanza que había acudido a buscarle insistió en que el asunto —algo referente a una fuga de la checa de Fomento— era importante. Apenas acababa de llegar a Madrid tras arreglar varios desaguisados relacionados con excesos revolucionarios en Levante y ya le encargaban otro trabajo. De locos. En los últimos dos días apenas había pegado ojo y estaba cansado de las exigencias de aquel puesto en las Milicias de Vigilancia de la Retaguardia. Aunque al menos allí se hallaba lejos de los tiros, de las explosiones y de aquella macabra lotería de muertes que es la primera línea de combate. Cuando llegó donde Torrico éste le encargó que se acercara al Comité Provincial de Investigación Pública,* sito en el n.º 9 de la calle de Fomento, para depurar responsabilidades por la fuga de un preso fascista. No le hizo mucha gracia la idea, ya que todo el mundo sabía —aunque no oficialmente— lo que se cocía en lugares como aquél. No le agradaban aquellas barbaridades, aunque se hicieran por la causa de la revolución.

Además, los fascistas tampoco se andaban con chiquitas: había podido leer en la prensa internacional lo ocurrido en la plaza de toros de Badajoz: una masacre. Aquellos desgraciados habían ejecutado a más de dos mil hombres y luego habían quemado los cuerpos, pues tenían prisa para continuar su avance a Madrid y no podían comprometer tantas tropas en la retaguardia para vigilar a los prisioneros.

En Madrid se rumoreaba que el general Yagüe, tras aquella barbarie perpetrada con ametralladoras emplazadas en el tendido, había declarado que aquello no era sino un ensayo de lo que iba a hacer en la Monumental de Madrid. Tornell sabía que la República tenía la razón y por eso lamentaba más que nadie los excesos que, como respuesta a incidentes como aquél, se estaban comenzando a dar en la República. Al menos el Partido Comunista lo tenía claro: había que hacer primero la guerra y luego, la revolución. Desgraciadamente, los anarquistas y algún que otro descontrolado no compartían aquella opinión. Desde el principio habían luchado contra la propia República a la que consideraban burguesa e insistían en hacer primero la revolución en la retaguardia, provocando

* El Comité Provincial de Investigación Pública, sito en Bellas Artes, y luego en la calle de Fomento, fue conocido como la checa de Fomento.

tal desorden que aquello comenzaba a preocupar a las mentes más preclaras del Gobierno. Por eso, y pese al cansancio que arrastraba tras recorrer media España deshaciendo entuertos, cazando traidores y poniendo orden entre milicianos avispados en exceso y con las manos demasiado largas, Tornell llegó a la muy temida checa de Fomento con la sola idea de aclarar el asunto y depurar responsabilidades con la máxima celeridad posible. No le agradaban los pistoleros que ni siquiera se acercaban al frente y que disfrutaban haciendo aquel trabajo sucio. Quería salir cuanto antes de allí.

A pesar de que apenas habían transcurrido cuarenta y ocho horas desde el suceso, en cuanto repasó la declaración del preso y habló con los testigos, llegó a una pronta conclusión: los culpables de negligencia, si ésta existía, habían muerto y el fugado no aparecería. Tras entrevistarse con los escasos milicianos y transeúntes que habían visto algo, Tornell comenzó a pensar que, muy probablemente, el huido debía de yacer muerto a aquellas horas en tierra de nadie. El suceso no dejaba lugar a dudas: un preso, Roberto Alemán Olmos, había sido detenido para proceder a su interrogatorio y posterior depuración. Según se desprendía de los informes previos, tenía un hermano falangista, José Alemán, que estaba oculto en algún lugar de Madrid. José era un pistolero, un matón de la Falange que en los meses previos a la guerra había reventado la cabeza de un culatazo a un pobre chaval de catorce años que vendía *El Socialista* en una esquina. Desde entonces había permanecido oculto, se sospechaba que en la capital, por lo que sus padres y su hermana fueron detenidos, interrogados y fusilados dos semanas antes sin que hubieran suministrado información alguna sobre el paradero del huido. Roberto Alemán, el único miembro de la familia que quedaba en libertad, había sido detenido tras acercarse a la checa a preguntar por sus familiares y podía ser el último en proporcionar información sobre el posible paradero de su hermano. Tras ser interrogado por los camaradas Férez y Canales, ambos llegaron a la conclusión —así constaba en los informes— de que el detenido no sabía nada sobre el lugar donde se escondía su hermano. Para estar más seguros se lo entregaron al temido doctor Muñiz que continuó con el interrogatorio hasta donde fue posible. El detenido había insistido en que su otro hermano, Fulgencio, había militado en la UGT y fallecido en accidente de coche dos semanas antes de la rebelión fascista. Según confesó bajo tortura, él nunca se había metido en política y sólo una vez asistió a un baile de Acción Católica porque una chica que le gustaba era asidua a los eventos que organizaban en dicha asociación. Preguntaba constantemente por sus padres y su hermana pues perseveraba en que, como él, nunca habían entrado en asuntos políticos. Decía estar harto de aquello, de las peleas entre sus dos hermanos mayores, uno de izquierdas y otro de derechas, y aseguraba odiar la política. Al comprobar que no podían sacar nada más en claro, los camaradas a cargo del Comité dieron orden de que se le juzgara en el turno de noche y se procediera a ponerle en libertad, con el punto junto a la L.* Esto no significaba otra cosa que la ejecución in-

---

* Cuando un detenido iba a ser puesto en libertad tras su detención e interrogatorio en la checa, se situaba una letra L junto a su nombre. Si la L llevaba al lado un punto, significaba que el detenido debía ser fusilado.

mediata del reo. Una vez tomada esta decisión, el comandante Férez decidió que llevaran al detenido a su despacho para hacer un último intento antes de dejarlo en manos de sus ejecutores. Alemán fue sacado de la celda del palmo de agua y trasladado a la oficina del comandante. Se hacía evidente que el oficial había pecado de negligente, pues al ver que el detenido se hallaba en muy mal estado, ordenó que los dejaran a solas. Tornell hizo que le indicaran dónde se había hallado el cuerpo del comandante y, por la disposición del mismo, dedujo que el detenido, pese a hallarse en un estado deplorable, había aprovechado que Férez se giraba mirando por la ventana mientras hablaba, para levantarse subrepticiamente, tomar la pluma del escritorio y clavarla a traición en el cuello del camarada fallecido. La mala suerte quiso que le atravesara la yugular, por lo que el chorro de sangre llegó hasta la pared de la derecha, donde había una mancha situada casi a dos metros de distancia.

Aprovechando el factor sorpresa parecía que el preso se había hecho con el arma de Férez para, tras salir al pasillo, darse de bruces con un miliciano de la CNT al que descerrajó tres tiros en el vientre. Después de bajar las escaleras a duras penas, huyó de allí sin que ningún paisano se atreviera a detenerle, pues iba armado y, al parecer, su aspecto asustaba al más templado. Su buena fortuna quiso que no se cruzara con ningún soldado. Según pudo averiguar Tornell de labios de los propios compañeros de los asesinados, aquella misma tarde, una vecina de la calle Abascal delató a una prima del preso que al parecer tenía en casa a un fugitivo. Pensaron que tal vez era el pistolero de Falange o quizá su hermano, el fugitivo de la checa. Los camaradas llegaron al domicilio cuando ya era de noche y se procedió a la detención de la joven, ya que desgraciadamente el fugitivo había escapado. Tras ser llevada al Comité y procederse a su interrogatorio confesó que había dado cobijo a su primo, Roberto Alemán y que éste, pese a que apenas podía caminar, pretendía cruzar las líneas por la Ciudad Universitaria que estaba a un paso de allí. Se procedió a juzgarla y se ejecutó la sentencia aquella misma noche. Tornell leyó las declaraciones pero no quiso entrar en detalles con los milicianos sobre aquel interrogatorio ni sobre el realizado a la hermana del fugado. Sabía cómo se las gastaban y que algunos de los interrogadores que trabajaban en aquella casa no eran sino ex delincuentes comunes. Algunos, conocidos suyos que habían quedado libres aprovechando la apertura de las cárceles para vengarse de todo y de todos, sádicos que ahora prestaban un servicio a la revolución que algunos estimaban valioso, un servicio que a él le repugnaba haciéndole perder, en cierta medida, la fe en la causa por la que luchaba. En aquel momento, Tornell hizo lo único que podía, acudir al área en cuestión para poner sobre aviso a los oficiales a cargo de aquella zona del frente y evitar que este peligroso enemigo del pueblo lograra su objetivo. No creía que pudiera cruzar a las líneas enemigas. La vigilancia era extrema y el fugado apenas si podía valerse, pues los milicianos a cargo de la checa coincidían en señalar que cuando Roberto Alemán había salido de la celda no podía ni ponerse los zapatos debido a la inflamación de sus pies. A aquellas horas debía de yacer muerto en alguna alcantarilla o escondrijo. Era lo más probable. Aun así, ordenó mantener la vigilancia pero todo fue inútil. No volvió a saberse nada de Roberto Alemán.

La noche en que terminó las pesquisas, mientras apuraba una botella de coñac en su habitación, comprendió que aquel suceso le daba motivos más que suficientes para pensar: en aquella familia, la de Alemán, había un hermano de la UGT y otro de Falange. Como en tantas y tantas otras. El primero había muerto de manera fortuita y el segundo había cometido un crimen execrable, era un fanático. Tornell sabía de lo que hablaba. Había presenciado miles de interrogatorios y las declaraciones de la madre, el padre, la hermana, y ahora, de Roberto Alemán, apuntaban a que ninguno de los cuatro sabía nada del paradero de aquel pistolero. Era evidente que ninguno de ellos se había metido en política. La gente no suele mentir bajo tortura. Sólo los padres y la hermana habían confesado ser católicos de misa diaria y ocultar un cáliz con unas Sagradas Formas en su domicilio. Aquello les costó la vida. El fugado, Roberto, era un tipo aparentemente inofensivo. No parecía tener ideología alguna ni albergaba ningún tipo de resentimiento hacia nadie. Y a pesar de eso, cuando se había visto al borde de la muerte, había sabido comportarse como un asesino implacable. ¿Sería un falangista como su hermano? Pensó que no, que aquella guerra sacaba lo peor de cada cual. El exceso de confianza había deparado la muerte al camarada Férez.

Por otra parte el hermano del fugado, el pistolero, José Alemán, seguía oculto en algún lugar escapando a la justicia del pueblo, un miserable sin remordimientos y con cuatro muertes inocentes sobre su conciencia. Las cosas comenzaban a tomar un cariz realmente siniestro. Tornell sabía que para hacer la revolución se hacía necesario que hubiera muertes, pero nunca pensó que se llegara a aquel extremo. Tras aquel suceso de la checa de Fomento decidió tomarse unos días para reflexionar, pues la decisión de volver al frente podía sentar mal a sus superiores. Por desgracia, las cosas no hicieron sino empeorar y acabaron por mostrarle el lado más oscuro del ser humano y a qué no decirlo, de la revolución. En descargo de las autoridades era justo destacar que en aquellos días el clima de miedo y de pánico invadió Madrid, haciéndose dueño de todos y cada uno de los rincones de la ciudad. Los rumores circulaban por doquier, ya no era sólo aquel suceso de la plaza de toros de Badajoz que había provocado como respuesta republicana el incendio de la Modelo y el tiroteo de los militares allí recluidos en agosto, sino que circulaban informaciones que ponían los pelos de punta sobre cómo se las gastaba el enemigo. Franco, se decía, había prometido dos días de saqueo a moros y legionarios si lograban tomar Madrid. Todo el mundo tenía una hija, una hermana, una mujer que defender de aquellos bárbaros. Dos días de pillaje, de robos, de violaciones. Se rumoreaba que los fascistas planeaban fusilar al diez por ciento de la población de Madrid. Se estimaba que la caída de la ciudad a manos del enemigo provocaría nada menos que cien mil fusilamientos. Las arengas de Queipo de Llano, sus amenazas vertidas en su programa de radio diario, eran escuchadas por los ciudadanos de la España republicana con auténtico terror. Curiosamente, eran muchos los que, en un ejercicio de auténtico masoquismo, escuchaban sus algaradas etílicas, mitad por curiosidad, mitad por morbo. En cualquier caso Queipo hacía mucho daño, mucho, desmoralizando a una ciudadanía que debía luchar contra el racionamiento y contra el enemigo. Para colmo, a escondidas, como comadrejas, los miembros del gobierno habían huido a Valencia dejando a los madrileños al amparo de la recién creada Junta de Defensa. Tornell reparó en que aquello había dado más influencia al Partido Comunista, los únicos que podían poner orden en aquel caos. En el fondo, aquella mala noticia podía deparar algo bueno, ya que si los nacionales comenzaban el ataque directo de Madrid habría que aplicarse a fondo.

Muchos huyeron como el gobierno y otros, que no tenían adónde ir, se aprestaron a lograr el milagro, salvar Madrid de las «hordas fascistas».

Entonces ocurrió lo peor. Tornell tuvo conocimiento de las sacas de noviembre y diciembre. La situación era desesperada, el enemigo acechaba y había miles de presos en las cárceles madrileñas. Se dispuso que había que trasladarlos lejos de la línea del frente. No en vano constituían la élite del bando rival. No podía permitirse que el enemigo, además de tomar Madrid, reforzara su potencial con aquellos hombres preclaros del bando nacional: abogados, médicos, políticos y militares de renombre. Tornell se enteró de rebote. Por una casualidad. Se lo dijo un tipo extraño: Schlayer. Era un alemán que por azares del destino había terminado por dirigir la legación diplomática noruega. Juan Antonio había acudido al hotel Gaylord's, el Estado Mayor Amigo, lugar de reunión de los comisarios políticos soviéticos que ya, descaradamente, controlaban el Madrid sitiado. Torrico le había encargado que se pusiera a las órdenes de un tal Guriev, quien tenía que darle instrucciones sobre un trabajo relacionado con la caza de francotiradores de la Quinta columna, que comenzaban a mostrarse muy activos. Una vez allí, un amigo, miembro del PCE de toda la vida, le presentó al alemán que iba de acá para allá molestando a unos y a otros con no sé qué historia de fusilamientos masivos. Mientras esperaba a Guriev, aquel tipo, un hombre de unos sesenta y cuatro años que parecía saber de qué hablaba, le contó que los presos sacados de las cárceles no estaban llegando a su destino lejos del frente, sino que estaban siendo asesinados en masa en varios municipios cercanos a Madrid. Tornell no le creyó, claro, pero aquel loco insistió en que él había visto las inmensas fosas, que había pruebas y que vecinos de Paracuellos le habían contado lo que allí estaba ocurriendo. Pretendía hablar con los rusos, que eran los que habían instigado aquello pero nadie le escuchaba. Aquella conversación le dejó un regusto ciertamente amargo. Desde lo de la checa de Fomento y la investigación del asunto de Roberto Alemán y su familia, no se encontraba bien. Tenía dudas y comenzaba a necesitar salir de allí y olvidarse de la revolución. Luchar contra los fascistas en el frente. Eso sí era un asunto sencillo, sin dobleces. Cuando habló con su jefe, Torrico, y le expresó abiertamente sus dudas, aquél le espetó que Schlayer no era sino un nazi, un doble agente de los alemanes que se escudaba en su cargo diplomático. Todo el mundo lo sabía, dijo muy convencido. Tornell contestó que sí, que podía ser, pero le manifestó su intención de acercarse a Paracuellos a echar un vistazo. Sabía que aquello era falso, un rumor, pero quería hacerlo para quedarse tranquilo. No en vano había leído a Lenin y no se quitaba de la cabeza aquel asunto del «terror revolucionario». Pero aquello era España, no era posible que la Casa* empleara allí los mismos métodos que en Rusia. Entonces, Torrico pronunció una frase que le hizo caer en la más profunda de las desilusiones y que le llevó a la certeza de que perderían la guerra.

—No hace falta que vayas por allí, Juan Antonio, no te conviene.

Tomó nota de lo ocurrido, se conjuró para nunca, nunca, bajar la guardia y decidió presentar la renuncia y volver al frente, a luchar. En su mente quedó flotando una pregunta, en el fondo se había sentido aliviado porque Alemán escapara pero ¿por qué? Al principio había experimentado cierta frustración por no haber podido cazar al fugitivo pero ahora había llegado a la conclusión de que no era asunto suyo. ¿Qué más daba que hubiera logrado huir? Era un tipo con coraje, merecía salir de allí. Además, lo más probable era que estuviera muerto. ¿Por qué sentía lástima por aquel hombre que había perdido a su familia? ¿Estaría vivo? ¿Habría sobrevivido a sus heridas?

Ahora, en Cuelgamuros, Juan Antonio había hallado la respuesta a aquellas preguntas. ¿Cómo había podido sobrevivir, pasarse? Qué más daba, era un hecho, Alemán estaba vivo. El otrora pacífico ciudadano que había sido torturado en la checa de Fomento era ahora un despiadado asesino. Así era la guerra: sacaba lo peor de las personas. De inmediato sintió

* La Casa: Moscú.

miedo. No debía permitir que nadie supiera que había investigado la fuga de Alemán. Si Alemán se enteraba pensaría que él era un chequista más y estaría perdido. Debía ser cauto. Sintió miedo de aquel demente.

El Rata, mientras tanto, seguía con su discurso: se rumoreaba que Alemán había huido despachando él solo a media docena de milicianos. Contaban que había sido capaz de matar a varios con una pluma y que había ahogado a otro con el cordón de los zapatos. En la guerra daba miedo a sus propios hombres y se pirraba por participar en los fusilamientos. Le llamaban «el puntillero» por la de tiros en la nuca que había disparado. Aquello no hizo sino intranquilizar más a Tornell. Más tarde, parece ser que había terminado por perder la cabeza estropeando su carrera militar. A Tornell le quedó una sensación rara, muy rara. Intentó calmarse. Aquello no era tan malo. No. Él sólo había cumplido con su trabajo de policía, le habían mandado investigar una fuga y eso había hecho. Nada más. No había tenido participación alguna en lo que había ocurrido en la checa aunque si se supiera que había pertenecido a las Milicias de Vigilancia de la Retaguardia quizá podría tener problemas. Había conseguido ocultarlo hasta el momento y así debía seguir. No pasaría nada y además, aunque se supiera, él no había «paseado» a nadie. Sí, sí, claro. Debía calmarse. Pero no, un momento. Aquel tipo estaba loco. ¿Acaso no había oído lo que contaba el Rata? Acababan de verlo actuar. Uno de tantos fanfarrones con la sensibilidad abotargada por la guerra; uno de aquellos individuos fanáticos, bronquistas y violentos que abundaban tras el conflicto en el bando vencedor. Muchos de ellos alcoholizados, juguetes rotos de la guerra pero muy, muy peligrosos. Lo sabía por experiencia. Los había conocido a cientos en su cautiverio: falangistas, ex legionarios y militares que habían quedado absolutamente idos tras tres años de guerra, de pillaje, de violaciones y muerte. Y Alemán era peor. Lo vivido en la checa de Fomento le había empujado a aquello.

Comprendieron, entre todos, que en el futuro deberían evitar a aquel capitán. El Rata llevaba allí bastante tiempo y se las sabía todas. Había que hacerle caso. Era una gran fuente de información y todos se tomaban muy en serio las cosas que contaba. Algo más alto que Tornell y flaco, muy flaco. Tenía una gran obsesión por raparse el pelo al cero e ir muy afeitado, aunque los piojos y las chinches le atacaban igual. Juan Antonio seguía pensando que su cara le sonaba, y pese a que podía ser asunto delicado, llegó a repetirle en varias ocasiones: «Juraría que te conozco de algo». Quizá hasta insistió demasiado. El Rata le contestaba que no, que no lo había visto en su vida y que él nunca olvidaba una cara. Era natural de Don Benito y sólo le quedaban dos años para salir de allí. Se notaba que su cuerpo había vivido tiempos mejores, los pliegues de la piel testimoniaban que había sido amante de la buena mesa. «Un sibarita», decía él entre risas. Un sibarita que, ahora, se conformaba con las almortas y el puchero que les servían a diario. Decía que, muy probablemente al acabar la condena, se quedaría allí trabajando como libre. Eran muchos los que optaban por hacerlo porque al conseguir la libertad condicional era obligatorio presentarse en El Escorial al menos una vez por semana a no ser que el penado tuviera alguien que le fiara en algún punto de España. ¿Alguien que les diera un aval? ¿Quién? Ellos eran lo más tirado de aquella nueva España del dictador, ¿quién les iba a fiar? ¿Quién iba a jugársela por un antiguo rojo? Imposible. Por eso los más se quedaban allí a trabajar cuando cumplían la pena, aunque, eso sí, al ser hombres libres cobraban ya el sueldo íntegro.

Gente

Roberto Alemán, al que los presos habían bautizado con el sobrenombre del Loco, aprovechó sus primeros días de estancia en Cuelgamuros para irse haciendo una idea de cómo funcionaba aquello. Estaba de vuelta de todo y, tras «su crisis», le importaban un bledo el Movimiento, Franco, o Falange. En realidad nunca le habían importado, nunca le interesó la política y si había terminado por convertirse en militar de carrera era sólo por matar enemigos, rojos, aquellos seres a los que había terminado por odiar tras lo de la checa de Fomento y a los que había jurado exterminar para vengar a su familia. Nunca le habían interesado las luchas políticas. Había participado en la guerra, como tantos, empujado por las circunstancias, más para vengar los desmanes del enemigo con los suyos que por otra cosa. Le constaba que había muchos así también en el otro bando. Personas que, sin ser socialistas, comunistas o anarquistas, habían acabado pegando tiros porque les habían fusilado al padre o a los hermanos. Hubo dos guerras, o mejor, tres. Lo había pensado muchas veces: primero la de los convencidos, fanáticos de uno y otro bando que mataban fríamente y que consideraban algo lícito la eliminación del enemigo. La segunda la de gente como él, pobres desgraciados que habían tomado parte por uno u otro bando tras perder a familiares o amigos que habían sufrido la represión de cualquiera que fuera el enemigo. Y la tercera la de la mayoría, gente de la calle que por su quinta, sin comerlo ni beberlo, habían tenido que luchar, padecer y morir por lo que otros les ordenaban. Todo aquello había pasado y quería olvidar, pero era como si su vida se hubiera detenido aquel desgraciado día en que se presentó en la checa de Fomento a preguntar por sus padres y su hermana. Le costaba seguir adelante.

Estaba allí, en Cuelgamuros, por Paco Enríquez, que le había encargado una misión que él quería cumplir, sólo por eso. Pese a que pensaba que él y su general eran soldados y no terminaba de ver claro que Enríquez se hubiera metido en aquel asunto de la ICCP. Explotar a hombres de aquella forma no le parecía honesto. Matarlos en el frente, de tú a tú, era otra cosa… pero abusar así de los soldados enemigos le parecía inmoral. Seguía odiando a los rojos, sí, no cabía duda, pero no tanto como en los primeros días de la guerra. Ahora le parecían inofensivos. Habían perdido y no tenían futuro alguno en aquella sociedad. Los elementos con mando estaban muertos o fugados al extranjero. Aquellos que penaban en Cuelgamuros no eran mala gente. Además, habían pagado con creces cualquier exceso cometido durante la contienda. Eran el enemigo, pero una cosa era matar a un hombre en el frente y otra torturar a un soldado derrotado de aquella manera. Despojar a un combatiente de cualquier atisbo de dignidad de aquella forma era algo miserable y ruin. Añoraba la guerra porque seguía enfermo de odio pero, pese a lo que se contaba de él por ahí, nunca había matado a un hombre desarmado. Miraba a aquellos hombres hundidos, vencidos, acarreando piedras y trabajando como esclavos y sentía algo parecido a la pena. Siempre había temido caer prisionero, sabía lo que era eso. Nadie merecía un trato como aquél, si acaso una muerte en combate, digna, heroica, y una carta a la madre de su sargento contando cómo el soldado había caído por su país, pero aquello no… No era digno. Sabía que los japoneses se quitaban la vida antes de rendirse y que trataban con una dureza extrema a los prisioneros, pues para ellos un soldado que claudicaba ante el enemigo no era ni siquiera un hombre. Él sabía que las cosas en la guerra no eran, ni mucho menos, tan sencillas. Caer prisionero o ser herido y que te dejaran atrás eran contingencias que muchas vences dependían del destino y que no podían ser evitadas. No tenía nada que ver con el valor sino con las circunstancias, la suerte. Al menos él, durante la contienda, había tenido suerte.

Ahora deambulaba arriba y abajo y observaba. Al principio le seguían un par de guardianes pero enseguida dejaron de hacerlo. No ocurría lo mismo con un delegado de Falange en las obras, un tal Baldomero Sáez. Un tipo orondo con un ridículo bigotillo que unas veces se le hacía el encontradizo y otras se adivinaba en el horizonte, observándole. Le encargó a Venancio que se informara y éste averiguó que era hombre bien relacionado con el secretario general de Madrid, el camarada Redondo. ¿Por qué le seguiría como un sabueso? Le resultaba difícil moverse en ese nuevo mundo que era la victoria. Aquella red de intrigas, influencias y camarillas no era de

114

su agrado. Cuando acabara aquel trabajo debía replantearse qué hacer. A veces, al relajarse, pensaba en la comida de Madrid y en Pacita. A fin de cuentas, aunque se sabía loco, ido, era un hombre, y aunque sólo deseaba que pasaran los días de aquel castigo que le parecía la vida, sentía que algo bullía en su interior al pensar en ella, en sus formas, sus labios y sus pechos, que se movían rítmicamente bajo el jersey de punto al reírse o respirar. Había terminado por convertirse en un viejo verde.

Al menos aquellos parajes eran hermosos, sin duda. Le hacían sentirse bien tras las largas caminatas que daba para mantenerse en forma y relajar la mente. Aquello reconfortaba al espíritu aunque creía no tener alma. Además, no era creyente. El punto más alto era el Risco de Abantos, a 1.758 metros de altura, al que acudía a diario para hacer ejercicio. Había varios arroyos por allí, el más hermoso el de Tejos, y proliferaban los espinos, helechos, jaras y tomillos. Pocos árboles quedaban del bosque inicial que poblaba la finca que dio nombre al paraje del Pinar de Cuelga Moros, pero aún destacaban algunas hermosas encinas, pinos y algún que otro roble. Hacía frío y el aire curtía como si aquello fuera Siberia. Los presos se empleaban a fondo y los obreros libres se llevaban bien con ellos. No había sabotajes pues sólo habrían provocado accidentes que hubieran ido en contra de los pobres penados o, a lo peor, habrían generado duras represalias por parte de los guardianes. Además, ya había bastantes accidentes de por sí. De hecho, de vez en cuando se producían pequeñas tragedias: una vagoneta que atropellaba a un hombre, una piedra que machacaba una extremidad, fracturas, cortes y muchas contusiones. En la enfermería no paraban.

En cuanto le fue posible se entrevistó con el arquitecto, don Pedro Muguruza, un vasco que había sido hombre sano, atlético y que contaba con cincuenta y nueve años de edad. Era un tipo de esos revestidos con un aire mesiánico, muy religioso, de los que parece que tienen una misión en el mundo. A Alemán no le gustó demasiado pese a que era respetado por los presos pues todo el mundo sabía que los trataba muy bien. Solía pagar comidas especiales de vez en cuando, en fechas señaladas y apoyaba a los equipos de fútbol de las tres empresas en las que jugaban a la vez penados y obreros libres. Se decía que, cuando la quema de iglesias del 31, había recorrido Madrid buscando reliquias y objetos de culto que hubieran podido salvarse de la quema pese a jugarse la vida por ello. A Alemán no le agradaba la gente religiosa en exceso. En el fondo, recordaba que sus padres y su hermana habían muerto por tomarse aquello de las misas y el incienso demasiado en serio. El estallido de la guerra sorprendió a Muguruza, en efecto, en Madrid; pero le ayudaron a salir de la España Republicana desde el cuerpo diplomático británico. Entró en la España Nacional y desde siempre contó con la estima directa del Generalísimo, que le nombró director general de Arquitectura. Era un hombre con una visión grandilocuente de su oficio, muy en la línea de las construcciones majestuosas del Fascio o el III Reich. Se plegaba absolutamente a los deseos de Franco, que era buen dibujante y desde el principio le había hecho diseños muy claros de lo que quería construir en Cuelgamuros.

De su conversación con Muguruza Alemán sacó dos conclusiones: una, que no era su hombre, pues ni se ocupaba de aspectos relativos al avituallamiento ni le interesaba el asunto. Lo suyo era la piedra, más «inmemorial», decía. Y dos: Muguruza, aun siendo un buen tipo, tenía delirios de grandeza y su mente se prestaba a idear el Nuevo Madrid, una nueva ciudad que iban a construir al oeste del viejo Madrid, con una enorme Vía Triunfalis y con multitud de viaductos que constituirían mastodónticos accesos a la urbe. De hecho, llegó a reconocerle que aceptaba de forma tácita la corrupción imperante pese a que, en muchas ocasiones, las obras se habían visto ralentizadas por la falta de materiales que a la mínima se desviaban al mercado negro. Aquello era cosa aceptada y no se podía luchar contra que los capataces completaran sus exiguos sueldos con algún que otro complemento sacado del estraperlo. Alemán supo por Muguruza que éste había tenido que ponerse serio porque los vagones de cemento, al llegar al Escorial, eran cargados en camiones cuyos conductores desviaban la carga llevándola a otras obras. Muchos materiales se vendían sin llegar al destino; tierras, gravas y otros. Sobre las vituallas, le dijo que en todos los campos de trabajo se distraían alimentos al mercado negro, que era asunto conocido aunque nadie hablaba de ello pues todos estaban implicados.

Alemán salió del despacho del arquitecto con la sensación de que todo lo referido a la arquitectura en Muguruza, en Franco, en el Régimen, era extravagante, excesivo e imposible de desarrollar. Más tarde supo que a aquellas alturas el hombre ya estaba enfermo: una enfermedad rara, esclerosis en placa o algo así. Se lo dijo el enfermero que tenía que ponerle inyecciones cada tres horas. Había que reconocer que pese a que su enfermedad era dolorosa, aquel tipo lo disimulaba a la perfección. Iba, venía y trabajaba mucho. Bajo el punto de vista de Alemán, se desvivía en algo inútil. Un mausoleo absurdo. Pero hacía lo que podía. Quizá el fallo era del sistema, del Movimiento. No había vías de ferrocarril, carreteras, puentes, hospitales ni dinero para construirlos y aquellos jerarcas se dedicaban a diseñar estructuras mastodónticas e inútiles. Ingenuos.

De todo aquello, lo único que de verdad tenía posibilidades de salir adelante era el Valle de los Caídos y gracias a las ingentes cantidades de dinero restadas al Tesoro Público y al esfuerzo, la sangre y el sudor de los presos. Estaba claro que Franco quería superar a Felipe II construyendo su mausoleo en un lugar más alto, quería que la cruz que debía presidir el monumento se viera desde Madrid en los días claros, e incluso desde media Castilla. Delirios de grandeza. Supo que su hombre u hombres se hallaban buscando en otra dirección.

Reencontrarse con su diario cada domingo era una especie de rito, de sana costumbre, que hacía que Tornell se sintiera un paso más cerca de la libertad.

Solía resumir en sus notas lo ocurrido durante la semana, volcaba sus anhelos para los próximos días, anotaba reflexiones, dibujaba flores y se desahogaba.

Aquella semana había sido accidentada ya que el martes habían llegado varios presos nuevos. Uno de los penados recién llegados se llamaba Abenza, Carlos Abenza y era apenas un crío de diecinueve años. Ni Tornell ni Alemán ni los demás podían siquiera sospechar la influencia que la llegada de aquel crío iba a tener en sus vidas y en los hechos que tuvieron lugar aquel invierno. Le tocó dormir en el barracón de Tornell, en un camastro junto al suyo, así que en cierto modo terminó por apadrinarlo. El crío se sentía perdido, tenía miedo y entre todos los del barracón le ayudaron a sentirse un poco mejor. Era estudiante de Filología y parecía ser que se había metido en un buen lío. Según contó, pertenecía a la Federación Universitaria Escolar. Lo habían pillado en no se sabía qué historia de unos panfletos y una imprenta ilegal y le habían condenado a dos años de cárcel. Era poco pero a él le parecía un mundo. La primera noche lloró desconsolado y Tornell le ofreció tabaco. «No fumo», contestó hipando. Se rumoreaba que en comisaría le habían dado lo suyo y luego, en el juicio, llegaron a pedirle doce años. Estaba claro que era de buena familia y que no había trabajado en su vida. Se hacía evidente que de haber sido un don nadie le habrían condenado a una pena mucho mayor; además, Tornell y los demás le hicieron ver que con el asunto de la reducción por trabajo, apenas si estaría allí un año. Con aquello Abenza pareció tranquilizarse un tanto. Había esperanzas porque, según se rumoreaba, el Patronato estaba barajando la posibilidad de aumentar la reducción de un día por jornada trabajada a seis. Una gran noticia para todos que, según los guardianes, no era ninguna tontería pues al Régimen le sobraban presos en las cárceles y mantener a tanto recluso salía carísimo. Resultaba irónico pues los mataban de hambre, pero el elevado número de penados que quedaba en los campos elevaba, curiosamente, el coste de aquella minuta. Enseguida apodaron Carlitos al nuevo y entre todos se conjuraron para echarle una mano porque en el trabajo, desfallecía. Tenía las manos llenas de callos y le sangraban, como ocurría al principio a todos los nuevos. De hecho, había sido visitado por el médico porque se le estaban llagando. A Tornell, el crío le recordaba su llegada al campo no hacía tanto tiempo; hecho un espectro, a punto de expirar en cada pequeño esfuerzo, a cada paso. No se explicaba ni cómo seguía vivo. O sí. Se sabía con una misión. Colás e Higinio, los compañeros, habían hecho un esfuerzo y movido influencias para llevarle allí y no podía decepcionar a aquella gente. Colás Berruezo era el hombre más bueno que había conocido. No le debía una vida sino varias y tenía que agradecérselo. Colás era algo así como el comunista bueno. Todos se reían de él llamándole de aquella forma pero él ni se enfadaba, era todo paciencia. Tornell le había visto moverse pesadamente por las trincheras acarreando dos y hasta tres fusiles «por si algún compañero perdía su arma». Debía haber sido cura e irse a curar leprosos a las misiones. Era de esos tipos que siempre veían el lado bueno de las personas y creía en la revolución como nadie. Un buenazo que quería cambiar el mundo haciendo el bien. Si hubieran tenido diez mil como él hubieran ganado la guerra, o eso decía Tornell medio en broma medio en serio. Un tipo noble que de pocas lo estropea todo, pues Colás, aquel tercer sábado de octubre, había conseguido que le dieran permiso para bajar al pueblo de El Escorial y ver torear a Bienvenida. No en vano, era preso de confianza y el señor Licerán le fiaba. El pobre Colás, al acabar la corrida, entusiasmado, había tomado unos chatos de vino de más y se había emborrachado como una cuba. No llegó a tiempo del recuento y aquel falangista que vagabundeaba por el campo, Baldomero Sáez, lo sorprendió llegando a Cuelgamuros cuando ya se había tocado silencio. Avisó al guardián de servicio, que por desgracia era el Amargao, y se lo llevaron entre empellones al destacamento de la Guardia Civil.

Baldomero era un fanático falangista, un camisa vieja que fustigaba a los presos cuando pasaban junto a él. Un sádico. En el barracón, Tornell preocupado por el destino de su amigo, no podía pegar ojo. Pensaba en Colás, en lo mucho que le había ayudado y supuso que estarían dándole una buena paliza. ¿Qué se podía hacer? ¿Lo mandarían a un campo? Entonces se le ocurrió una locura. Sin pensarlo dos veces salió del barracón. Una imprudencia, porque eran las doce y media y estaba violando el toque de queda. Ni siquiera pensó en que se exponía a que le pegaran un tiro si le confundían con un fugado. El corazón le latía desbocado y parecía que las sienes le fueran a estallar pero siguió caminando sin pensar en ello. En un momento llegó a casa del señor Licerán.

—Pero… ¿estás loco? ¿Qué haces aquí? —le dijo cuando abrió la puerta.

—¡Se han llevado a Colás!

En cuanto Tornell explicó lo que pasaba, el capataz se puso un abrigo sobre el pijama.

—¡Vamos! —repuso.

—Pero… ¿el toque de queda?

—¡Vas conmigo, cojones!

No tardaron en llegar al destacamento. Al momento les

salió al paso un cabo de la Guardia Civil. El señor Licerán, muy tranquilo, se adelantó ofreciéndole tabaco.

—Ha entrado pronto el frío, ¿eh? —dijo rompiendo el hielo. Era hombre de mundo y tenía experiencia.

—Y que lo diga. —El «civil» miró a Tornell con cierta desconfianza. No en vano era un preso moviéndose por el campo a deshora.

—Es un buen hombre —dijo Licerán refiriéndose al penado—. Va conmigo, tranquilo.

—Perdone, señor Licerán, pero no deja de ser un preso y está fuera del barracón, debo dar parte.

—Espera, hombre, espera. Hemos venido a interesarnos por mi mejor cantero que se ha «chispao» y ha llegado tarde al recuento.

El otro que, disimuladamente, se había quedado con el tabaco del capataz, se cerró en banda y contestó mirando a Juan Antonio.

—Sí, la ha armado buena. Pero no se puede dar información sobre un detenido, lo siento. Además, debo dar parte. ¿Cómo te llamas?

Tornell tuvo que morderse la lengua para no soltarle un improperio. Aquel tipo se estaba poniendo pesado y amenazaba con empeorar la situación. Licerán terció.

—Hombre, hombre, no nos pongamos así, ¿cómo se llama usted, cabo? Algo podrá arreglarse…

—Me llamo Martín, cabo Martín, y no sé qué hacen ustedes aquí y qué está insinuando.

Aquello comenzaba a ponerse feo. Por lo que parecía, el guardia civil estaba de mal humor y podía pagarlo con ellos.

Así eran las cosas. Entonces, una voz desde detrás de Tornell dijo:

—¿Qué cojones pasa aquí, Martín?

Licerán y Juan Antonio se giraron y vieron a Fermín, el guardián al que todos apodaban el Poli bueno. Bajaba por la cuesta hacia ellos.

—Aquí, estos… señores… —dijo tras mirar al encargado de Banús— … que hay algo raro…

—Un momento, un momento —apuntó el guardián—. No me seas tiquismiquis que aquí, Licerán, es hombre de confianza de los señores Banús. ¿No lo sabías? A ver si te vas a meter en un lío, Martín, que te conozco. Es mejor no molestar a la gente importante. Aquí lo prioritario es que las obras sigan a buen ritmo. Yo respondo por él y por el preso. Usted, señor Licerán, acompañe a su hombre al barracón y encárguese de que se meta en la cama. Yo me entiendo con aquí, mi buen amigo Martín.

—Pero… —insistió Juan Antonio— … Es que hemos venido por…

—Déjame a mí el asunto, Tornell. No temas por tu amigo.

Aquello dejó de piedra al preso. ¿Cómo sabía lo de Berruezo? Él no estaba de guardia. Licerán y Tornell hicieron lo que decía Fermín que, pese a ser un simple guardián, parecía tener cierto ascendente sobre el cabo de la Guardia Civil.

Cuando el capataz le dejó en el barracón Juan Antonio se metió en la cama. No podía pegar ojo entre los sonidos de los hombres que duermen hacinados. Le venían a la cabeza imágenes que creía apartadas de su mente y veía en ellas a Colás. Tenía miedo por él. ¿Cómo había podido actuar así? Él solo, por una tontería, se había metido en un buen lío. Lamentó ser ateo pues de buena gana hubiera rezado por si aquello ayudaba. Las horas se hicieron eternas. Al fin, a las siete, apareció Fermín por el barracón. Le dio con el brazo para despertarle, porque se había quedado traspuesto, y con un gesto de la cabeza le animó a acompañarle al exterior. Hacía un frío de mil demonios. Tornell sólo tenía una chaqueta y, aunque se forraba el pecho con papel de periódico, sentía como si le taladraran mil agujas.

—Tranquilo, que esta misma mañana sale —dijo el guardián.

Tornell suspiró de alivio.

—¿Le han pegado? —preguntó.

—No, está durmiendo la mona. Ha habido suerte. El cabo Martín es de mi pueblo y yo trapicheo un poco con los civiles, ya sabes, algo de tabaco, aceite...

Tornell se sorprendió mucho por aquello pues tenía al guardián por un hombre muy recto. Comprendió que el trapicheo era algo aceptado en aquel mundo. El mercado negro había hecho ricos a muchos en poco tiempo y en un país asediado por el hambre y el racionamiento era imposible poner freno a algo así.

—Yo me encargo del castigo —dijo el guardián—. Haré que le metan cinco domingos de trabajo, sin descanso.

—Muchas gracias, Fermín.

—Es mejor que una paliza o quién sabe, que lo hubieran mandado de nuevo a prisión. —Tornell le dio la mano, ni siquiera supo si llegó incluso a besársela. Así de agradecido estaba.

124

—Y ahora vete a dormir. Es domingo y podrás haraganear...

—Muchas gracias otra vez.

—No hay de qué —dijo.

Entonces, cuando se giraba para irse, Tornell acertó a decir:

—Fermín...

—¿Sí?

—¿Cómo es que usted?... ya sabe, siendo su compañero... tan... duro con nosotros... y usted, en cambio... es...

—¿Quieres preguntarme por qué os trato bien?

El preso asintió. Fermín, entonces, encendió un pito con parsimonia. Había decidido quedarse un rato.

—¿Quieres?

—Sí —contestó Tornell—. Me vendrá bien.

El guardián exhaló el humo con cierto placer y dijo:

—Yo era como mi compañero, Julián, al que llamáis el Amargao. No te preocupes, lo sé, hace tiempo que me enteré. Es mi trabajo saberlo todo. Esto es como un cuartel o un colegio, todo el mundo tiene su apodo. Yo fui como él, sí. Bueno, no. Era peor. Disfrutaba con mi trabajo. A veces uno se siente bien notando el miedo de los demás, pegando a gente que no puede defenderse... vengándote en ellos de los palos que da la vida... Es difícil de explicar pero se siente uno mejor, fuerte, poderoso... Un buen día, estaba yo por aquel entonces en la cárcel de Vitoria y la guerra aún no había acabado, aunque recuerdo que la victoria era inminente y el volumen de presos que iba llegando era brutal. Algo acojonante, oye. Vascos, muchos vascos, todos los que caían prisioneros... pues ya sabes, los mandaban para arriba a ser juzgados. Cada noche me daban una lista de unos veinte tíos e íbamos a buscarlos. Nos acompañaban y pasaban la noche en la capilla con el cura, uno de Bilbao, con una boina enorme. Luego, al amanecer, se les fusilaba. Un buen día, no sé por qué exactamente, la lista de condenados a muerte fue muy corta: cinco hombres. Paso a por ellos, los nombro, se despiden de los otros presos (yo esto lo hacía como el que oye llover, sin un atisbo de sentimentalismo) y ¡hala!, allá que nos vamos para la capilla. Cuando llego, toco a la puerta y sale el cura. Le doy la lista, mira tras de mí y ve sólo a cinco presos… y con cara de pena me dice: ¿tan pocos?

Entonces se hizo un silencio. Tornell notó que Fermín quedaba muy serio, como pensativo. Revivía aquella escena como si estuviera volviendo a producirse.

—Se me encendió una bombilla, Tornell, una bombilla. ¿Te das cuenta? ¿A qué extremo habíamos llegado que un cura se lamentaba de que ese día se fusilara a tan poca gente? ¡Dios, era un cura! Debía velar porque no nos matáramos entre nosotros… Joder… Cuando vi la cara del cura y oí aquel maldito comentario que hizo, supe que habíamos perdido el norte, el buen camino. ¿En qué nos habíamos convertido? Y es por eso que os trato bien…

Y dicho esto, sin dar más explicaciones, se giró y se fue cuesta arriba hacia su casa sin siquiera despedirse. Tornell sintió que se le ponían los pelos de punta y optó por ir a dormir un poco.

Tabaco

Después de los acontecimientos de aquella noche Tornell pasó casi todo el domingo durmiendo. Fue a misa, eso sí, por el ticket. Comió bien y volvió a descansar. Estaba más tranquilo. Cuando quedó a solas en el barracón, aprovechó para hacer anotaciones en su diario. Colás apareció por allí a eso de las ocho de la noche. Tornell dio las gracias de nuevo al señor Licerán y al Poli bueno, Fermín. Nada más verle, le dijo a Colás que se merecería trabajar no cinco sino mil domingos, por idiota. No le habían pegado. Entonces, tras sermonearle como si siguiera siendo su subordinado, se abrazó a él y rompió a llorar. No sabía muy bien qué le pasaba pero no pudo evitarlo. Se sintió como un niño, invadido por la emoción, y se deshizo en un mar de lágrimas. Le molestó mucho que, casualidades de la vida, en aquel momento pasara por allí Roberto Alemán, el Loco, el del incidente de las piedras. Aquel desequilibrado se quedó mirándole con curiosidad, con ojos escrutadores. Luego siguió su camino. Estaba chiflado. Tornell sabía cómo las gastaban aquel tipo de fanfarrones que no perdonaban la debilidad. Y mientras tanto él, allí, llorando como una colegiala. No quiso pensar más en aquello. Lo importante era que Colás estaba bien. Entonces, sin poder evitarlo, su mente volvió a Alemán. ¿Qué le ocurrió tras escapar de la checa?

Roberto Alemán continuó con sus pesquisas pero, de momento, no avanzaba demasiado. Comenzaba a sospechar que aquellos que distraían las mercancías conocían de la naturaleza de su misión allí. Desde su llegada había acudido un par de veces a la oficina a comprobar discretamente los estadillos: primero sobornó a un administrativo del campo, Paco López Mengual, un buen tipo. Gracias a él pudo comprobar —siempre eligiendo una o dos mercancías al azar— las cantidades entrantes y luego las que quedaban en el almacén y éstas coincidían plenamente.

Además, su ordenanza, Venancio, le ayudó encargándose de vigilar, discretamente, la llegada de los camiones y su descarga. Por extraño que pareciera no había visto nada raro. Alemán había hecho averiguaciones telefoneando a la ICCP. Logró hablar con un viejo compañero de la Academia de Alféreces Provisionales, José Antonio Jamalar, que le había contado que era práctica habitual distraer las mercancías cuando llegaban a los campos. De manera que el estadillo que se llevaba a modo de inventario y el menú diario que se registraba en la oficina no coincidían con lo que de verdad se servía a los presos en los campos. Siendo práctica habitual el desvío de alimentos para el mercado negro resultaba muy extraño que el menú coincidiera con el de la oficina. Además, Venancio había hablado con unos presos que decían que el rancho había mejorado ostensiblemente en los últimos días. Todo aquello apuntaba en una dirección: los implicados en el estraperlo sabían de la naturaleza de su misión, estaban sobre aviso y le sería muy difícil descubrirles. No estaban robando ni un gramo de harina y así seguirían mientras él se hallara en el campo.

A Alemán, por otra parte, le llamó la atención encontrarse una mañana por allí a Millán Astray que, siguiendo su línea de comportamiento habitual, soltó una soflama insufrible a los penados. Roberto sabía que estaba totalmente ido y aquello le animó, la verdad, pues era agradable comprobar que había alguien peor que él. Las mutilaciones asustaban a la gente y Millán Astray sabía jugar con aquel detalle y sacarle partido. Cuando lo vio le saludó muy afectuosamente porque sabía que la gente creía a Alemán tan loco como él. Los presos aguantaron estoicamente su arenga patriótica porque sabían que, al acabar, siempre tenía el detalle de repartir tabaco a espuertas. Charló con aquel loco durante algo más de diez minutos y se alegró al saberse fuera del acceso a los círculos de poder. Todos aquellos tipos estaban para encerrarlos en un manicomio y tirar la llave. El director del campo era otra cosa. A Alemán no le gustaba y era su máximo sospechoso. Pudo averiguar en administración que tenía deudas —quizá era su hombre—. Su mujer era una mandona, una bruja horrible a la que odiaban los presos. Había convencido al marido, un pusilánime, para que los penados llevaran unos botones o chapas de identificación: blancos si cumplían treinta años de pena y dorados si habían tenido condena a muerte. A los capataces —que eran quienes manejaban aquello de verdad— no les agradaba la medida y habían llegado a enfrentarse al marido. En cualquier caso, aquella mujer antipática y mal encarada se creía una réplica de la mujer de Franco y eran frecuentes sus viajes a Madrid para malgastar en ropa y collares. Los capataces, fieles a sus respectivas empresas, no eran partidarios de que se maltratara a los presos. Sabían que un obrero contento rinde más; además, los penados convivían con obreros libres que eran quienes tenían acceso a los explosivos y a las tareas de más responsabilidad. Críspula se llamaba aquella beata a la que Roberto decidió no perder de vista. Otro posible sospechoso para Alemán era el capitán de la Guardia Civil. Nadie comprendía para qué era necesaria la presencia de un oficial allí para tan poco destacamento por lo que se rumoreaba que era un enchufado. Otros decían que estaba allí castigado, para purgar un asunto de faldas con la hija de un general a la que había arrastrado al mal camino. Se decía que era un hombre vicioso, de origen aristocrático, un tipo decadente que nunca subía al destacamento donde un sargento se hacía cargo de todo. Alemán averiguó que el capitán era morfinómano. Se llamaba Trujillo, capitán Trujillo, y al parecer se había aficionado a aquella droga durante la guerra, como tantos otros. Eso le hacía vulnerable y un posible sospechoso pero apenas acudía al destacamento desde su casa en El Escorial por lo que no debía estar al tanto de los tejemanejes del campo. ¿Cómo podría controlar el desvío de alimentos desde el pueblo? Alemán llegó a la conclusión de que debía entrevistarse con él.

El sabueso que Falange había colocado tras sus pasos continuaba siguiéndole. Aquel Baldomero Sáez era un tipo brutal que disfrutaba propasándose con los presos. Alemán reparó en que a él, sorprendentemente, aquellos pobres prisioneros comenzaban a darle pena. Igual se estaba haciendo blando. ¿Por qué le seguía Sáez? Necesitaba información sobre el falangista, pero ¿dónde podría obtenerla?

A mitad de semana ocurrió algo que vino a preocupar sobremanera a Juan Antonio Tornell. Algunos hombres jugaban a los bolos al acabar la jornada. Lo hacían junto a los barracones, pese al frío, y los demás pululaban por los alrededores echando un cigarro o charlando antes de que llegara la hora de la cena. Fermín, el Poli bueno, les vigilaba siguiendo las incidencias del juego mientras dejaba pasar los minutos hasta que llegara la hora de retirarse a su pequeña vivienda. Entonces apareció por allí Alemán. A Tornell le daba grima. Todos le tenían miedo y él temía que algún día supiera que una vez, aquel despojo humano que tenía delante, un prisionero, había sido el encargado de esclarecer los detalles de su fuga. Curiosamente, el militar se dirigió hacia él y le arrojó, sin más, un cartón de tabaco.

—Toma —dijo por toda presentación.

Tornell y Colás, que charlaban tranquilamente, se levantaron de golpe para cuadrarse.

—Sentaos, sentaos —dijo Alemán—. Descansad.

Hubo un silencio embarazoso. Todos los presos miraron hacia el lugar donde se encontraban. Incluso los que jugaban a bolos interrumpieron la partida.

—Perdone, señor, no entiendo —repuso Tornell tímidamente.

—Son para ti. Te lo mereces —dijo el capitán.

—Pero esto… señor, esto es mucho. Es un tesoro —farfulló el preso totalmente avergonzado.

—Bah, una nadería, tengo un montón. Estuve en aduanas.

Tornell no sabía qué hacer. Todos le miraban como acusándole pero no podía rechazar aquello. Hubiera sido considerado como una afrenta por aquel loco y no quería agraviarle. Su reacción podía ser imprevisible al tratarse de un demente. Colás, discretamente, se hizo a un lado. Tornell, con el cartón de tabaco en la mano, hizo un aparte con el oficial.

—Señor, usted disculpe —le dije—. Le agradezco mucho este detalle, pero no sé por qué merezco esto.

—El otro día te vi. Llorabas.

Juan Antonio sintió una punzada de rabia. No le agradaba que uno de sus carceleros le hubiera visto llorar. Había jurado no darles el gusto de verle vencido, humillado. Además, aquel tipo era un chalado. ¿A qué venía aquello?

—No, no te preocupes —continuó diciendo el Loco—. Sé lo que pasó con tu compañero, me han contado que violaste el toque de queda para intentar socorrerle. Ese Colás y tú tenéis valor. Os apoyáis en la desdicha, en los momentos más difíciles, como hacen los buenos soldados y los hombres valientes. Compártelo con él si quieres. Te honra haber llorado por ver sano y salvo a un amigo, eres un buen tipo Tornell. Es un presente de soldado a soldado. —Volvió a hacerse el silencio entre ellos.

Alemán miró alrededor y reparó en que todos les observaban.

—¡Cada uno a lo suyo! —gritó entonces el oficial mirándoles con mala cara. Los presos volvieron, sumisos, a sus actividades. Alemán tomó a Tornell del hombro y lo apartó para que se sentara junto a él en una enorme piedra.

—No te preocupes, hombre, no pasa nada. Toma asiento, no muerdo —dijo como invitándole a charlar.

Juan Antonio hizo lo que el oficial le decía y tomó la palabra:

—Señor, no se lo tome a mal. Le agradezco mucho el gesto, pero es que mis compañeros pueden pensar que... que soy...

—¿Que eres un chivato?

—Sí, más o menos.

Alemán estalló en una violenta carcajada.

—¡Qué coño! —dijo—. Tú eres un tipo valiente, con más cojones que todos esos piltrafas. No temas. Lo saben. Y te respetan por ello. Además, he leído tu expediente.

—Si no le importa, me gustaría repartirlo. El tabaco, digo.

—Sí, sí, buena idea, así limarás asperezas. Lo entiendo, lo entiendo...

Quedaron en silencio de nuevo.

—¿Sabes? Tú y yo somos oficiales. Luchamos en bandos distintos y uno ganó, sí, pero debemos ayudarnos, ¿no? —dijo de pronto el Loco.

Tornell asintió. Aquel tipo le ponía nervioso. Estaba para encerrarlo en un psiquiátrico.

—No debes tenerme miedo —continuó—. Sé que se cuentan cosas sobre mí. No hagas caso, la mayor parte de ellas son falsas.

—Pero dicen que usted escapó de la checa de Fomento.

—Sí, ¿ves? Y eso sí que es verdad. Aún no me explico cómo pude hacerlo. Salí de allí hecho una bestia, un animal peligroso. No negaré que he sido un buen soldado, ya sabes, matar es nuestro trabajo. Pero se dicen muchas mentiras, en mi vida he dado el tiro de gracia a un tío. Lo mío fue siempre el frente. Salvo…

—¿Sí?

—Salvo al acabar la guerra. Había jurado vengar la muerte de mis padres y de mi hermana. Murieron en aquella checa. —Tornell puso cara de pena y disimuló como si no lo supiera—. Yo me había propuesto cazar a todos los chequistas que pudiera. La mayoría logró escapar al extranjero. Pero di cuenta de los que quedaron aquí. Varios. El último, Felipe Sandoval.

—El doctor Muñiz.

—Se hizo famoso, ¿eh? Menudo hijoputa. Todo el mundo en España llegó a conocer a ese carnicero.

—No, no, yo lo conocí personalmente.

—¡Cómo!

Tornell notó que el otro le miraba con desconfianza.

—Sí, de mis tiempos de policía. Sandoval era un delincuente. Era de Madrid, sí, pero cometió muchos delitos mientras vivía en Barcelona.

—Por un momento pensé que igual habías sido anarquista pero, claro, tú fuiste policía. ¿Cómo ibas a andar enredado con la CNT?

—Y de los buenos —dijo Tornell con cara de pena—. Me gustaba mi trabajo y no se me daba mal, la verdad. Recuerdo a Sandoval. Un ladronzuelo. Había salido por piernas de París, donde desplumó a una doméstica. Lo detuvimos varias veces. Allí, en Barcelona, fue donde los carceleros le deformaron la cara de una paliza. El tipo había intentado fugarse en un motín muy violento y lo cazaron. Le dieron lo que no está en los escritos. Luego se hizo anarquista. Lo demás, ya lo sabrá usted.

—Sí. Lo sé.

—Me lo encontré en Madrid, cuando la guerra. Iba armado y acompañado por tipos violentos como él. Me miró mal, me recordaba. Sentí miedo, la verdad, era evidente que estaba aprovechando para igualar cuentas con aquellos que le habían afrentado en el pasado. ¿Cayó prisionero?

—¿Cómo?

—Sí, Sandoval. ¿Fue hecho prisionero?

—Intentó escapar por Alicante pero, como ya sabrás, los barcos no llegaron a tiempo.

—Lo sé.

—Alguien lo identificó y lo mandaron para Madrid en la Expedición de los 101.

—¿Los 101?

—Sí, los más buscados: periodistas, diputados, alcaldes, pistoleros, criminales… no creas, el tipo cantó de lo lindo. Está todo en la «Causa General». Me avisaron. Cuando llegué estaba ido, entre la tortura y las amenazas de sus compañeros había terminado por romperse. Todos sabían que había confesado y delatado a sus camaradas. Le animaban a matarse desde sus celdas y no le dejaban dormir, los carceleros lo escuchaban todo.

Hubo un nuevo silencio.

—¿Y qué pasó? —preguntó Juan Antonio arrepintiéndose al instante de haberlo hecho.

Alemán lo miró fijamente a la cara.

—Lo tiré por la ventana —dijo sin atisbo de emoción.

—Vaya.

—Luego dijeron que se había suicidado. Quizá no debí hacerlo. No creas, Tornell, es la única vez en mi vida que he matado a un hombre desarmado, lo juro. Pero no me arrepiento. Había leído su declaración y sabía que era carne de cañón. Un *desgraciao* sin padre que había crecido en la barriada de las Injurias. Un crío que se había criado delinquiendo y malviviendo de la caridad de los hospicios. Lo sé. Sé que un tipo así no tiene oportunidad en la vida. Pero yo quería hablar con él, echármelo a la cara y preguntarle qué culpa tenían mi hermana y mis padres de aquello, de que su vida hubiera sido así. Y yo mismo. ¿Qué le habíamos hecho?

Alemán volvió a quedar en silencio. Roberto siguió hablando:

—Pero no. Lo vi y no pude contenerme. Lo enganché del pescuezo y lo levanté en peso. Ya no parecía tan valiente, ¿sabes? Lo arrojé al vacío, sí. De pocas me cuesta un disgusto. Me salvó el que ya hubiera cantado de pleno.

Tornell miró al capitán a la cara, parecía hacer un gran esfuerzo por recordar, como si se hallara lejos de allí.

—¿Sabe? Siempre he pensado que gente así, como Sandoval, son los que nos hicieron perder la guerra. Los sádicos, los torturadores se crecen en ocasiones como aquélla. El caos y la desorganización nos perjudicaron, pero la gente como el doctor Muñiz nos hizo perder muchas adhesiones, sobre todo entre las clases medias.

—No tengas duda, Tornell, no tengas duda. Yo mismo no tenía filiación política alguna y mira… Pero los verdaderos culpables son los que estuvieron de acuerdo en utilizar a carniceros así para lograr sus fines.

—Quizá. Nunca estuve de acuerdo con lo que ocurría en las checas, Alemán.

Roberto asintió con la mirada perdida. Entonces habló:

—Eso, viniendo de un rojo tiene un gran valor para mí, Tornell. Y no creas, que los míos también hicieron cosas… podría contarte cosas que vi, barrabasadas cometidas por los moros que asustarían al más templado. La guerra, amigo, la guerra. Y se siguen haciendo barbaridades, créeme.

Volvieron a quedar en silencio.

—Disfruta del tabaco y descansa. Eres un buen hombre, Juan Antonio —dijo Alemán levantándose y dando por terminada la conversación.

Cuando Tornell quedó a solas reparó, con sorpresa, en que había sido agradable charlar con aquel tipo. Sintió, una vez más, lo sucedido en la checa y comprendió por qué la guerra creaba monstruos como aquél. Lo que más le preocupaba era que, por un momento, había estado a punto de contarle lo de la investigación que él mismo había llevado a cabo. Lo tomaría por uno de sus captores. Se mentalizó para no meter la pata y no comentar el asunto con nadie, ni siquiera con Colás.

Toté

Aquella mañana Tornell esperó ansioso el autobús de la Tabanera que llegaba desde Madrid por Guadarrama tras pasar por El Escorial. Había oído misa para que le sellaran el ticket y se había bajado a esperar la tartana. Los presos que iban a tener visita aguardaban impacientes. Él el que más. Temía que hubiera algún imprevisto y que Toté tampoco pudiera ir esta vez. Cuando vio llegar el autobús sintió que se le saltaba el corazón. Ella bajó la primera: guapa, alta, siempre tan distinguida, incluso en un lugar como aquél. Tornell corrió hacia ella y se fundieron en un abrazo. No podían dejar de llorar. Ninguno de los dos.

Ella, tras unas lágrimas iniciales, se separó, y tras echarle un vistazo dijo:

—¡Estás en los huesos! ¿Qué te han hecho?

Juan Antonio le chistó para que no hablara en esos términos.

—¡Qué dices! —contestó sonriendo—. Ahora estoy hecho un Tarzán. Si me hubieras visto al llegar aquí…

Volvieron a abrazarse y se besaron profunda y lentamente.

El cura andaba por allí, como siempre, para evitar que los presos y sus mujeres sobrepasaran el decoro con sus muestras de cariño, por lo que Tornell la tomó del brazo y se perdieron monte arriba. Como hacían los demás. Allí, bajo un enorme pino, sin apenas haber hablado hicieron el amor. Dos veces. Hacía seis años, quizá más, que Juan Antonio no sabía lo que era estar cerca de una mujer, de su mujer. Era maravilloso estar allí, como en un sueño, tocarla, olerla. Su piel era tan suave… En aquellos momentos, ésa era la única realidad y Cuelgamuros parecía una mala pesadilla de la que acababa de despertar. No podía evitar el recuerdo de lo que había pasado en los campos de concentración en los que había malvivido. Recordaba el frío de Teruel, cuando cayó prisionero, herido en la pierna y tratado como un perro. No le avergonzaba recordar que les había contado todo lo que sabía sobre las posiciones del ejército de Saravia. Además, acababan de llegar a la zona y tampoco era gran cosa. No quiso darles la oportunidad de que le hurgaran en la herida para hacerle hablar. Había sido hecho prisionero por el plan de un niñato analfabeto, aquella idea peregrina de los perros y la dinamita y estaba enfadado por ello. Aquel sistema no merecía que se resistiera y sufriera tortura por continuar con el delirio, el desorden que les llevaba de cabeza al caos. Sólo pensaba en su mujer, en sobrevivir. Fue un cobarde quizá. Pero no es fácil pasar por una situación así. Herido, prisionero, a veinte grados bajo cero. Logró sobrevivir gracias a unos ajos que llevaba en el bolsillo. Tres cabezas. Los comía crudos porque sabía que eran buenos para la circulación y para las infecciones. Pasaron seis largos días hasta que le evacuaron a un hospital. Todo eso y más se agolpaba en su mente junto a Toté, convirtiéndose a sus ojos, en alguien más callado y extraño.

—¿Dónde estás, Juan? —le dijo ella acariciándole la cara.

Tumbados en una manta de cuadros, bajo un enorme pino, notaba que ella le miraba con pena, horrorizada por el aspecto que el hambre y las privaciones habían terminado por darle. No le gustaba que su mujer le viera así. Se pusieron al día: no, no estaba con nadie, le había esperado. Siempre había sabido que estaba vivo o por lo menos había querido creerlo. Supo que había sido hecho prisionero por una carta de su comandante. Temió lo peor, sí, pero al acabar la guerra se sintió aliviada porque al menos pudo saber que estaba vivo, que no lo habían fusilado. La Cruz Roja la había ayudado a saber dónde se hallaba. Ella volvió a llorar cuando le contó que su padre y su madre habían logrado escapar por la frontera con Francia al acabar la guerra, como tantos y tantos catalanes. Estaban muertos. Su padre, Hereu, no pudo reponerse de aquel camino a pie y falleció en un campo de prisioneros en Francia. Enriqueta, la madre, le siguió un año después. Hasta ahora no habían podido hablar de ello. Y ella, en sus últimas cartas, se lo había ocultado. Decidieron comer bajo aquel pino, «la suite nupcial», como lo bautizó ella. Hacía frío pero había salido el sol y calentaba el cuerpo. Toté dispuso un mantel de cuadros que sacó de una cesta. Allí había un poco de queso, vino y ¡una tortilla de patatas! Se sintió el hombre más feliz del mundo. Más tarde bajaron al campo, donde Juan Antonio cambió el ticket por algo de tabaco y aprovechó para presentar a Toté a los compañeros. Todos quedaron con la boca abierta. Se la comían con los ojos. Se sintió orgulloso de ella.

Tornell reparó en que Toté se esforzaba por agradar. Estuvo muy simpática con unos y con otros, sí, pero él sabía, se le hacía evidente, que estaba horrorizada al ver cómo habían terminado aquellos hombres, valientes defensores de la República en otro tiempo. Todos habían sido soldados, hombres valerosos; él mismo lo fue y ahora se hallaban reducidos a aquella mísera condición de esclavos de los vencedores. Trabajando hasta matarse por conseguir unas monedas y soñando con el día de la libertad. Ya no fantaseaban con salvar al mundo, con eliminar a los capitalistas o acabar con el hambre, no. Todo había terminado. Ella había intentado disimular el horror que le producía verle así, verlos de aquella forma, pero Tornell sabía lo que pensaba. No dejó de decirle que estaba distinto, que había cambiado. ¿Cómo no iba a ser una persona distinta después de haber vivido un infierno? Toté intentaba disimular pero de vez en cuando se le escapaba un «qué flaco estás». Tornell no pudo ni quiso contarle que aquello, comparado con los demás lugares en que había estado, era casi un paraíso. Resultaría increíble para alguien de fuera. Luego dieron un paseo. Ella se sorprendió al ver que había familias de presos viviendo en aquellas chabolas. Dijo incluso que quería dejar el trabajo y vivir allí con él.

—¡Ni en broma! —contestó él dando por cerrado el asunto.

No quería que su mujer viviera de aquella manera por su culpa. Ella era de buena familia, había crecido en un buen ambiente y estudiado en buenos colegios. No deseaba que terminara malviviendo así, como un animal. Allí hacía mucho frío y en las chabolas apenas podía uno entrar en calor.

—¡Y tú eres hijo de notario! —le reprochó ella intentando imponerse.

Tornell no recordaba lo guapa que se ponía cuando se enfadaba. Siempre tuvo un algo de lo que carecían las demás; no sólo su belleza sino quizá un aire de distinción que la hacía parecer por encima de las otras, un no sé qué casi aristocrático que le llevaba a pensar que en otra época tal vez hubiera sido duquesa o la esposa de un príncipe. Incluso en los días de la revolución la gente le cedía el paso, le cedían el asiento en el tranvía. Parecía estar por encima del mundo pese a que era una joven sencilla que prefería ver las cosas buenas de los demás en lugar de centrarse en los aspectos más mezquinos de la política. Quizá sólo lo pensaba él y ella era una de tantas, pero la amaba. Tornell supo convencerla para que siguiera con su trabajo y aguantara. Aunque sólo pudieran verse una vez cada tres semanas o incluso, una al mes, aquello era soportable. Él lo podía aguantar. Ahora que la había visto lo sabía. O eso le dijo. La animó diciéndole que ni siquiera tendrían que esperar ocho años. De vez en cuando había indultos. Quizá en cinco o a lo sumo seis años saldría de allí. Entonces se irían al extranjero. En España no podría volver a ser policía y no sabía hacer otra cosa. Una nueva vida en otro lugar. Lejos de aquel país cainita y maldito. Lejos de toda aquella gente, de vencedores y vencidos. Ella, ilusionada y crédula, se convenció sin sospechar que él le estaba mintiendo. No habría otra vida lejos de allí, en otro lugar, pero sólo Tornell lo sabía. Se maldijo por haberle mentido de aquella manera.

Estuvieron ojeando la prensa, las carteleras de cine. Tenían muy buena pinta y fantasearon con la posibilidad de ir juntos a ver una buena película. Tornell no recordaba la última vez que había estado en un cine. Venían anuncios muy grandes, con carteles muy bonitos: *Sólo los ángeles tienen alas*, con Cary Grant y Rita Hayworth. ¡Qué envidia! Poder salir, de allí, juntos, ser libres…

Cuando se despidieron, ella le abrazó y se echó a llorar. Le quedaba un viaje de vuelta larguísimo por delante y no quería separarse de él. A Tornell se le hizo un nudo en la garganta. Apenas si podía hablar. Cuando vio el autobús alejarse y a ella agitando la mano en la parte de atrás, no pudo reprimir el llanto. Una vez más, el que fuera curtido policía, se deshizo en lágrimas. Y ocurrió por dos motivos: porque no quería que se fuera y porque le había mentido. ¿Merecía ella algo así? ¿Acaso era tan importante su venganza?

En aquel momento, de nuevo, pasó junto a él el Loco Alemán. Iba del brazo de una chica joven, atractiva, que al parecer había subido a verle en un coche negro que llevaba el estandarte de un general. Aquel tipo volvió a mirarle fijamente, de forma extraña, como cuando le vio llorar abrazado a Colás. Tornell se sintió incómodo pues sintió que el otro no le perdía de vista, le miraba y le miraba. Siguió haciéndolo de modo insistente mientras que caminaba cuesta abajo sin soltar el brazo de la mujer. Y él llorando como un idiota. ¿Cómo había podido permitir que aquel hombre, un enemigo a fin de cuentas, le viera así? Sintió rabia. Impotencia. Y vergüenza.

Al menos el crío de la FUE, Carlitos, se adaptaba. Había tenido mucha suerte y hacía dos días que había sido trasladado a la oficina de San Román a hacer de oficinista porque era universitario y su familia parecía tener cierta mano. Lo cambiaron a otro barracón y Tornell lo veía mucho menos. Carlitos parecía triste por el cambio, así que Juan Antonio intentó animarlo contándole que el Rata era de Don Benito como él. Pensó que al chaval le vendría bien hablar con un paisano. Aquello puso muy contento al crío pero le desanimó saber que, de momento, no podrían conocerse porque David el Rata llevaba más de veinte días desbrozando un cortafuegos con un pelotón cerca de Guadarrama y no habían coincidido aún. Esperaba que el contacto con el Rata le hiciera sentirse mejor. Cuando uno está encerrado esas pequeñas minucias son las que te hacen soportable la vida; lo sabía por experiencia. La vuelta de David era inminente, así se lo había hecho saber el señor Licerán, por lo que Tornell se tranquilizó al respecto.

Apenas habían pasado dos días de la visita de Toté y la añoraba más que nunca. Además, le había ocurrido algo raro. Higinio, el hombre al mando de los comunistas, el preso de confianza, se le acercó a la hora de comer y le dijo de pronto:

—¿Podemos contar con tu ayuda?

—¿Conmigo? Pues claro, ya lo sabes. Para eso estoy aquí. ¿En qué más os puedo ayudar?

—Algunas cosillas podrás hacer en tu nuevo puesto.

—Bastante hago ya, ¿no? Además, ¿de qué puesto hablas?

Entonces, Higinio le soltó la noticia.

—Te van a dar el puesto de cartero, el lunes.

Tornell se quedó paralizado, sorprendido. Con la boca abierta.

144

—Pero… —acertó a decir— … ¿de qué hablas? ¿Cómo lo sabéis?

—Es obligación del Partido saberlo todo, ¿contamos contigo? Podrás subir y bajar del pueblo e igual te pedimos algún favor.

—Si no es cosa de riesgo, sí. Tengo mis prioridades.

—Sí, sí, está claro.

—¿Cartero?

—Sí, sí, cartero. Ya te iré avisando entonces, no temas. Serán cosas sencillas…

Y se fue dejándole intrigado.

Tornell hizo sus indagaciones y supo que, en efecto, el tipo que hacía de cartero, uno de Construcciones San Román, salía libre el lunes.

Pero ¿por qué él? Llevaba poco tiempo allí y aquel puesto era un chollo, sólo para enchufados. ¿Por qué se lo daban a un preso tan nuevo?

No quería hacerse ilusiones, pero pasar de picar piedra a ser cartero sería dar un paso de gigante, una mejora increíble en sus condiciones de vida. No quería ni imaginarlo. Un puesto tan bueno y con tanta libertad le permitiría ir de un lado a otro libremente. Fantástico. Pero no, no podía ser cierto.

Tornell no podía sospechar el motivo por el que iba a ser designado cartero. Si es que aquello iba a ocurrir, claro estaba. Higinio, el jefe de los comunistas lo sabía todo y si decía que así iba a ocurrir, sus razones tendría, por improbable que pudiera parecer. En cualquier caso decidió no pensar en ello. No era bueno hacerse ilusiones en balde.

Cartero

Roberto Alemán sufría un supuesto desorden que los médicos que le habían tratado definían como fatiga de campaña. Un ser perdido, sin motivos para vivir y que añoraba el frente, ése era él. Él mismo notaba que tras sufrir su «crisis», al acabar la guerra, se sentía a veces bien, a veces mal. En ocasiones se notaba agresivo, con ganas de gresca, de liarla y llevarse por delante a quien hiciera falta con el oscuro propósito de morir más bien pronto que tarde. Otras, las menos, se sentía invadido por una gran melancolía y se perdía por los montes, quedaba alelado, como ido, y apenas si se enteraba del paso del tiempo volviendo a su cuarto sin saber dónde había estado ni qué había estado haciendo. En momentos así sentía miedo de sí mismo, de lo que podía hacer en situaciones como aquélla. Se sabía loco. Algo así le había ocurrido el día en que se encontró por primera vez con Tornell. En aquel momento se hallaba en el punto álgido de uno de aquellos ciclos, uno de esos momentos en que volvía a ser el de la guerra, el oficial bronco, agresivo y audaz, suicida podía decirse, que no dejaba rojo vivo a su paso. En aquellos momentos le salía el odio que llevaba dentro, todo era negro y se sentía poseído de nuevo por aquella fuerza oscura que le había permitido —pese a hallarse malherido— salir por la puerta principal de la mismísima checa de Fomento dejando tras de sí un par de fiambres. Él sabía perfectamente, desde que había salido de la academia como alférez provisional, que la gente exageraba la historia y no se molestaba en desmentir que no era cierto. Que no, que no había matado a quince hombres con una cuchilla de afeitar o que era falso aquello de que había castrado a un comisario político con una bayoneta robada a un miliciano… En fin, se decían muchas cosas y todas eran puras exageraciones, desvaríos que surgen de llevar y traer chismes. A él le beneficiaba, porque gracias a aquellos embustes sus hombres se sabían seguros a su lado, creían que les mantendría vivos, que les protegería del enemigo sacándolos de aquella pesadilla. Le temían, sí, pero preferían estar junto a él que enfrente. Ganó muchas medallas en la guerra y las tiraba al fondo de su arcón. No las valoraba como los demás. No le importaba. Él sólo quería matar rojos, vengarse.

La primera vez que había visto a Tornell éste estaba tumbado, descansando con otros presos. Buscó simplemente una excusa para castigarle haciéndole cargar unas piedras, pero aquel amigo suyo, Berruezo, había salido en su ayuda. Ambos se defendieron mutuamente y Tornell, un desecho humano, físicamente deteriorado, tuvo agallas como para mantenerle la mirada. A él, un oficial del ejército español, un curtido soldado que podía aliviarle el sufrimiento sin pensarlo ni un momen-

147

to. Se ofreció a hacer el trabajo de su amigo. Con valentía. Aquello hizo saltar un resorte en la mente del oficial. Entonces apareció el otro estado de Alemán, la languidez, la desgana y se retiró dignamente. Por eso les pagó unos aguardientes como muestra de respeto, porque admiraba a los hombres valientes. Unos días más tarde, cuando el amigo de Tornell se había metido en un lío por llegar tarde a la retreta, Alemán los vio abrazados. Tornell lloraba como un niño. Sintió que se estremecía al ver cómo los hombres se apoyaban a veces en la adversidad. No temían mostrar sus sentimientos unidos como estaban por el infortunio. Sintió envidia. Envidia, sí. Envidia porque él no podía llorar. Quizá era eso, un monstruo insensible, una especie de «no humano». A veces pensaba en sus padres fusilados porque su hijo era falangista y porque eran religiosos, fusilados porque su hijo de la UGT había fallecido poco antes de la guerra y no estaba allí para salvarlos. Pensaba en su hermana, tan joven, hermosa y llena de vida. Era casi una cría, inocente, pura. Pensaba en él mismo, en la checa de Fomento, en la celda del palmo de agua, la de los relojes, la de los ladrillos de canto en el suelo… pensaba en su fuga, en cómo había pasado al otro lado, arrastrándose bajo las alambradas, sin poder casi caminar, el cuerpo lacerado… su prima fusilada por esconderle… Lo hacía a propósito, lo revivía para ver si era capaz de sentir como lo hacen las personas normales. Pero era inútil, no podía llorar. Todo aquello anidaba en su interior como un terrible cáncer, como un monstruo que amenazaba con devorarle. Crecía y crecía como algo oscuro y negro que le dominaba empujándole a buscar la muerte cuanto antes. Pero ya no estaban en guerra. ¿Qué sentido tenían las cosas? Aquel tipo, Tornell, había despertado su curiosidad y por eso había repasado su ficha. Había sido un policía brillantísimo, hombre de orden, un buen oficial que había caído preso en Teruel y que acumulaba sufrimientos en los peores campos y prisiones de España. Un tipo con menos motivos para vivir si cabía que él mismo. Y allí seguía, luchando. Había pasado por cosas que Alemán ni imaginaba y pese a eso, Tornell era humano aún.

Un día, a la hora de la comida, lo había visto leyendo cartas a sus compañeros analfabetos que hacían cola para que él pudiera transmitirles las noticias de casa. Decididamente era un buen tipo. Luego supo, de casualidad, en una visita a la oficina, que el puesto de cartero quedaba libre. Al momento habló de Tornell al director y éste, que quería estar a buenas con él por el asunto de las inspecciones, no tuvo ninguna duda. Cuando nombraron cartero a Tornell se sintió bien. Aquello era algo nuevo para él, hacer el bien, contribuir, hacer algo por los demás en lugar de matar gente. Sumar en vez de restar. Y comprobó que aquello le ayudaba. Aquello y Pacita.

Justo unos días antes, el domingo, la joven había acudido a verle. Alemán se quedó de piedra al verla aparecer por Cuelgamuros. Había acudido en el coche oficial de su padre, así que Roberto supuso que su general estaba al tanto de la visita y la aprobaba. Estaba guapísima y le agradó que fuese tan decidida. Y eso que era una cría. Había ido a verle porque le apetecía, sin ocultar que él le importaba. Increíble, ¿no? Quizá era demasiado joven pero, sin saber por qué había comenzado a llegarle muy hondo. Comieron en el pueblo: paella. Roberto la engulló como si se la quitaran, otro síntoma extraño pues hacía tiempo que no disfrutaba tanto de la comida. Ella le miraba desde el fondo de sus profundos ojos marrones, almendrados como los de una mora y le hacía estremecer. Pasaron el resto de la tarde paseando y charlando. Comprobó, no sin cierto reparo, que ella le hacía reír. Justo antes de la despedida, la había acompañado al coche. Fue entonces cuando había visto a Tornell, que acababa de despedirse de su mujer, muy hermosa, por cierto, distinguida, alta, parecía de buena cuna, seguro.

Otra vez lloraba. Entre Pacita y Tornell, le hicieron sentir algo raro. Como si su cuerpo fuera a explotar liberando toda aquella porquería que había acumulado durante años. Ella se fue y se quedó viendo alejarse el coche, como un tonto, mientras agitaba la mano ensimismado. Pacita era una mujer exuberante y una cría a la vez. Era alegre, le hacía feliz, y además, le excitaba. Deseó con todas sus fuerzas que volviera otro domingo. No. Mejor, él bajaría a Madrid. ¿Le agradaría aquello a su jefe? Sintió como miedo. Miedo ¡Él! Algo se rompió en su interior y notó que una sola lágrima rodaba por su mejilla. Percibió que aquello era el comienzo de algo y supo que en cuanto terminara con aquel trabajo iba a dejar el ejército. La única forma de arreglarse la cabeza era aprender a llevarlo a cabo él mismo y eso podía arreglarse. Sabía cómo hacerlo.

Baldomero Sáez llegó a su vivienda algo cansado. Le faltaba el aire después de subir aquella maldita pendiente y caminaba con cierta dificultad porque había bebido demasiado. Odiaba aquellas cuestas de Cuelgamuros. Moverse en el campo, con ese frío y a tanta altura le resultaba agotador. Abrió la puerta y, tras entrar, se dejó caer boca arriba en su cama. No reparó en que alguien, sentado en el butacón, había encendido la chimenea.

—Siempre alerta, ¿eh? —dijo una voz autoritaria y conocida que hizo que el falangista se levantara de pronto, de un salto.

—¡Arriba España, camarada Redondo! —exclamó Sáez cuadrándose brazo en alto mientras daba un sonoro taconazo con sus botas altas.

El otro, apenas una figura perfilada en la penumbra, se le acercó lentamente.

—Te preguntas qué hago aquí, ¿verdad?

—Más bien sí —dijo Baldomero sudando de miedo. Sudaba constantemente, en exceso, aunque hiciera frío. Quizá era debido al sobrepeso que siempre le había acompañado y que había hecho de él un niño infeliz y un adolescente rechazado. Hasta que ingresó en Falange, claro.

—He entrado discretamente en el campo gracias a un amigo —dijo el secretario general— porque he juzgado necesario venir a verte. Descansa. Toma asiento, camarada.

Baldomero Sáez no sabía qué estaba pasando pero aquella visita inesperada no parecía depararle nada bueno. Redondo se le acercó y le arrojó un papel.

—¿Sabes qué es esto?

Sáez echó un vistazo y dijo:

—Claro, una carta. Yo mismo te la envié anteayer.

—¿Y?

—No te entiendo, camarada.

—¿No tienes nada que decir al respecto? ¿Crees que todo está bien?

Baldomero Sáez quedó en silencio. Nunca fue demasiado despierto y no tenía ni idea de qué iba aquello. Lo suyo era cumplir órdenes. Un falangista rechazado en su llamada a filas que no podía luchar como soldado por su asma, un gordo, un segundón que se había hecho un hueco dirigiendo pelotones de fusilamiento y dando tiros de gracia, eso era él. Un tonto útil.

—Léela. En voz alta —ordenó su jefe.

Sáez, con voz trémula, comenzó a leer la carta:

—Cuelgamuros 6 de diciembre de 1943...

—Sigue, camarada, sigue.

Baldomero Sáez obedeció:

—... Al camarada Fernando de Redondo, secretario general del Movimiento:

»Por la presente me complace comunicarte que hay noticias con respecto al capitán que envió aquí la ICCP. No temas, ni la Inteligencia Militar, ni la propia ICCP están interesadas en nuestro asunto. Al menos para algo que nos concierna. Alemán no está aquí por nosotros. Simplemente está loco y lo han enviado a Cuelgamuros para justificarle el sueldo. No me cabe duda. Es íntimo de Francisco Enríquez y eso explica que le hayan ahorrado el deshonor de una licencia por enfermedad. Ya sabes lo que se rumorea sobre su actuación en la guerra: sufrió mucho y aquello provocó que perdiera la cabeza. Se supone que está aquí para investigar si se desvían alimentos al mercado negro. El director, un buen amigo y mejor español, cree que más que nada es para tenerlo entretenido.

No tenemos por qué temer. Se hace evidente que no está aquí para investigar nada relativo a nuestro negocio. Por lo demás, todo marcha como habíamos pensado, lo he confirmado, nuestro hombre viene mucho por aquí. Arriba España, camarada.

—¿Y?

—No sé. ¿Qué he hecho mal? —dijo Sáez quien, antes de que pudiera darse cuenta, se encontró con que Redondo le agarraba por el cuello con una mano mientras que con la otra, le arrebataba la carta y tras arrugarla, se la metía en la boca de un empujón. No pudo reaccionar. Se ahogaba.

—¡Idiota! ¡Eres un idiota! —gritaba el secretario general totalmente fuera de sí—. ¿Qué cojones creías estar haciendo?

Sáez apenas si podía respirar. Mucho menos decir algo. Si su jefe no le soltaba iba a ahogarse allí mismo. Se mareaba. Comenzó a percibir que todo estaba borroso. Al fin, Redondo, más fuerte, alto, bien parecido y peinado hacia atrás, se separó de su presa con hastío.

—¡«Nuestro negocio»! ¡«Nuestro asunto»! Pero ¿te diste un golpe en la cabeza de pequeño? ¿Acaso te caíste de la cuna? ¡Lerdo! ¡Inútil! No vuelvas a hacer alusiones a nuestro asunto por escrito. ¿Quieres que nos descubran? Aquí, en la secretaría, en los ministerios, hasta las paredes tienen ojos. Están por todas partes, en el Movimiento apenas quedan camaradas de los primeros días. Hay que tener cuidado y tú… ¡tú!…

—¡Entendido, entendido! —dijo Sáez alzando las manos para calmar a su jefe a la vez que recuperaba el resuello a duras penas.

—Cualquier comunicación que me hagas, la envías a través de mi secretario, él la leerá y me transmitirá la información de forma oral. Escríbele a su casa. Y nada de fallos. Cualquier error nos puede costar la vida.

—Descuida, camarada.

—No olvides por qué estás aquí.

—Lo sé, lo sé, haremos justicia a José Antonio, a Hedilla y a los compañeros encarcelados.

—Como debe ser. No quiero más fallos o lo pagarás caro —sentenció Redondo saliendo del cuarto sin cerrar la puerta.

Baldomero Sáez quedó de pie, percibiendo el aire frío que entraba en la estancia. Notaba que el corazón le latía desbocado. Debía tener cuidado. No quería defraudar.

El rumor era totalmente cierto. ¡Tornell fue nombrado cartero!

No sabía muy bien por qué habían pensado en él, quizá era porque solía leer sus cartas a los compañeros analfabetos —que eran legión— y aquellas cosas, allí, terminaban por saberse. Siempre había pensado que hacer el bien provocaba que se te devolviera todo lo que dabas y aquél era un buen ejemplo. Obtener un puesto como ése suponía una mejora tremenda. Había que caminar hasta el pueblo y volver: una paliza, porque además luego tendría que recorrer la distancia entre los tres destacamentos, repartir el correo y leer cartas a la mitad de los presos. Pero no tenía comparación alguna con picar piedra. No pudo evitar sentirse ilusionado ante aquella perspectiva: todo el día vagando por ahí solo, sin órdenes, al aire libre. Pudo hablar con el cartero saliente, Genaro, que le

154

confirmó que aquel destino era un chollo y que se ganaba mucho dinero con las propinas de guardianes, capataces y «civiles». Lo del dinero no le importaba. Pero lo demás sí. A pesar de la buena noticia, no todo iba a ser un cuento de hadas. Ocurrió algo que le hizo sentirse preocupado. Fue en administración. Tenía que presentarse allí para hacerse cargo de su nuevo cometido y así lo hizo. Al llegar se topó con un administrativo civil, un mecanógrafo.

Nada más entrar le dijo con toda familiaridad:

—Hola, Tornell.

—Hola —contestó él. Le parecía normal que supiera su nombre pues debía de estar al tanto del cambio de cartero y de su nombramiento.

Entonces, sonriendo, el otro insistió:

—Vaya. ¿No me recuerda?

Al ver que le trataba de usted, Tornell comenzó a alarmarse. Dio un paso atrás.

—No. ¿Debería?

—Usted me metió en la cárcel.

Se quedó de piedra. «Adiós al puesto», pensó para sí.

—No, no tema, hombre —apuntó el mecanógrafo, conciliador—. No soy el mismo, no le guardo rencor. Además, soy un simple oficinista.

Tornell intentó hacer memoria a toda prisa.

—Cebrián, tú eres Cebrián… —dijo señalándole con el dedo como el que hace memoria sobre algo.

—Sí, señor, el mismo que viste y calza —contestó el oficinista sonriendo.

—La estafa al banco de Martorell.

—En efecto. Usted me cazó como a un ratón.

—Lo siento… —Tornell intentaba farfullar una excusa pues se veía malparado.

—Don Juan Antonio, no importa. Yo me aficioné a la buena vida y me lo gastaba todo en el casino y mujerzuelas, si no hubiera sido usted, habría sido otro. Prefiero poder contar que me cazó uno bueno.

—Cuatro años y un día.

—En efecto. Tiene usted buena memoria. Así fue, en la Modelo. Mi mujer me dejó. Cuando estalló la guerra abrieron las cárceles y me la encontré liada con uno de la CNT. Yo había descubierto a Dios en la prisión y no me agradaba el cariz que tomaban las cosas, ya sabe, la manera en que la República perseguía a la verdadera religión. Me pasé a los nacionales y luché. Sargento.

—¿Qué fue de ella? ¿De su mujer?

—¿Te parece si nos tuteamos?

—Sí, Cebrián, claro —repuso Tornell sin saber si hacía lo correcto.

—Lo último que sé es que pasó a Francia, con su miliciano. No se lo reprocho, le di mala vida. Pero ahora soy otro hombre, pertenezco a la Obra de Dios.

—¿Cómo?

—Sí, una agrupación católica guiada por un hombre clarividente, con una visión nueva, renovadora, Escrivá de Balaguer, el Opus Dei. ¿No has oído hablar de nosotros?

Tornell negó con la cabeza.

—Claro, somos pocos, pero iremos creciendo. La religión es la respuesta, Tornell. Y todo te lo debo a ti.

156

—¿Tú eres el responsable de mi nombramiento? —acertó a decir el nuevo cartero.

—¡No, hombre no! —dijo Cebrián entre risas—. Ni sabía que estabas aquí. ¡Juan Antonio Tornell! El director te espera, pasa a verle.

Al girarse para entrar en el despacho, Tornell comprobó que aquel tipo, Alemán, estaba sentado detrás de él, leyendo el *Arriba* pero observándole con disimulo por encima del periódico. ¡Lo que le faltaba! Parecía que le siguiera a todas partes. ¿Estaría volviéndose loco?

Tras la conversación con el director salió del despacho exultante. Comprobó con alivio que Alemán se había marchado y se encaminó hacia el tajo para dar por finiquitada aquella etapa de su vida en el campo. Fue entonces cuando se cruzó con Carlitos que volvía muy apresurado a la oficina tras hacer no sé qué recado. Sin aflojar el paso, Juan Antonio le preguntó si había conocido ya a su paisano el Rata, y éste le contestó algo que le sonó enigmático: «Ya te contaré». Parecía contento, más animado, tenía hasta buena cara y total, le quedaban cuatro días allí. Se alegró por el chaval. Cuando se incorporó al trabajo, muy feliz, en la que debía ser su última jornada en Carretera, comprobó algo que le llamó la atención: aquellos malnacidos ocultaban al pueblo que allí trabajan presos de conciencia. Fue de casualidad. Había dos piedras enormes que reventar y justo cuando iban a hacer la «pegada» apareció el señor Licerán acompañado por un tipo espigado y muy serio. Al parecer era un inspector de explosivos. En un momento, justo antes de una explosión, el inspector, haciendo un aparte, le preguntó:

—Ese ayudante del barrenero es bueno. ¿De qué empresa es?

Se refería a Bernardo, uno de Torre Pacheco. La dinamita sólo la podían manejar obreros libres, pero en aquel caso, el ayudante sabía más que el oficial, Jesús, un tipo de Consuegra. Tornell, mirando al inspector como si fuera tonto, le contestó con toda naturalidad:

—De ninguna, es un preso.

—¡Cómo! ¡Un preso!

—Claro, todos nosotros lo somos.

—No puede ser… ¿presos?

—¿No lo sabía? Excepto el oficial, los demás somos penados del ejército republicano.

—Pues no —contestó el inspector—. No tenía noticia, la verdad.

Y poco a poco se alejó por no hablar del tema. Tornell reparó con rabia en que la España de Franco no sabía que el que debía ser gran monumento a la reconciliación se estaba erigiendo sobre el sudor y las lágrimas de los de un solo bando. Miserables. La gente de la calle sabía que había mano de obra reclusa reconstruyendo el país pues veía los Batallones de Castigo trabajando en puentes, vías y carreteras. Pero se hacía evidente que las autoridades habían optado por ocultar que, precisamente allí, trabajaban los vencidos.

El incidente

Los días seguían cayendo y Alemán no hacía avances. Para colmo, al fin de semana siguiente no hubo novedades con respecto a Pacita. Hubiera sido demasiado hermoso que la joven hubiera acudido a verle otra vez, aunque habría mostrado quizá demasiado interés por su parte tratándose de una joven decente, y él no sabía muy bien cómo actuar al respecto. No se hallaba demasiado versado en asuntos amatorios. Había perdido la costumbre. Quizá ella esperaba un movimiento por su parte, una muestra de interés. Era lo lógico. ¿Debía bajar a Madrid al domingo siguiente? ¿Le invitarían a comer si aparecía sin previo aviso en la casa de Enríquez? ¿Qué pensaría su general del asunto? Alemán se sentía ridículo al comprobar que él, aquel tipo bragado que comía rojos en la guerra, se convertía en un mar de dudas por una cría de veinte años. Pero no, definitivamente no podía quitársela de la cabeza. Tan hermosa, tan inconsciente y con aquellas ganas de vivir que tanto se contagiaban… Aquella mujer hacía que sintiera algo vivo en su interior, como si no estuviera muerto en vida. Así lo había creído desde los primeros días de la guerra. Roberto se había cruzado varias veces con Tornell y éste le miraba esquinado, por lo de las piedras o lo del tabaco, quién sabía. Sentía curiosidad por aquel hombre sin saber por qué.

Con respecto al estraperlo ni rastro. Todo cuadraba. Era obvio que sabían para qué le habían enviado allí. Don Adolfo, el director, era su principal sospechoso. Seguro que actuaba en connivencia con el capitán de la Guardia Civil, el morfinómano, y quizá alguno de los capataces de las empresas. Todos tenían necesidades y todos salían ganando. Se consoló pensando que, al menos, mientras él estuviera allí no podrían seguir con sus tejemanejes. Reparó en que lo mejor sería sugerir a Enríquez que colocara allí a un inspector de su absoluta confianza, alguien de la ICCP que pudiera asegurar el buen funcionamiento del campo como estaba haciendo él desde su llegada. Él no, claro, pues comenzaba a saber lo que iba a hacer con su vida y para ello, quería salir de allí.

El falangista, Baldomero Sáez, le observaba y le seguía de cerca pero con cierta discreción. Conocía el oficio. No le llegaba ningún informe sobre él de su jefe, de Enríquez, y estaba a oscuras con respecto a aquel tipo. ¿Qué hacía allí? ¿Cuál era su función exacta? Cada vez le gustaba menos aquello. No iba a poder sacar nada en claro, eso parecía evidente. Sólo quedaba redactar un informe y volver a comenzar con su vida. ¿Estaría Pacita dispuesta a ayudarle?

En medio de aquellas indecisiones que le acosaban hizo algo raro. Aquel lugar ejercía una extraña influencia sobre él, quizá algo cambiaba lentamente en su interior. Puede que fuera el aburrimiento el que provocó que actuara así. Tal vez sólo fue cosa de su mente de loco o imbécil; pero hizo algo que, semanas antes, le hubiera parecido improbable: tuvo un duro enfrentamiento con el falangista. Y además, delante de todo el mundo. ¿Qué le estaba pasando? Era de locos. Alemán bajaba del monte y pasó junto a las obras de la cripta. Estaban de pegada, así que todos los obreros habían salido de la cueva. Una gran explosión expulsó humo y polvo a espuertas desde el interior de la montaña.

—¡Vamos! —dijo un capataz.

Entonces los hombres se pusieron unas máscaras que llevaban con trapos humedecidos en el interior y entraron en mitad de aquella neblina armados con martillos y cinceles. Alemán pensó que poco iban a ver allí dentro, pero por lo que se deducía había prisa por avanzar en la obra. Entonces salió un tipo tosiendo del interior de la horrible cueva y arrojó la máscara al suelo. Apoyó las manos en la cara superior de los muslos y, agachándose, siguió con un horrible ataque de tos como si se ahogara. Un crío, el hijo de un preso que trajinaba siempre por allí y que incluso dormía con el padre en el barracón, se le acercó con un poco de agua. El pobre hombre escupió sangre. Estaba sentenciado, pues todos sabían lo que aquello significaba. Un guardia civil, arrebujado bajo su inmenso capote y con el fusil de cerrojo al hombro, ladeó la cabeza susurrando a Alemán:

—Silicosis. Hay muchos así.

En ese momento, salido de no se sabía dónde, apareció Baldomero Sáez, y acercándose a toda prisa al pobre preso, le atizó con la fusta en las costillas. El hombre se derrumbó como un fardo.

—¡Arriba, gandul! —gritó el falangista—. ¡A trabajar!

A Alemán no le gustaba aquel tipo rechoncho y rubio como el trigo. Parecía más un nazi que un recio castellano. Demasiado amigo de la buena mesa para ser un buen soldado. El crío, muy valiente, miró a la cara al falangista y gritó:

—¡Déjele! ¡Se ahoga! —A la vez que se interponía entre el agresor y el preso que luchaba a duras penas por respirar.

En aquel momento, Alemán reparó en que un hombre muy delgado y moreno de piel tiraba su pico y corría hacia allí muy alarmado. Sin duda era el padre del crío. Aquello se ponía feo. Baldomero Sáez, sin dudarlo, cruzó la cara al niño con un solo golpe de su vara haciéndole caer al piso de tierra. Roberto pensó que un tipo que pegaba así a un niño tan valiente no era sino un miserable. Sintió que la indignación crecía en su interior. No supo muy bien por qué —obviamente ni lo pensó— pero actuó siguiendo un impulso primario. El que todos los hombres deben tener al ver una injusticia así. En un momento, sin quererlo, se vio a sí mismo bajando por el terraplén. El padre intentaba levantar al niño, cuya cara sangraba profusamente, y el falangista se fue a por él. Parecía borracho y buscaba gresca. Decididamente no había tenido suficiente y su rostro, colorado por el esfuerzo, hervía de indignación.

—¿Quién te ha dicho que abandones el trabajo, so mierda? —exclamó a voz en grito.

Alemán, sin dejar de correr, vio a don Benito Rabal aparecer por allí. Iba hacia el falangista, que descargó un nuevo golpe, esta vez sobre el padre del chaval. Entonces, alguien sujetó el brazo de Sáez antes de que golpeara a su nueva víctima. Fue Alemán.

—Basta —dijo susurrando por no llamar mucho la atención.

—¡No te metas! —gritó Sáez.

El capataz ya se había situado entre los dos hombres y los tres presos que yacían en el suelo.

—¡Llevadlo a la enfermería! —gritó Alemán sin soltar la muñeca de aquel miserable que intentaba bajar el brazo sin poder doblegarle—. ¡Y al crío! ¡Rápido! Don Benito, que le acompañe su padre.

—¿Qué hostias estás haciendo? —dijo Sáez, colorado por el esfuerzo. No salía de su asombro.

Roberto, sin inmutarse, le susurró al oído:

—Si sigues haciendo fuerza, te vas a cagar. Y no nos interesa que hagas el ridículo, ¿verdad?

El falangista sacó un zarpazo para golpearle con la zurda y Alemán, más rápido, le agarró el otro antebrazo. Vio de reojo que el guardia civil corría hacia ellos.

El falangista intentó bajar los brazos, vencer a su oponente ante aquellos presos, pero Alemán, más decidido, empujó con fuerza hacia arriba. Era más grande, más fuerte y tenía la razón. Fue empujándole poco a poco, hasta que Sáez se trastabilló hacia atrás sin llegar a caer. Su fusta quedó en la mano izquierda de Alemán que, en la derecha, conservaba la suya. Entonces, Roberto se acercó a él muy despacio, con parsimonia. Dejándole que pensara, que se diera cuenta de que estaba en desventaja. Vio el miedo reflejado en su cara. Era un cobarde que en su vida había peleado con alguien en condiciones de igualdad. El rostro del falangista quedó demudado cuando Alemán, cuidando que nadie más le escuchara, le volvió a susurrar al oído:

—Vete de aquí o te arranco el corazón, hijo de puta.

El guardia civil llegó a su altura cuando Sáez ya se había girado para salir de allí a paso vivo.

—¡Informaré de esto a la superioridad! —gritó muy indignado el falangista. Entonces, los presos, que habían parado en el tajo, comenzaron a aplaudir.

Alemán, por un momento, se arrepintió de lo que había hecho. ¡Le aplaudían a él! ¡Los rojos! Fue en aquel momento cuando vio a Tornell, parado, con su zurrón colgado del hombro. Estaba mirándole desde lo alto con la boca abierta. Parecía sonreírle. Tiró la fusta del falangista y salió de allí maldiciendo.

—¡Al trabajo! —escuchó gritar al civil, que pegó un tiro al aire para imponerse. Enseguida, el ruido de los picos impactando en la piedra se reanudó.

Roberto sintió miedo. ¿Qué le estaba pasando?

Por la tarde, Alemán intentó a toda costa no pensar en el incidente con el falangista. Dio un largo paseo para relajarse. Además, allí arriba, en aquellos parajes que invitaban a la reflexión, llegó a la conclusión de que no le daba miedo aquel idiota de Baldomero Sáez. ¿Qué iba a temer? Él era un héroe de guerra. Reparó en que los presos, lejos de bajar la mirada cuando pasaba junto a ellos, le sonreían al pasar. Era obvio que se había corrido la voz. Le sonreían... ¡A él! Y lo peor, le gustaba. Se sentía bien. ¿Se había vuelto loco del todo? Él, que había participado en tantos combates, que había matado a tantos y tantos hombres. Muchos de ellos compañeros de aquellos mismos prisioneros. Él, que había tomado solo un búnker junto a Gandesa; él, Roberto Alemán, que tenía una medalla por reventar un tanque subiéndose al mismo en marcha; él, que había escapado de la checa de Fomento, que se había pasado por la Ciudad Universitaria despachando a un centinela con una navaja añosa y oxidada que apenas cortaba… Alemán, el matarrojos, se había jugado una sanción enfrentándose a un tipo de falange por un preso republicano. ¿Quién entendía aquello? El hombre, que tenía silicosis, volvió al trabajo al día siguiente y el padre del chiquillo, Casiano, también. Necesitaba el dinero para dar de comer al crío, Raúl, al que, por cierto, le iba a quedar una enorme cicatriz en la cara. Casiano tuvo el detalle de acudir a verle antes del toque de silencio aquella misma noche. Se quitó la boina al entrar en la cantina donde Roberto apuraba una copa de coñac que necesitaba más que nunca. Con la cabeza baja, sin mirarle a los ojos y con la boina en la mano, dijo como con miedo:

—Muchas gracias, señor. Por lo de mi hijo, es un crío…

—Siéntese —ordenó Alemán—. ¡Pascual! Dos copas más por aquí…

—Pero… —musitó él.

—Es una orden —dijo el capitán sin dejar lugar a la duda.

Les sirvieron las copas y Alemán alzó la suya.

—Por el crío, que tiene un par de cojones.

Casiano asintió con una tímida sonrisa de orgullo.

—Quiero darle las gracias. Por lo que ha hecho —dijo—. Quiero que sepa… que todos los compañeros le están muy agradecidos…

—Prueba el coñac —insistió Alemán.

El preso se atizó un buen trago y apuró la copa. Resopló y dijo:

—A su salud, don Roberto.

Entonces se dio cuenta de lo que había dicho, «salud», y se puso blanco de miedo.

—Yo… Don Roberto… No quería…

—Tranquilo —contestó Alemán sonriendo—. Es una forma de hablar, una forma de brindar, no temas. No hay nada de eso ya. Vete a descansar.

Casiano se levantó y comenzó a alejarse haciendo reverencias.

—Una cosa —apuntó Alemán.

—¿Sí? —dijo él.

—Si ese hijo de puta se vuelve a acercar al crío mándame aviso de inmediato.

—Muchas gracias, señor, muchas gracias —dijo el preso antes de salir a la fría noche abrochándose su raída chaqueta de pana.

Roberto sintió un calorcillo en el estómago y quizá en el lugar en que un día tuvo corazón. Y no era por el coñac.

Al día siguiente ocurrió algo extraordinario. Uno de esos sucesos que nadie espera y que cambia el devenir de las cosas de manera determinante sin que nadie pueda prevenirlo, como si Dios jugara con las vidas de los implicados. Debían de ser así como las nueve o nueve y media cuando Alemán acudió a la oficina porque el director le había mandado llamar. Roberto supuso, no sin cierta preocupación, que por el incidente de Baldomero Sáez. Al entrar, saludó al administrativo, Cebrián, un tipo raro que parecía excesivamente obsesionado con la religión.

El director estaba ocupado charlando con unos proveedores y Alemán aprovechó para departir un rato con el mecanógrafo mientras esperaba. Por si averiguaba algo. Entonces llegó Tornell con el correo. Tenía realmente buen aspecto. El preso miró al capitán de forma aviesa, como casi siempre, pese a que éste le había regalado el tabaco, y habían charlado como si fueran camaradas aquella tarde junto al barracón. En el momento en que el cartero entregaba las cartas a Cebrián entró otro preso, jadeante. Parecía muy alarmado y hablaba a voz en grito:

—¡Rápido, rápido! *¡Sá matao!*

Los tres le miraron como si estuviera loco.

—Sí —insistió haciendo aspavientos con las manos—. Está arriba, más allá del risco. Me mandan «los civiles», que lleven una camilla para bajar el cuerpo.

—¿El cuerpo? —preguntó Alemán.

—Sí, *sá matao*. Dicen que suban una camilla.

—Pero… ¿quién? —dijo Tornell.

—Un preso.

—¿Quién? —insistió el cartero.

—No sé, *tié* toda la cara llena de sangre.

Alemán, acostumbrado a tomar decisiones, evaluó la situación y ordenó al instante:

—Cebrián, avisa al director. Vosotros dos, id donde el médico y que os deje las parihuelas. Os espero arriba.

—Y dicho esto salió a paso rápido de allí y reclutó a dos presos que parecieron contentos de dejar el pico por un rato. Hacía un día magnífico, con un sol radiante, pero frío, muy frío.

Cuando llegó al lugar del suceso, Alemán se encontró con un guardia civil en las alturas que esperaba junto a un cuerpo, bajo unas rocas. Al fondo, el otro miembro de la pareja vigilaba desde lo más alto.

—Sus órdenes —dijo el civil saludando como un militar.

Los dos presos que acompañaban a Alemán quedaron en segundo plano tras dar un paso atrás.

—¿Qué tenemos aquí? —repuso Roberto.

—Creo que debía de intentar escapar, corría ladera abajo y cayó desde esas rocas. Se descalabró —contestó el guardia civil sin dejar de fumar.

Alemán se acercó y, en efecto, comprobó que el preso presentaba un fuerte golpe en la nuca por el que debía de haber sangrado bastante.

—Quizá caminaba hacia atrás y cayó —dijo el «civil».

El cuerpo tenía el rostro y el pelo lleno de sangre seca, Alemán no lo había visto antes. Entonces llegó Tornell con el otro preso. Traían las parihuelas para trasladar el cuerpo.

—¡Carlitos! —exclamó acercándose al cuerpo y cayendo de rodillas junto al muerto.

Parecía muy afectado.

—¿Lo conocías, Tornell? —preguntó Alemán sin poder reprimir su curiosidad.

El nuevo cartero asintió agachándose junto al cuerpo. Le tomó el pulso y maldijo por lo bajo.

—Te he hecho una pregunta.

—¡Y yo le he dicho que sí! —exclamó el preso. Entonces,

reparando en lo que había hecho, levantar ligeramente la voz a uno de los amos, se pasó la mano por la cabeza, casi rapada, y añadió—: Perdone, señor. Es un golpe para mí… ¡era apenas un crío!

—Nada, nada, lo conocías mucho, claro. —Alemán quitó importancia al asunto—. No tengas cuidado.

—Sí, bueno… algo. Se llamaba Carlos Abenza —dijo Tornell muy cabizbajo, tanto que parecía un hombre hundido—. Era de la FUE, tenía muy poca condena. ¿Qué ha pasado? —se dirigía al guardia civil, que le contestó de inmediato:

—Iba a huir, por lo que se ve, y se despeñó.

—¿Se despeñó?

—Sí, desde ahí arriba.

Tornell miró las rocas a cuyo pie se situaba el preso en posición antinatural.

—No es mucha caída, a lo sumo un par de metros.

—Estaría a oscuras.

—Sí, claro —dijo el cartero poniendo cara de pensárselo.

Entonces agachó la cabeza de nuevo y cerró los ojos del finado. Ladeaba la cabeza como negando la realidad. Alemán pensó que iba a echarse a llorar, pues parecía muy impresionado. De repente, movido como por un resorte, se levantó y comenzó a caminar alrededor. Miraba hacia el suelo. Parecía como si buscara algo. Como un sabueso que sigue un rastro. Se acercó de nuevo al cuerpo y le miró las piernas, los brazos. Le alzó la camisa, revisó concienzudamente el tronco y tras girarlo, la espalda. La pierna derecha estaba doblada de una forma horrible, había en ella una fractura por la que asomaba un hueso.

—Bueno, vamos —dijo Alemán—. Cargad el cuerpo.

—Tenemos que esperar a que suba el director, es quien manda aquí —dijo el guardia civil.

—¿Y qué más da? —respondió Roberto.

Aquello comenzaba a molestarle.

—Perdone, mi capitán, pero es la máxima autoridad en el campo y yo, hasta que él no vea el cuerpo, no lo muevo.

El capitán arqueó las cejas como dejándolo por imposible. Decidió bajar a tomar un café hasta la cantina, pero entonces reparó en que el extraño comportamiento de Tornell iba a más. Volvía a inspeccionar el golpe en la nuca, la herida. Minuciosamente pero de forma algo obsesiva.

—¿Y cómo se golpeó en la nuca? —repreguntó el antiguo policía.

—Igual se giró para ver si le seguían y perdió pie cayendo de espaldas —insistió el guardia civil, que lo tenía claro desde el principio.

—Sí, claro. Es lo lógico.

Entonces, Tornell, cambió de tema de forma abrupta.

—¿Ha helado esta noche?

—No —contestó el guardia encendiendo otro pito a la vez que ofrecía tabaco a todos los presentes, incluidos los presos.

—Yo juraría que sí —insistió Tornell—. He pasado un frío… Tienen ustedes termómetro en el destacamento, ¿no?

—No, hombre, no, al subir a primera hora he visto que los charcos no se habían congelado.

—Sería usted un buen inspector de policía —dijo al guardia y se levantó de nuevo para husmear.

Subió de un salto hacia las rocas desde donde había caído

aquel desgraciado y se movió por el monte. Iba oteando aquí y allá. De pronto, algo llamó su atención y se puso en cuclillas por un momento. Emitió un gruñido que a Alemán le sonó a satisfacción.

—No te me despistes por ahí arriba, Tornell. No quisiera sacar el fusco y darte un tientazo —dijo uno de los guardias.

—Tranquilo, jefe. Una muerte es suficiente por un día. Yo saldré de aquí por la puerta grande el día que me toque —contestó el cartero que comenzaba a intrigar a Alemán con su forma de proceder.

En ese momento llegó el director acompañado del médico. Mientras echaba un vistazo e indicaba a Tornell y a los otros que subieran al pobre desgraciado a las parihuelas, Alemán subió hasta donde había estado husmeando aquel sabueso. Se agachó y vio unas colillas en aquel lugar. ¿Era eso lo que tanto le había interesado?

Un asesinato

Después de comer, Alemán durmió la siesta con cierto desasosiego. No se quitaba de la cabeza lo del pobre desgraciado aquel y, sobre todo, el extraño comportamiento de Tornell. ¿Qué había visto en el lugar de los hechos? ¿Por qué se había comportado así? Decidió esperar a que los presos acabaran su jornada y entonces se acercó a la cantina. En la puerta, Tornell leía las cartas a una legión de analfabetos que esperaban haciendo cola para recibir noticias de sus familias.

—Tengo que hablar contigo —le dijo de golpe.

—Buenas noches —contestó él, haciéndole ver que no había sido muy cortés. Tenía la extraña habilidad de hacerle quedar siempre mal.

—Sí, sí... Buenas noches... —apuntó Alemán algo azorado.

Tornell miró la cola y se encogió de hombros como pidiendo excusas. No podía abandonar aquella tarea, parecía obvio.

—Haz tu trabajo, tranquilo. Cuando toquen a silencio te pasas por mi casa. Descuida, avisaré a los guardias. ¿Entendido? —Tornell asintió mirando al capitán con cierta extrañeza.

De cualquier modo no podía negarse. Era una orden y en los campos de Franco no se desobedecía a los ganadores. Alemán pasó entonces a la cantina y se atizó un par de copas de coñac antes de cenar. Fue al comedor, comió algo con desgana y se fue a casa. Una vez en su humilde morada se sentó en una pequeña butaca junto a la estufa de leña que Venancio había cargado abundantemente y, mientras su ordenanza se echaba en su jergón, se dispuso a leer un rato. Era tarde cuando llamaron a la puerta.

Tornell.

—Adelante —dijo invitándole a entrar.

—Usted dirá…

—Siéntate —ordenó Alemán señalando una silla de esparto en la que, hasta aquel momento, apoyaba sus pies—. ¿Hace un coñac?

El preso miró a su alrededor sin saber qué decir, parecía tener miedo. Venancio roncaba como un bendito. Siempre había tenido esa extraña habilidad, típica en los seres primarios, para hacer lo que tocaba en cada caso: si luchar, luchar; si dormir, dormir y comer cuando era el momento o se podía. No se complicaba la vida, y así le iba bien. Trabajaba mucho, con denuedo y cuidaba de Alemán como una madre.

—Me lo tomaré como un sí —dijo Alemán disponiéndose a hacer los honores con el coñac.

Tras servir las copas hizo brindar al preso.

—Por la libertad, Tornell, que te llegará.

—Sí, sí… —dijo el otro mirando hacia los lados con desconfianza, como si aquello fuera una trampa.

—Te preguntarás por qué te he hecho venir…

—Pues la verdad, sí.

Alemán hizo una pausa para encender un cigarro.

—¿Quieres?

Tornell asintió. Cualquiera diría que eran dos amigos charlando frente a dos copas de coñac, fumando como si tal cosa. El preso se sintió extraño y nervioso, muy nervioso.

—Esta mañana, cuando lo del finado...

—Carlitos. ¿Sí?

—Te he visto comportarte de una forma un poco extraña.

—No.

—Sí, Tornell. Parecías un perro olfateando aquí y allá, un sabueso.

El antiguo policía miró al interior de la copa de coñac mientras hacía girar el líquido en su interior.

—No era nada, mi capitán. Tonterías.

—Tonterías de policía.

El preso sonrió asintiendo con la cabeza.

—Supongo que uno nunca deja de ser lo que es —dijo con aire pensativo.

—¿Perdón?

—Sí, que un cura siempre analizará cualquier problema como un cura, un médico como tal o un policía como un sabueso, aunque hayan dejado de serlo.

—Sí, eso que dices tiene sentido.

Los dos quedaron en silencio. Bebieron al unísono.

—Se agradece este coñac —dijo Tornell.

—¿Qué viste? Arriba, digo.

El preso volvió a ladear la cabeza.

—Que conste que usted ha preguntado.

—Sí, claro. Dime.

—Lo mataron.

—¿Cómo?

—Carlitos Abenza fue asesinado.

—¡Qué tontería! Huyó y se descalabró.

Tornell, asintió y se levantó para irse.

—¿Ve?, se lo dije. Con su permiso…

—Espera, Tornell, siéntate. Cuéntame más. Has conseguido intrigarme.

El policía sonrió y tomó asiento.

—¿Estuvo presente en el último recuento? —preguntó.

—¿Eso qué tiene que ver?

—Se supone que se fugó, ¿no? Además, el rígor mortis…

—¿Sí?

—Veamos, el rígor mortis se produce entre la muerte y hasta veinticuatro horas después. Manifiesto, manifiesto… se hace sobre las seis horas. ¿De acuerdo? Progresa en dirección distal, hacia las piernas y es un parámetro algo subjetivo, depende de la experiencia del observador.

—Llegué a hacer dos años de medicina, ¿sabes? Bueno, la verdad es que apenas si aprobé dos asignaturas y además, comienzo a perderme. ¿Qué me estás diciendo, Tornell?

—Bien, entonces sabe usted que un observador experimentado, un forense, a veces un juez o un buen policía puede datar la hora del deceso si se llega a tiempo. La temperatura acelera el proceso…

—¿Por eso preguntaste al civil si había helado?

—Exacto, si hubiera helado, el rígor mortis se hubiera ralentizado mucho.

—Entonces, tú sabes a qué hora murió Abenza…

—Sí, calculo que entre ocho y doce horas antes de que examináramos el cuerpo. Debió faltar al último recuento de la noche.

—Ya… pero… eso no demuestra que nadie lo matara.

El preso sonrió de nuevo incorporándose hacia delante en su silla. Parecía disfrutar.

—Carlitos, según se supone, cayó de espaldas. Pero lo que tenía en el occipital, el golpe, fue realizado con un objeto romo. La piel se rasgó, sí, y hubo hemorragia. Veamos: uno, no había ninguna piedra manchada de sangre alrededor del cuerpo; dos, tenía la cara llena de sangre, el cuerpo había estado boca abajo bastante tiempo. ¿Lo encontraron los civiles boca arriba?

—No lo sé.

—Pregunte. Es importante saberlo. Si estaba boca arriba cuando lo hallaron (nosotros lo vimos así) quiere decir que el cadáver fue movido después del deceso. Bueno, ¡qué carajo! Fue movido. Las heridas de la caída, las erosiones, la fractura abierta son post mórtem.

—¿Cómo lo sabes?

—No sangraron.

—Claro, claro, qué idiota. Es evidente. Entonces…

—A Carlitos le sacudieron con una piedra en la nuca, arriba, sobre las rocas. Fue alguien que le estuvo esperando, hay colillas acumuladas. Pongamos que con ese frío un cigarrillo dure tres minutos. Había diez colillas. El asesino le esperó durante más de media hora.

—¿El asesino? Pudo fumar él, Carlitos, esperando a algo o a alguien.

—No fumaba.

—Vaya.

Tornell, lanzado, siguió a lo suyo.

—… ese tipo golpeó a Carlitos, que cayó desnucado, boca abajo, la sangre se deslizó por su cuero cabelludo y su cara. Murió al instante. El asesino se lo pensó. Un asesinato. Bien podían investigar… era mejor simular un accidente, una fuga. Tenía tiempo, así que volvió varias horas más tarde, tomó el cuerpo y lo lanzó de espaldas desde las rocas. Así de sencillo.

—Ya, pero ¿cómo sabes que eso fue así? ¿Dónde lo mató?

—Arriba, hay un charco de sangre.

Alemán quedó pensativo. Aquel tipo sabía lo que se hacía. Sirvió más coñac.

—Gracias —dijo el preso paladeándolo con deleite.

—Tiene sentido eso que dices… sí, pero… me gustaría verlo.

—La piedra debe de estar arriba. Me refiero a la empleada en el crimen. Si usted quiere subimos mañana y la buscamos, le enseñaré las colillas.

—¿Se puede saber algo por la marca de tabaco?

—Corriente, lía sus propios cigarrillos.

—Vaya.

—Antes de la comida podré tener un hueco. Si usted quiere, subimos.

—Sí —repuso Alemán.

—¿Tiene muchas cosas que hacer por la mañana?

—Absolutamente nada —contestó algo descorazonado por el escaso avance de sus pesquisas con respecto al estraperlo.

—Hable usted con los «civiles», averigüe en qué posición

hallaron el cuerpo y, si puede, revise el recuento. Nos ayudará a hacernos una idea de cómo ocurrió todo.

—Sí, eso haré.

Entonces, el preso se levantó para irse dando aquella conversación por terminada.

—Mañana hay que madrugar —dijo por toda explicación.

Antes de que saliera, Alemán afirmó:

—Eres bueno, Tornell, en lo tuyo.

El policía sonrió.

Al día siguiente, a primera hora, Alemán decidió acudir donde el médico. Lo halló leyendo un antiguo tratado de anatomía sentado a la mesa del consultorio.

—¿Aprendiendo?

—Aquí tiene uno que saber de todo —contestó el doctor con aire resignado a la vez que cerraba el voluminoso ejemplar—. ¿Quiere un café?

—No le diré que no —repuso el capitán frotándose las manos tras quitarse los guantes—. Hace una mañana fría de las de verdad. —Pensó que si él, que iba bien pertrechado con botas, amplio capote y varias capas de ropa tenía frío, ¿cómo se sentirían los presos que apenas se cubrían con una camisa y una chaqueta raída? La mayoría se forraba el cuerpo literalmente con papel de periódico a modo de ropa interior. Una pena.

—Usted dirá, mi capitán —apuntó el médico, don Ángel Lausín, tendiéndole una taza en la que Alemán notó de inmediato la mezcla de los aromas del café y la achicoria. Aun así sabía bien y era algo caliente que llevarse al cuerpo.

Echó un vistazo alrededor.

—No tiene usted el consultorio mal dotado.

—No —dijo—. No me puedo quejar, don Pedro Muguruza me sacó de la cárcel y me colocó aquí. Tengo mucho trabajo pero al menos me dedico a lo mío, a mi pasión: la medicina.

—¿Fue usted oficial en el bando rojo?

—Qué va. El comienzo de la guerra me pilló en Madrid e hice lo único que sé, trabajar de médico. No crea, que tuve que hacer de todo: traumatología, pediatría, cirugía de campaña… en fin, una carnicería. Al acabar la guerra me metieron preso y aquí me tiene usted, intentando redimir pena.

—Ya.

Quedaron en silencio durante unos segundos.

—Se preguntará usted por el motivo de mi visita.

—Pues sí, parece usted sano.

—No se fíe de las apariencias —dijo Roberto Alemán señalándose la cabeza.

Don Ángel sonrió.

—Sí, todos llevamos mucho pasado con esta maldita guerra. ¿Es verdad lo que se dice de usted por ahí?

—¿Qué se dice? —repuso divertido Alemán, que comenzaba a acostumbrarse a aquello, lo del matahombres, el monstruo que devoraba niños recién nacidos delante incluso de sus madres.

—Ya sabe usted, mi capitán, lo de la checa de Fomento.

—En parte… sí —contestó sonriendo.

—Pero ¿escapó usted de allí?

—Sí, escapé, pero se exagera mucho, no me comí el hígado de una miliciana ni maté a treinta hombres. Supongo que, al igual que usted, elegí bando por el destino. Nunca me metí en política. Yo estudiaba Medicina…

—¡Vaya!

—Sí, hice hasta segundo, hasta que la guerra me arrolló como un tren descarrilado… bueno, a mí y a mi familia, claro. Más que estudiar, digamos que perseguía chicas y me iba de farra. Tenía demasiadas asignaturas pendientes. Pero no estoy aquí para hablar de aquello. Es agua pasada.

—Usted dirá —dijo el médico cambiando de tema.

Era hombre de mundo y había notado que aquella conversación no era del agrado de su interlocutor.

—El preso de ayer, Abenza.

—El muerto.

—Exacto. ¿Vio usted algo raro?

—¿Algo raro? No le entiendo.

—Sí, en el cuerpo. ¿Hizo usted la autopsia?

—Es un preso, mi capitán…

—¿Y?

—Pues que no es mi cometido. Estuvo aquí, sí, en esa camilla, pero no lo miré mucho; tenía trabajo. A mediodía vino el juez y ordenó su traslado al Escorial, donde se les hace la autopsia.

—Entonces tendré que bajar al pueblo.

—Yo no perdería el tiempo.

—¿Cómo?

—Es un preso, mi capitán, digamos que… no son muy minuciosos con estos asuntos.

—Ya. No habrá autopsia.

—Me temo que no.

De nuevo quedaron en silencio. Alemán no sabía muy bien cómo atacar aquel asunto. El médico, muy amable, sacó tabaco y le invitó a fumar. Don Ángel encendió su cigarrillo con deleite y dijo:

—¿Me permite hacerle una pregunta?

—Claro —repuso Alemán.

—¿Qué interés tiene usted en el cuerpo de ese joven? Se fugó y cayó por la ladera desnucándose.

—Sí, eso dicen.

El médico le miró con curiosidad desde lo más profundo de sus ojos, que le estudiaban escrutadores. Alemán pudo leer la sorpresa en su rostro, era evidente lo que estaba pensando: ¿qué hacía el «mayor asesino de rojos después de Franco» interesándose por el destino de un pobre desgraciado, un preso político? Él mismo no sabía muy bien qué diablos estaba haciendo. Apenas unas horas antes se había enfrentado con un falangista destacado por defender a un preso republicano. Y ahora, aquello… ¿Qué le estaba pasando? De pronto, el médico le dijo de sopetón:

—¿Pretende usted insinuar algo, mi capitán?

—Lo mataron —contestó Alemán muy resuelto.

El médico le miró sonriendo.

—¿Quiere un poco de coñac? —dijo de sopetón.

—Sí, claro.

Se levantó y tras encaminarse hasta un armario repleto de medicinas volvió con un par de copas y una botella. Hizo los honores.

—Y eso…

—¿Sí? —repuso Alemán.

—... ¿eso qué importa? Un preso que se fuga y muere. ¿Tiene usted idea de cuánta gente ha muerto ya?

—Un millón, lo sé.

—Sí, pero me refiero a después de la guerra, aquí mismo. En los campos de clasificación, ya sabe usted, al acabar la guerra se ajustaron cuentas. Hace años que perdí la cuenta de la gente que he visto morir. Han sido ustedes muy eficaces al respecto —dijo el médico con un tono más irónico del que podía permitirse en su situación.

—¿Aquí ha muerto gente?

—Sí, es raro el día en que no hay un accidente. No, no me refiero a fusilamientos ni sacas. Eso, afortunadamente, queda lejos. Cuando llegaron aquí los primeros presos ya había pasado lo peor. Ya sabe, después de la guerra se pasó factura a mucha gente. No, no. Es otra cosa. Se trabaja muy deprisa y las prisas no son buenas cuando se lucha con una montaña como ésa.

—¿Cuántos? Muertos, digo.

—¿Aquí? ¿En accidente? Calculo que unos catorce. Pero no crea, hay fracturas abiertas, gente con miembros aplastados... aquí he hecho de todo. He atendido hasta partos en las chabolas donde malviven los familiares de los presos. Recuerdo a una cría de apenas dieciséis años, a la que atendí como pude con el frío, la oscuridad y sin antibióticos, no me explico cómo pudieron sobrevivir ella y la criatura.

—Don Ángel.

—Dígame.

—Divaga usted, se me va por las ramas. Yo le he hablado de algo concreto, ¿mataron a ese crío? Carlitos Abenza.

—¿Y eso a quién le importa?

—A mí. —Se escuchó decir a sí mismo.

Quizá estaba ya inmerso definitivamente en la locura. Pero le parecía natural actuar así.

—¿Por qué?

—No sé —dijo Roberto negando con la cabeza.

—No —insistió—. Diga, diga, ¿por qué había de importarle?

—No lo sé. No sabría decirle. Si le soy sincero, no tengo muy claro por qué estoy aquí —repuso el capitán mirándose las manos.

—Verá… capitán…

—Llámeme Alemán, o Roberto si prefiere.

—Don Roberto… usted sabe que aquí todos hemos pasado mucho.

—Es la guerra, nosotros también.

—Sí, pero ustedes ganaron. La mayoría de los hombres que trabajan aquí han vivido en los peores campos. Ahora, aquí, no es que estén en el paraíso, pero… ven el final del túnel. Muchos se están dejando la vida en horas extraordinarias para salir cuanto antes y lo van a conseguir. Yo mismo fui depurado. Ahora viven aquí conmigo mi mujer y mi hijo de nueve años. Es posible que dentro de poco me dejen concursar por una plaza y tengo una de las antigüedades más elevadas de España. Es muy probable que consiga una plaza en el mismo Madrid. ¿Se hace usted una idea de lo que podría perder por meterme en asuntos de esta índole? Me he matado literalmente a trabajar aquí, por los presos, soy un hombre de ciencia, práctico, intento ayudar a los vivos y mirar hacia delante.

Aquí se hace medicina veinticuatro horas al día. Estoy harto de ir de uno a otro destacamento a las tres de la mañana para atender a los enfermos, con la nieve, el frío, los guardias…

—¿Qué quiere decirme don Ángel, qué vio usted?

El médico quedó en silencio, como luchando consigo mismo. Se resistía a decir lo que pensaba y era normal. Entonces pareció rendirse.

—Las heridas de las piernas, la fractura abierta, las laceraciones que sufrió en la caída: eran post mórtem.

—¡Lo sabía! —exclamó Alemán.

—¿Y usted? ¿Qué ha averiguado?

Él le contó lo de la sangre en la cara, el golpe en la nuca, el charco de sangre…

—Vaya, se nota que estudió usted dos cursos de Medicina.

—No, no. No se equivoque. No recuerdo nada de aquello. Lo mío en estos últimos años fue lo más lejano que se puede imaginar al ejercicio de la medicina, aprendí cómo matar gente, piezas de artillería, cotas, tanques, eso es lo mío.

—¿… entonces?

—Un preso, Tornell. Me abrió los ojos. Fue policía.

—Sí, y he oído que de los buenos. Pero, dígame, don Roberto, supongamos que lo mataron… ¿y qué? A buen seguro fue un guardia civil o un guardián borracho. No es la primera vez que alguien se propasa con un preso por desahogarse. Igual lo sorprendieron intentando huir y le dieron una buena. No se puede hacer nada. Un preso. ¿Qué conseguiría usted?

Alemán quedó pensativo, mirándose las botas llenas de barro. Levantó la mirada y comprobó que Lausín le observaba con una mezcla de ternura y algo que quizá se parecía a la admiración. Aquello le hizo sentirse bien, como cuando había defendido a aquellos presos del falangista.

—No lo sé, don Ángel, no lo sé. Pero voy a hablar con los dos guardias civiles que lo hallaron, necesito saber si estaba boca arriba o boca abajo.

—Sea prudente.

De pronto, escucharon voces y dos presos aparecieron en la puerta llevando en volandas a un tercero que se había reventado un dedo con el martillo.

—Pónganlo aquí —dijo el médico señalando una camilla para dirigirse de inmediato a lavarse las manos.

Alemán supo al instante que sobraba.

—Don Ángel, no tema, que esta conversación queda entre nosotros —dijo antes de salir.

Le pareció que aquel tipo le miraba con buenos ojos por sus desvelos en aclarar la muerte de un preso y aquello le hizo sentirse bien.

Humphrey Bogart

El domingo, en ausencia de Toté, se le hacía a Tornell largo y tedioso como una condena. Su nuevo compañero de correrías, el capitán Alemán, se había ido a Madrid a ver a una joven, la hija de su general, y a comentar con éste las últimas novedades que se habían producido en el campo, por lo que Tornell dispuso de unas horas para reflexionar, alejado del resto de sus compañeros, algo taciturno quizá. Era por la muerte de Abenza, el pobre Carlitos. Decían que el crío había intentado fugarse despeñándose por aquellos parajes aislados y abruptos, pero Tornell no lo creía así. Supo desde el primer momento que lo habían matado de un certero golpe en la nuca y que el cadáver había sido cambiado de lugar. Y Alemán lo había notado. Había sido un imprudente. Un idiota. Los viejos hábitos. No había podido evitarlo y se había movido por la escena del crimen como si fuera un policía. Reparó en que nunca se puede dejar atrás lo que realmente se es. Alemán no era tonto y ahora sabía lo mismo que él. Tras pensarlo detenidamente llegó a la conclusión de que había actuado así como una forma de superar el golpe. Si su mente se ocupaba en ver aquello como un caso policial no sufriría el duro mazazo que le propinaba la realidad: Carlitos había muerto y era un crío. Era de buena familia, con influencias, un chaval que estudiaba en Madrid y estaba jugando a la política. Tenía toda una vida por delante. Quizá él era tan sólo un tipo desencantado que había perdido una guerra. Cuando uno está prisionero pierde la ilusión, las ganas de luchar y se convierte en un ser sumiso, un cordero que anhela volver con los suyos y vivir una vida normal, lejos de la política. Les habían vencido. Todo estaba perdido. Por desgracia, allí en Cuelgamuros, en Miranda, en las cárceles y batallones de trabajadores, eran muchos los que comenzaban a pensar que para qué había servido tanto sufrimiento, tanto luchar, tanta guerra y tanta sangre, ¿para qué sufrían ahora? Si la guerra se hubiera ganado a buen seguro que las cosas serían de otra manera. A veces se lo imaginaba como en un cuento de hadas y se le saltaban las lágrimas. Los fascistas ganaron, sí, y la mayor parte de los gerifaltes de la República habían podido escapar a tiempo. Como siempre. ¿Quién quedaba allí? Los restos del naufragio, ellos. Sí, eso eran. Los mismos que habían muerto a miles en la guerra, la gente de la calle, los pobres, la gente del pueblo. Sí, era verdad, se les dio una oportunidad de luchar por algo mejor, por ser los dueños de su propio destino, pero, a la hora de la verdad, siempre existió una élite, una clase dirigente que, como siempre, se puso a salvo a tiempo llevándose unos buenos dineros. Es la historia de la humanidad, quítate tú que me ponga yo. Pero las ideas... las ideas no eran malas. Eran buenas. ¡Qué coño! Lo seguían siendo. Aunque él se sintiera viejo y cansado. Sin apenas fuerzas para creer aunque sí para vengarse. Cómo los odiaba.

Algunos, los menos, seguían creyendo y venían y le contaban que los dirigentes de la República seguían reuniéndose en el extranjero. Caraduras. Y los presos en Cuelgamuros, penando por ellos. Sentía que se le llevaba la rabia. Los dirigentes en el extranjero, con dinero, reuniéndose en los cafés hablando de cosas imposibles, celebrando consejos de ministros de un gobierno sin país que gobernar. Bla, bla, bla… eso eran. Fantoches, cantamañanas y charlatanes de feria. Recordaba cómo iban a arengarles en el frente. Recordaba a la Pasionaria subida en un camión diciéndoles que debían dar hasta la última gota de su sangre por la República. Pero eso sí, el morro del vehículo quedaba bien enfilado hacia la retaguardia. De pronto: uno, dos, tres pepinazos. La artillería enemiga batía sus posiciones. Venía una ofensiva. A la cuarta explosión, el camión había salido a toda prisa de allí con su escolta motorizada. Lejos del peligro. Y los pobres soldados a esconderse en las trincheras como ratas. Así eran y así han sido siempre los políticos. Y encima seguían peleándose entre ellos por una comisión, por un término en un manifiesto… cabrones. Aquello fue lo que les había hundido, aquello no era una República ni un ejército, era una jaula de grillos. Por eso habían perdido aun teniendo la razón. Por eso estaban presos allí.

Y mientras, la gente de a pie se pudría en los campos en Francia, en Alemania o en España. Carlitos creía en aquella filfa. Era un crédulo de los que pensaban que las cosas podrían dar un vuelco; que la gente se alzaría en armas contra Franco.

Inocente. Estaba allí jugando a hacerse mayor, en prisión pero protegido desde lejos por su familia, no como miles de presos que habían sufrido lo indecible dejados de la mano de Dios. Sentía que se le partía el alma por la muerte del crío, le caía bien, le gustaba. Le recordaba lo que él mismo fue, lo que había sido. El chaval aún tenía la fe de los primeros días. La que él había perdido sabiendo que ya no había futuro ni posibilidad de victoria. Ya no cambiarían el mundo. Veía clarísimo que lo habían matado. ¿Por qué iba a querer escaparse si tenía una condena tan corta? Ahora estaba en un buen destino, una oficina. Era cosa de tener un poco de paciencia. No lo entendía. Roberto Alemán le había visto sospechar y le había interrogado al respecto. Él, como un idiota, había dicho lo que pensaba. ¿Por qué lo había hecho? Quizá porque esperaba que no diera importancia al asunto. Sí, lo más probable era que se hubiera reído de él. ¿Qué más daba un preso muerto más o menos? Había visto morir a los hombres por docenas en Miranda de Ebro, Albatera o los Almendros... Sabía perfectamente cómo pensaba aquella gente, los fascistas. Un preso era un no humano, un ser vivo con los mismos derechos que las bestias. Se cuidaba más a una buena mula que a un enemigo vencido y desarmado. Pero no. Sorprendentemente, Alemán se había interesado por el asunto desde el primer momento y aquello le asustaba aún más. Aquel tipo comenzaba a convertirse en una caja de sorpresas. Primero había liado una buena defendiendo a un preso de un falangista y ahora se interesaba por la muerte de Carlitos. Parecía que iba a seguir los consejos que Tornell le había dado para iniciar una investigación. El encuentro que habían tenido en la casita del oficial había sido agradable. Curioso. Un matarrojos como aquél y él, un insobornable oficial de la República, charlando en torno a unas copas de coñac. Como dos soldados. Era la segunda vez que pasaba.

Pensó que aquello no sería sino el capricho pasajero de un tipo que se aburría y que al día siguiente se olvidaría del asunto. Pero el muy excéntrico volvió a sorprenderle. Cuando Tornell pudo al fin acercarse a verle, como habían quedado, comprobó con desasosiego que no sólo le esperaba, sino que había realizado diligentemente las gestiones que él le había sugerido. Era viernes.

—Ven, Tornell, vamos arriba —dijo a modo de saludo Alemán.

Tornell le siguió sin dejar su cartera.

—He hablado con el médico —dijo el capitán sin parar de caminar, como el que sabe adónde va—. Coincide contigo. Inicialmente no quiso decirlo, no debe meterse en líos, pero luego reconoció que había reparado en que las heridas de las piernas eran post mórtem.

El policía asintió sonriendo.

—Es un buen hombre. El médico, digo —apuntó Alemán.

—Sí —repuso Tornell—. Ha hecho mucho por los presos. Esto no es precisamente un hotelito.

—Lo sé —dijo algo circunspecto el militar.

—La gente que trabaja en la cripta acabará mal. Ya hay casos de silicosis.

—Pero… ¿no trabajan con máscaras?

—Sí, pero me dicen que llevan como una esponja que se humedece y ésta, se colapsa por los pequeños fragmentos de granito que flotan en el ambiente. Así que se la tienen que quitar para respirar mejor. Me contó un capataz que lo lógico sería dejar pasar un buen rato tras la pegada, para que el polvo dentro de la gruta se asentara o bien hacer la pegada justo al terminar la jornada, así al llegar al día siguiente a trabajar no habría problema.

—¿Y por qué no lo hacen?

Tornell se paró de repente.

—Mi capitán…

—Llámame Roberto.

—… mire, Roberto…

—¿Sí?

—No quisiera buscarme problemas.

—Soy una tumba Tornell, de oficial a oficial.

—Hay prisa, Roberto. Ya se sabe, el Caudillo quiere esto acabado a la mayor brevedad posible.

—Pero, esos hombres podrían pedir otro destino dentro del campo, ¿no?

—Quizá, pero les interesa trabajar allí por el sueldo, muchos tienen cinco o seis hijos, sus mujeres son «esposa de rojo», parias, necesitan el dinero y por eso ellos se matan poco a poco, respirando ese polvo de granito que se incrusta en los pulmones y mata, lentamente, pero mata.

—Joder.

—Además reducen más pena. Creen que así saldrán de aquí antes, pero un compañero me ha dicho que en tres años de picar en la cripta has firmado tu sentencia de muerte.

Alemán quedó en silencio durante el resto del camino. Parecía pensar.

En cuanto llegaron al lugar en que se había hallado el cuerpo de Carlitos, Tornell echó un vistazo a la sangre seca poniéndose en cuclillas.

—He hablado con los guardias civiles que hallaron el cuerpo, tal como me sugeriste —dijo Alemán.

—Vaya, se lo ha tomado usted en serio —contestó el preso.

El otro le miró sonriendo.

—Hallaron el cadáver boca arriba, como lo vimos nosotros. O sea, que la sangre seca que le cubría la cara, teniendo en cuenta que tenía una herida en la nuca, no pudo subir en contra de la gravedad. El cuerpo estuvo antes boca abajo un rato. Tenías razón.

—Subamos —repuso Tornell.

Los dos hombres llegaron dando amplias zancadas al promontorio desde el que se suponía había caído el pobre chaval. Allí estaba el charco de sangre que marcaba el lugar donde le habían golpeado por primera vez. Las colillas que habían hecho sospechar al policía que alguien había esperado a la víctima durante un buen rato, estaban esparcidas por aquí y por allá. El viento había sido fuerte la noche anterior.

—Busquemos —dijo Tornell.

—¿Qué?

—¿Cómo?

—Sí, Tornell, te pregunto qué buscamos exactamente...

—No sé, una piedra, un objeto romo. Algo que esté manchado de sangre.

Se repartieron el terreno y fueron ojeando con minuciosidad palmo a palmo. Apenas habrían pasado unos diez minutos cuando Alemán le llamó:

—Tornell.

Éste levantó la vista y comprobó que el oficial tenía una piedra en la mano. Estaba manchada de sangre. Se la dio y la inspeccionó en detalle. Era el arma. Tenía pequeños fragmentos de piel, minúsculos coágulos e incluso algo de pelo.

—¿Alguna duda? —dijo el policía muy ufano.

—Lo mataron, está claro. Ahora sí que está clarísimo. ¿Hace un pito?

—Hace.

Ambos se sentaron sobre una inmensa piedra, en la ladera. Al fondo, la vaguada les mostraba unos pinos centenarios que se movían bajo una tenue brisa.

—¿Quién lo haría? —preguntó de sopetón Alemán.

—Sinceramente, mi capitán…

—Alemán, ¡coño!, o si lo prefieres Roberto, ¡somos oficiales, hostias!

—… no Roberto, usted es un oficial y yo soy una mierda, un preso.

—¡Paparruchas! Eres un policía cojonudo, Tornell, ¡cojonudo!

—Eso era antes.

Se hizo el silencio de nuevo. El viento de la montaña comenzó a hacer sentir su aullido.

—Creo, Roberto, que con esto no vamos a ninguna parte. Es evidente que lo mataron. O eso creemos nosotros. Pero ¿y si fue un guardia? ¿Qué íbamos a hacer?

Quedaron en silencio otra vez. Era obvio que ambos pensaban al unísono en el asunto.

—Pues no lo sé, la verdad. Pero eso es dar por sentado que el verdugo es de los nuestros. ¿No podría ser un preso?

—No creo.

—Ya se verá, Tornell. Primero habrá que averiguar quién lo mató. ¿Estás seguro de que no querría escapar?

—No, eso es seguro. No necesitaba escapar, tenía poca pena, estaba en oficinas… sólo hay una cosa que…

—¿Sí?

—… que me hace dudar.

—¿Qué?

—El rígor mortis. Debía de llevar muerto lo menos ocho o diez horas. Más quizá. ¿Habló con el encargado del recuento?

—No. Es un comunista. Un tal Higinio.

—Lo conozco, sí.

—Ahora, al bajar, charlaremos con él —apuntó Alemán.

—No me cuadra. Debía de llevar muerto más de ocho horas, y el recuento es a las doce de la noche. Si se presentó al recuento confieso que no me salen las cuentas.

Volvieron a quedar en silencio. Un buen rato.

Alemán encendió otro cigarro.

—Tornell.

—¿Sí?

Alemán se tomó su tiempo, aspirando el humo del cigarrillo con fruición.

194

—Tú… lloras.

—¿Cómo? —El preso no entendía qué quería decir.

—Sí, te he visto un par de veces, llorando, ya sabes.

Decididamente aquel tipo se había vuelto loco, pensó Tornell.

—No entiendo, Roberto, ¿podría usted aclararme…?

—Sí, cojones, y tutéame. —El capitán comenzaba a enfadarse, a perder la paciencia—. Te he visto llorando un par de veces, como una criatura.

Al preso le vino a la cabeza el incidente de su buen amigo Berruezo. El día en que había estado detenido en el cuartelillo y cómo el señor Licerán le había ayudado a sacarlo de allí. Cuando su amigo volvió se habían abrazado llorando.

Recordó también el día en que Alemán le había visto llorando tras despedirse de Toté. Cuando el autobús le dejaba solo. Sonrió. Aquel cabestro debía de considerarlo una muestra de debilidad. No en vano era un fascista.

—Sí —dijo—. Ahora recuerdo, sí.

Un nuevo silencio. Tornell no sabía qué decir.

—Y… ¿cómo lo haces?

Loco. Estaba loco. Debía andarse con tiento. ¿Qué significaba aquella pregunta?

—Roberto, no te entiendo.

—Sí, habrás visto muchas cosas.

—Como todos.

—Y padecido lo indecible.

—En efecto, llegué aquí pareciendo un cadáver. Dos veces me dieron por muerto en los campos.

—¿Y aún puedes llorar?

Tornell se calló al momento y Alemán intuyó que el preso no se atrevía a decir algo.

—Tornell, sé sincero, dime lo que piensas.

—¿De veras?

—Pues claro.

—¿No te enfadarás?

—Tienes mi palabra.

Alargó la mano haciendo ver al oficial que quería fumar otro cigarrillo. Los suyos eran de los buenos. Tomó la palabra con aire resuelto:

—Como dices tú, Alemán, he pasado mucho, sí. Desde que caí prisionero no hay enfermedad infecciosa que no haya sufrido, ya sabes, por el hacinamiento, la desnutrición… —El militar asentía— …Varias veces intenté dejarme morir. No sé ni cómo estoy aquí. Un buen día, el señor Licerán me sacó del infierno y me trajo a trabajar con él. Comienzo a ver la salida de un largo túnel. Como si hubiera estado muerto durante seis años que recuerdo así, como en una pesadilla.

»Puedo llorar, sí. Hasta que llegué aquí no lo había hecho. Desde el día en que caí prisionero. Supongo que mi cuerpo, mi mente, no podían permitírselo.

—Curioso eso que dices.

—Pero cierto. Pensaba que ya no podría hacerlo, llorar, pero he comprobado que tras perderlo todo, la dignidad, después de pelearme a muerte con compañeros famélicos por un chusco de pan duro como la piedra, de comportarme como un animal humillado, una bestia, hay algo que al menos, no me lograron quitar…

—¿Sí?

—… soy una persona, un ser humano, siento. A veces alegría, pocas, la verdad; otras… pena, tristeza, miedo. Pero soy alguien, estoy vivo y recuerdo, aún tengo sentimientos, no soy un animal.

Alemán asintió, su rostro había adoptado un rictus de seriedad, entre afectado y grave.

—Lo eres, Tornell, eres un hombre, un gran hombre. No como yo.

El policía lo miró como asombrado.

—¿Tú no eres un hombre?

—No, soy un monstruo.

Se miraron a los ojos y Tornell le sonrió. Era ridículo, él era un prisionero, nadie, un paria. Aquel tipo era un matarrojos, ¡un capitán fascista! Un hombre bien comido, bien servido, con un futuro. Recio, alto robusto y sano, y Tornell… una especie de piltrafa humana. Y pese a todo aquello parecía que él, el preso, fuera el afortunado. Aquello era de locos. ¿Hasta dónde pretendían llegar sus torturadores? Alemán tomó la palabra de nuevo.

—Quiero decirte una cosa, Tornell.

—Tú dirás.

Entonces lo soltó. Así, como si fuera una bomba.

—Yo te conseguí el puesto de cartero.

Tornell se sintió confuso, la verdad, el Loco le había favorecido con un puesto que suponía una serie de privilegios que ya querría para sí el preso más afortunado. Le había regalado tabaco y le hablaba como si fuera un amigo de toda la vida. No podía ser. Un tipo despreciable, un asesino de soldados republicanos como nadie había conocido. Bien era cierto que en los últimos tiempos parecía haber dado muestras de cierta piedad para con los presos —sólo había que recordar el incidente con el falangista—, pero aquello era demasiado para él. Su mente no podía procesar aquello, ¿por qué a él?

—Supongo que te preguntarás por qué te ayudé, precisamente a ti.

Aquel tipo, decididamente, le leía el pensamiento.

—Sí, bueno… —dijo rascándose la cabeza rapada al uno. Hacía tiempo ya que había perdido el control de aquella situación.

—Enséñame a llorar.

Un avispero

Ya no había duda. En aquel momento Tornell tuvo la certeza de que se las veía con un loco. Ahora lo tenía claro, el enfrentamiento con el falangista, su recomendación como cartero, la obsesión que Alemán comenzaba a mostrar por investigar la muerte de Carlitos… Todo formaba parte de un proceso, de una evidencia: la mente de aquel hombre había dicho basta. Quizá los remordimientos por los crímenes cometidos le habían empujado a sentirse identificado en exceso con sus enemigos, ahora presos. A veces ocurre, raras, entre el verdugo y la víctima. La segunda termina sintiendo una especie de atracción sumisa por el primero y el primero una suerte de identificación con el segundo. Tornell lo había comprobado personalmente en algunos casos que investigó cuando era policía: la víctima y el verdugo. Todos locos, claro, como cabras. El capitán, Roberto Alemán, se había vuelto majareta y aquello sólo iba a provocar desgracias. Y él estaba en medio. Conocía a los fascistas y no les gustaban en absoluto las muestras de debilidad, de humanidad, en sus cuadros dirigentes. Aquel tipo estaba acabado. Sintió que un escalofrío le recorría la espalda.

—No le entiendo —farfulló pensando en cómo salir con bien de aquel lío.

—Soy un mezquino, Tornell. Decidí ayudarte no porque me parecieras un buen tipo, valiente, amigo de tus amigos, no. Lo hice porque te vi llorar y pensé que a lo mejor podías ayudarme.

El policía se ratificó: loco, estaba loco. De camisa de fuerza, no había duda.

—Pero… mi capitán.

—Roberto.

—Roberto. No se puede enseñar a llorar a nadie.

—Lo sé, lo sé, Tornell. Pero es que esta maldita guerra nos ha hecho a todos insensibles. Yo, como tú, pasé por un infierno. Salí de él convertido en una suerte de ángel vengador, una bestia sedienta de sangre que quería morir llevándose por delante a todos los enemigos posibles. Sorprendentemente, aquello me mantuvo vivo y ahora pienso… ¿para qué? Me siento como hinchado por dentro, Tornell, como si miles de gusanos me devoraran en vida, lleno de mierda. Y no puedo olvidar. Sé que si, como tú, pudiera llorar, quizá lo arrojaría todo, el miedo, la pena, este odio…

—Lo entiendo, lo entiendo —dijo Tornell alzando la mano.

—Tú lo has hecho.

—Sí, pero no sé cómo.

Volvieron a quedar en silencio.

—¿Es verdad lo que se cuenta sobre usted?

—Vuelves a hablarme de usted. ¿Qué te parece si me tuteas, Tornell?

—Podrían hasta fusilarme.

200

—Al menos cuando estemos a solas, insisto. No sé, como si fuéramos amigos.

A Tornell ni se le había pasado por la cabeza la posibilidad de ser amigo de un fascista. A pesar de que sabía que debía dejar pasar aquel asunto, le pudo la curiosidad y se escuchó a mí mismo repreguntando:

—¿Es verdad lo que se cuenta de ti por ahí?

—¿El qué?

—Lo de la checa de Fomento.

—No. Bueno, en parte sí. Se exagera.

—Pero escapaste de allí cargándote a varios milicianos.

—Sí, a dos.

—Vaya —repuso haciéndose el sorprendido—. Había oído hablar de diez o doce.

—A uno lo maté con una pluma, increíble, ¿verdad? Al segundo con la pistola que le robé al primero. Resulta curioso hasta dónde es capaz de llegar un ser humano empujado por la desesperación, cuando está al límite de sus fuerzas pero ve venir a la parca…

—¿Tan mal estabas?

—Si quieres que te sea sincero, ni siquiera recuerdo bien lo ocurrido. Sólo sé que flotaba como en una nube; eso sí, ya no sentía dolor.

—Entonces… ¿te torturaron?

Asintió.

—Me llevaron a un despacho —añadió con la cara del que recuerda sucesos desagradables del pasado—, con un mandamás. No sé muy bien por qué pero intuí que me iban a «dar el paseo» y algo en mi interior me hizo actuar, ya sabes, como un animal herido. Algo mecánico, instintivo. Ese algo se apoderó de mí, Tornell, y así sigo. Sea lo que fuere, esa maldita fuerza se mantuvo viva en mí durante este tiempo y terminó por convertirme en una suerte de depredador, una fiera sedienta de sangre.

—La guerra es así, por desgracia. O matas o mueres.

—Te digo que no. Lo mío es… anormal.

—No son muchos los que pueden contar que salieron de una checa por su propio pie, y menos de la de Fomento.

—Sí, eso es cierto.

—Yo conocí un caso… un chico que sirvió conmigo en los primeros días de la guerra. Era socialista. Le escribieron de Madrid, alguien de su familia. Decían que habían detenido a un tío suyo al que al parecer quería mucho; iba a misa y creo que había tenido alguna relación con la CEDA. Fuentes, se llamaba el chaval. Era teniente. Ni corto ni perezoso se fue para Madrid pues era hombre de estudios, abogado. Sé que su idea era acudir directamente a la checa, a fiar a su tío.

—¿Y?

—No volvió jamás.

Alemán sonrió con amargura como si supiera demasiado bien de qué se estaba hablando allí. Entonces, más por disimular que por otra cosa, Tornell volvió a preguntar:

—¿Por qué te detuvieron? ¿Eras cedista? ¿De Falange?

—De sobra sabía que no.

—Quiá —repuso esbozando una sonrisa que al policía le pareció trágica—. Estudiaba segundo de Medicina. Medicina. Bueno, en realidad… primero y medio. Sólo me preocupaban las chicas y terminar mis estudios para ganar dinero. Tenía un hermano falangista que había logrado escapar tras matar a un crío que vendía *El Socialista* y estaba oculto en algún lugar de Madrid. Fueron a por mis padres que iban habitualmente a misa. Los detuvieron, a ellos y a mi hermana. No quiero pensar lo que pasaría la pobre. Cuando estaba detenido en la checa escuché los gritos de unas monjas, Tornell, las violaron. Al principio no podía soportarlo, luego llegué a acostumbrarme a dormir con aquel maldito ruido de fondo. Después de detener a mi familia, de la que nunca más se supo, me detuvieron a mí. Cometí el error de ir a preguntar por ellos.

—¿Y tu hermano, el falangista?

—Pues como te digo, estaba oculto, pero no sabíamos dónde. Sé que lo descubrieron unos días antes de caer Madrid. Lo fusilaron. Por unos días, ya ves. Todos muertos: mis padres, mi hermana y mi hermano. ¿Sabes?, lo más irónico es que tenía otro hermano que era de la UGT y que podría habernos ayudado, pero se mató dos semanas antes de comenzar la guerra en un accidente de coche.

—Tuviste mala suerte —dijo Tornell pensando en que, por alguna maldita razón, se sentía como si debiera algo a aquel tipo.

Por lo que había pasado y porque él había seguido su caso de cerca. Al menos había logrado sobrevivir. Era absurdo. Él estaba preso y el otro había ganado una guerra pero había algo que le empujaba a seguir hablando con él, a preguntarle. Quizá no lo veía sólo como al «Loco» y reparó en que había mucha gente que en la guerra había pasado por experiencias similares. Quizá las cosas no eran blancas o negras, sino que dependían de los motivos que habían empujado a matar a cada uno.

—Sí.

—Y cuando saliste… cuando llegaste al lado nacional…
¿qué pasó?

—Me recuperé muy rápido. Tenía algo que hacer.

—Matar rojos.

—En efecto. A mí nunca me había interesado la política,
pero aquello era algo animal, instintivo… la venganza, ya sabes, me veía como una especie de justiciero.

—¿Has matado a muchos hombres?

Alemán sonrió.

—Tú lo sabes, Tornell. Has sido oficial. El oficio de militar
durante una guerra es más fácil de lo que podemos pensar:
matar y no dejarse matar. Tú mismo lo has dicho. Nunca ima-
giné que pudiera ser tan bueno en algo así, te lo juro.

—Y estás cansado, claro.

Parecía apesadumbrado, quizá arrepentido.

—¿Piensas en ello a menudo? —preguntó Alemán de pronto, sorprendiendo al policía por el cambio de tema.

—¿En qué? —repuso Tornell.

—Sí, ya sabes, en la guerra, en los muertos, el sufrimiento,
en lo que debiste de pasar en los campos…

—Sí, pienso en ello a menudo, claro.

—¿Por eso puedes llorar?

El preso sonrió.

—No, no tiene nada que ver. Las veces en que me viste hacerlo lo hacía por otras personas.

—Por otras personas, claro. Yo me siento bien cuando hago
cosas por otras personas.

—Sí, en efecto.

—Pero tú, recuerdas…

204

—¿Cómo no iba a hacerlo? —dijo subiendo el tono de voz, quizá demasiado—. He visto morir a muchos compañeros. No te haces una idea.

—Caíste prisionero en Teruel, ¿no?

—Sí, en una locura de operación para tomar un ridículo búnker que nos cerraba el paso. En mi unidad se tomaban las decisiones de manera asamblearia.

—¡No jodas!

—Sí, así era. En lugar de realizar un ataque ortodoxo, seguimos el plan de un fulano que creo era carnicero o algo así, o tornero, quién sabe: lanzar perros con dinamita hacia el búnker…

—¡No puede ser!

—… como lo oyes. Algo salió mal, claro. Los perros corrieron hacia nosotros. Imagínate, ¡bombas con patas! El fuego cruzado hizo el resto. Recuerdo una luz, una ignición. Todo quedó en silencio. Cuando pude ver algo estaba rodeado de cuerpos mutilados. Me hirieron en una pierna. Si no es por mi sargento me desangro.

—Tu amigo ese que quiso compartir tu castigo el día en que te conocí.

—El mismo que viste y calza, Berruezo. Caímos prisioneros. La temperatura era inferior a veinte bajo cero. Los nacionales iban a perder Teruel. Nos evacuaron a un pueblucho, no recuerdo cuál. Tardaron varios días en llevarme a un hospital. Sobreviví por unas cabezas de ajo que llevaba en el bolsillo y porque Berruezo me cuidó. Luego no volví a verlo hasta llegar aquí. Si quieres que te sea sincero, no me explico cómo sigo vivo. No entiendo cómo no se me gangrenó la pierna.

—Luego, te llevaron a un campo.

—Sí, claro, en cuanto me dieron el alta. Estuve en varios. Quizá uno de los peores, Miranda del Ebro, un lugar horrible. Miles de tíos hacinados, casi sin comida; la higiene, inexistente. Nos comían los piojos y las enfermedades nos diezmaban como si fuésemos ganado. Hacía mucho frío por la noche y sólo teníamos una pequeña manta, bueno, un cuarto si acaso. Si te cubrías el torso, las piernas quedaban al descubierto o al revés. Había que hacer cola para beber un vaso de agua. El hambre es mala, Roberto, pero no te imaginas lo que es la sed. Es peor, matarías a tu padre por un trago de agua. La cola a veces duraba un día. Un día al sol para beber un vaso de agua, ojo.

—Nadie debería hacer un día de cola por un vaso de agua.

—¿Verdad? A eso me refería cuando hablaba de perder la dignidad. Pero aquello, por extraño que parezca, era mejor que Albatera, allí sí que supe lo que era la sed. Y cosas peores… pero, en Miranda, cuando estabas en la cola esperando durante horas y horas, pasaban junto a nosotros los guardias y nos golpeaban, «no os agolpéis, no os agolpéis», decían los muy hijos de puta. Los malditos cabos de varas nos curtían de lo lindo.

—¿Cabos de varas?

—Sí, presos que vigilaban a otros presos. Llevaban unos blusones largos y anchos para distinguirse de los demás, eran los peores. En aquellos días todos perdimos la dignidad, pero ellos fueron lo más tirado. Traidores. Aun así las delaciones estaban a la orden del día. Todo el mundo las temía. Había comisarios políticos que habían conseguido hacerse pasar por simples quintos, pero a veces algún que otro preso los reconocía y los delataba por un mísero chusco de pan. Una vida por un pequeño trozo de pan podrido y seco. Aquello acentuaba la sensación de derrota, de desesperanza, ¿sabes? Es muy duro perder una guerra.

—Tienes toda la razón, Tornell, ningún soldado merece ese trato. Vi a hombres valientes luchando en tu bando.

Volvieron a quedar en silencio, mirando al infinito. El paisaje era hermoso en un día despejado como aquél. Alemán tomó la palabra de nuevo.

—¿Sabes? No dejo de pensar en lo absurdo que fue todo aquello, me refiero a la guerra. Intento recordar en qué momento se fue todo al garete, pero no logro explicármelo. ¿Cómo puede volverse loco un país entero?

—No lo sé, Roberto, yo también me lo he preguntado a veces.

—La hija de mi general…

—¿La chica que te acompañaba el otro día?

—Sí.

—Guapa. Un bombón… si se me permite decirlo.

—Pues claro, ¡coño! Es joven, hermosa, muy graciosa, llena de ganas de vivir… me ha hecho pensar Tornell, pensar. Me he sentido como un viejo verde y a la vez, me he visto… no sé… rejuvenecer. En lugar de perseguir a mujeres como ella, de ir al cine, al teatro… En lugar de trabajar, de amar, de casarse o tener hijos, la gente de este maldito país ha estado empeñada en matarse. ¿Te das cuenta de lo absurdo que es si lo intentas ver desde fuera? ¿Por qué no sentarse en un café a ver pasar mujeres hermosas en vez de matarse? En lugar de vivir nos hemos dedicado a sembrar las cunetas de cadáveres y ¿sabes? Ahora lo sé Tornell, lo sé. La vida se va… se va… Y nosotros, la desperdiciamos.

—… Sí —acertó a decir el preso dándole la razón—. La vida se va.

Tornell reparó en que aquel loco estaba en lo cierto. Quizá lo había juzgado mal.

—La vida se va. ¿Te das cuenta? —repitió.

—Dímelo a mí, que llevo seis años preso.

Los dos estallaron en una carcajada pese a lo trágico del asunto. El comentario de Tornell además de acertado, había puesto el dedo en la llaga. No había comparación entre los dos. Alemán se golpeó la frente y exclamó:

—Claro, ¡qué idiota! Debes de pensar que soy un memo. Un carcelero quejándose a un hombre al que tiene privado de libertad. Te pido disculpas, amigo. Mil disculpas. Soy un idiota, un idiota.

¿Había dicho «amigo»?

—Déjalo —apuntó Tornell—. Todos hemos pasado lo nuestro, sólo que tú tuviste la suerte de estar en el bando que ganó.

Silencio.

—Vamos abajo —dijo entonces el capitán cambiando de tema otra vez—. Quiero hablar con el tipo ese que hizo el recuento.

—Vamos entonces —contestó Tornell pensando que aquella conversación había sido agradable. ¡Qué extraña le parecía a veces la vida!

Después de aquella charla en las alturas, los dos hombres bajaron del peñasco desde el que supuestamente había caído aquel pobre desgraciado de Abenza y se encaminaron a hablar con el responsable del recuento, Higinio. Alemán reparó en que aquel tipo debió de estar algo pasado de peso antes de la condena, por la flacidez de los pliegues que mostraba su piel. Sabía que el fulano era comunista pues había ojeado su expediente previamente. Pareció alegrarse de que la visita de Tornell y Alemán le permitiera «echar un vale» y descansar por un rato del duro trabajo. El policía había sugerido a Alemán que le dejara llevar la voz cantante, así que el militar le dejó tomar la palabra y se dispuso a disfrutar viendo trabajar a un policía de verdad, como en las películas americanas.

—Higinio, tú hiciste el recuento en la noche que escapó Abenza.

—Lo hago todas las noches. Ah, y todas las mañanas.

—¿Estaba todo el mundo?

El rostro del interrogado tomó, de pronto, una cierta tonalidad pálida; parecía afectado. Tornell sonrió levemente, como satisfecho. Higinio, que se tomó su tiempo, repuso:

—Consultad el libro.

—Lo hemos hecho, no faltaba nadie por la noche —afirmó Tornell.

—Pues entonces… —dijo el comunista tirando el cigarro para agacharse a tomar de nuevo su pico. Parecía dar por terminada la charla.

—Un momento —ordenó Tornell—. No he terminado.

El responsable del recuento se giró mirándole con mala cara.

—¿Estás seguro de que por la noche no faltó nadie? ¿Estaba todo el mundo? ¿El propio Carlitos? Según mis cálculos a esa hora ya estaba muerto.

—¡Qué tontería! Pues claro que estaba en el recuento. ¿De dónde cojones te sacas que a esa hora estaba muerto? Yo lo vi con estos ojitos que han de comerse los gusanos. Con su permiso, capitán Alemán…

El comunista ya se daba la vuelta pero Tornell insistió:

—¿Sabes lo que es el rígor mortis?

Esta vez el comunista ni se paró y sin girarse espetó:

—Claro.

—Pues según la ciencia, amigo mío, Carlitos estaba muerto en el momento del recuento de la noche. Y según el libro, reparasteis en que no estaba en el recuento de la mañana.

Higinio se giró de golpe. Su mirada parecía inyectada de odio:

—No sabes lo que estás haciendo, Tornell. ¿Quieres que te recuerde determinadas cosas?

Alemán dio al momento un paso al frente a la vez que alzaba su vara contra aquel impertinente pero Juan Antonio le puso la mano en el pecho para frenarle.

Éste, sin apartar la mirada del comunista, dijo:

—¿Me estás amenazando, Higinio? ¿A mí?

—Tú sabes quién soy.

—Y tú sabes quién soy yo…

Alemán no terminó de entender bien aquel diálogo pero le pareció obvio que, de alguna manera, los dos presos jugaban a medir sus fuerzas, su influencia dentro del campo. Aquél era un mundo pequeño pero equilibrado y a su manera, complejo. Una red invisible de favores mantenía unidos a unos y a otros. Y no sólo a los presos. Descubrirla era la forma de averiguar quién robaba los alimentos. Entonces, por un breve instante, recordó que aquélla era su verdadera misión allí y no perseguir a supuestos asesinos que cometían crímenes que no interesaban a nadie. ¿Estaría cometiendo un error?

—Vale, vale. Quedamos como buenos amigos —dijo Higinio echándose hacia atrás a la vez que mostraba una sonrisa servil y a todas luces falsa—. No hay problema amigo, no hay problema.

Y volvió al trabajo.

—Vamos a la cantina, allí me explicarás —dijo Alemán.

Una vez bajo aquel chamizo que hacía las veces de bar y sentados ante sendos vermuts, Alemán interrogó al detective con respecto a la entrevista con Higinio.

—Tornell, ¿me explicarás qué acabo de ver?

—Cosas de presos.

—Él tiene, a su manera, influencia. ¿No?

—Sí.

—¿Por qué? ¿Por los recuentos?

—No.

—Tú dirás.

—No es relevante para el caso que nos ocupa.

—No es relevante, dices…

—En efecto.

—Podría obligarte a decírmelo.

—No, no podrías.

Alemán notó que, al fin, el preso le tuteaba como él quería que hiciera. Se había acostumbrado a hacerlo en apenas una mañana. Al menos, cuando estaban a solas. Y además, se le enfrentaba en algo. Bien. Tornell observó al militar demasiado pensativo y tomó de nuevo la palabra.

—Mira, Alemán, ¿de verdad quieres seguir con esto?

—¿Con qué?

—Joder, con la investigación de la muerte de Carlitos. ¿Eres sincero al respecto?

—Pues claro.

—Entonces debes fiarte de mí. Yo soy el policía, ¿recuerdas?

—Sí, claro. Como Humphrey Bogart —dijo Alemán comprendiendo que, de momento, le interesaba recular. Ya averiguaría más al respecto.

Tornell volvió a tomar la palabra.

—Ese tipo sabe algo. Falseó el recuento nocturno.

—¿Cómo lo sabes?

—¿Viste su cara?

—Sí, es cierto, parecía nervioso.

—Mira, Roberto —aclaró—. Es una situación compleja. Higinio tiene influencia en el campo, sí. No quiero que esta investigación perjudique a nadie. Si fuésemos sutiles… No sé, quizá la simple evidencia de que puede perder sus privilegios le haría contarnos por qué falseó el recuento. Sabiendo eso, sabremos quién es quién en este asunto.

—Sé cómo hacerlo —dijo—. Vamos.

—Ahora no puedo, Alemán. Tengo que leer las cartas a mis compañeros analfabetos. Me esperan.

—Sí, claro. Mañana por la mañana, a la misma hora que hoy.

Ridículo

Baldomero Sáez respiró aliviado al comprobar que aquel capitán que había enviado la ICCP no estaba interesado en su «asunto» y que, además, había perdido la cabeza. Lo pudo comprobar de primera mano, en el despacho del director, con quien estaba tomando un café pues habían hecho muy buenas migas. De pronto, se presentó allí Alemán acompañado por un preso, Tornell, el cartero, que según se decía había sido policía de brillante hoja de servicios antes de la guerra. El capitán Alemán le miró con mala cara y dijo al director que necesitaba hablar con él a solas «urgentemente». El director, don Adolfo, echó un vistazo a Sáez y dijo que allí todos estaban en el mismo barco y que se le escapaba qué asunto no podía ser expuesto en presencia de un representante de Falange Española pero sí delante de un simple preso, por ende, un rojo. Ante esta tesitura, al capitán sólo le cabían dos opciones: retirarse por donde había venido o bien exponer el asunto en presencia del falangista. Pese a que no le agradaba —evidentemente— que Sáez fuera partícipe de aquello, actuó como cabía esperar, como un lunático al que obsesiona una nadería y que no se

213

arredra ante nada y ante nadie para sacar a colación el objeto de su neurosis.

—Se ha producido un asesinato en este campo —dijo de pronto.

El director quedó, como Sáez, con la boca abierta.

—¿Cómo? —repuso don Adolfo.

—Sí, Carlos Abenza, el preso que creíamos murió en un intento de fuga, fue asesinado.

Tanto el director como el orondo falangista soltaron una carcajada al unísono.

—Alemán, se despeñó —dijo el rector del establecimiento con aire de resignación ante aquella nueva ocurrencia de aquel excéntrico, que insistió:

—Aquí, Tornell, es un policía de relumbrón y cree que fue asesinado. Tenemos el arma del crimen. —Y dicho esto sacó una piedra manchada de sangre que mostró eufórico.

Sáez no lo podía creer, era un regalo del cielo que aquel enemigo que le había afrentado públicamente por defender a un preso rojo se le pusiera tan en bandeja. El director ladeó la cabeza:

—Querido Roberto, me temía muy mucho que esto podía ocurrirle, no es la primera vez que da usted muestras de inestabilidad. He leído su expediente y en él consta que usted, durante una crisis…

—¡Me cago yo en la puta crisis! —gritó el capitán totalmente fuera de sí.

—Usted, salga —ordenó don Adolfo al preso de inmediato.

Tornell hizo lo que se le decía mansamente. Una vez a solas, el director intentó reconducir la actitud de Alemán.

214

—Mire, Roberto, cálmese, no quiero tener que informar de esto, estos desplantes no pueden sino crearle…

—Abenza no se presentó al recuento de la noche.

Sáez comenzaba a disfrutar con aquello, el muy lunático de Alemán insistía interrumpiendo al director. Quería ver cómo acababa aquello. La cosa se ponía interesante por momentos. Don Adolfo se levantó con mucha parsimonia y, tras dirigirse al archivador, extrajo una carpeta. Volvió a su mesa y, tomó asiento.

Alemán no había consentido en hacerlo desde su entrada. Sáez permanecía expectante, sentado en el cómodo sofá de las visitas y presto a disfrutar de aquel magnífico espectáculo que se le brindaba.

—Da la casualidad, Alemán, de que soy hombre metódico, mi esposa me dice que minucioso en exceso y que tomo nota de todo. El expediente relativo al intento de fuga de Abenza ha sido debidamente cumplimentado y sepa usted que, como siempre hacemos, repasamos el último recuento antes de la fuga. A medianoche el preso estaba, fue en el de la mañana cuando se notó su ausencia. Es por eso que los «civiles» echaron un vistazo al monte.

—Ese tipo miente. Me refiero a Higinio, el responsable —dijo Alemán—. Además, es un simple preso.

—¿Como su policía, quizá?

«En el blanco», pensó Sáez. Había que reconocer que don Adolfo se estaba mostrando como un funcionario diligente. Tomó nota de que podía ser un tipo interesante para la causa de cara al futuro.

—Sólo necesito una cosa, don Adolfo —dijo aquel loco—.

Llame usted a Higinio e insinúe que si no dice la verdad, se le retirarán sus privilegios. Sólo eso. Le aseguro que miente. Como un bellaco.

El director puso cara de pensárselo.

—¿Y qué más da? —dijo.

—¿Cómo?

—Sí, hombre de Dios. ¿Qué más da si alguien despachó al preso?

—Es un asesinato.

El director puso los ojos en blanco y comenzó a reírse.

—¡Un asesinato! ¡Ay que me parto! ¿Se hace usted una idea de la de presos que mueren a diario en los campos? ¡Un asesinato, dice!

—Sólo le pido eso, don Adolfo. No es mucho. Llámelo y dígale que si no colabora le retirará sus privilegios. Sólo eso. No le molestaré más, palabra. No pierde usted nada. Aunque fuera una locura mía, ¿qué pierde usted por hacerme el favor?

Don Adolfo cerró la carpeta.

—Hecho —dijo, seguramente para quitarse de encima a aquel desequilibrado—. Ahora tengo que ausentarme. Me voy con mi señora al pueblo. Pero cuente usted con que el lunes le haré la gestión, ¿de acuerdo?

—Gracias, señor.

—Pero… una cosa.

—¿Sí?

—Sólo haré lo que usted me ha pedido. Le insinuaré la posibilidad de que puede perder sus privilegios si no dice lo que «usted dice que sabe». Es un buen preso y no voy a defenestrarlo por una tontería.

216

—Será suficiente, verá usted como canta. Hasta luego, que tengan ustedes buenos días.

Y una vez dicho esto salió de allí a toda prisa. Don Adolfo miró al falangista e hizo un gesto inequívoco acercándose el dedo índice a la sien para, a continuación, hacerlo girar.

—¿Qué es eso de «la crisis»? —preguntó Sáez.

—No me sea cotilla, hombre. Todos tenemos nuestros fantasmas y este hombre es un héroe de guerra. Y ahora, si me permite, tengo que redactar un informe referente a esta entrevista para la superioridad. Este hombre se merece un retiro. Y definitivo.

Después de tan esclarecedora entrevista, Sáez decidió callar discretamente y dejar solo al funcionario. No le interesaba que pensara que era un pesado o, a lo peor, un correveidile. Salió de allí y se fue directo a ver al preso en cuestión.

Cuando le contó al tal Higinio que Alemán había solicitado que se le retiraran sus privilegios si no decía «lo que supuestamente sabía» el pobre hombre se puso blanco. Higinio le dijo que aquel tipo estaba loco y que la había tomado con él. Aquello reafirmaba que Alemán había hecho crisis y que no estaba allí para investigar nada relativo al negocio que llevaba entre manos con Redondo y otros camaradas. La operación seguiría su curso. Antes de despedirse del preso le confesó que el director no tenía intención alguna de quitarle sus privilegios. Para que estuviera tranquilo.

El domingo por la mañana, a eso de la una, Roberto Alemán se presentó en el domicilio de su general con el anhelado propósito de que le invitaran a comer y poder ver a Pacita. La había echado de menos y estaba deseando charlar con ella.

¿No serían todo imaginaciones suyas? En el fondo se sentía como un viejo verde, pero pensó que se merecía olvidar las penas y pasar un rato agradable. ¿Qué había de malo en que pudiera verla un rato, oler su perfume y escuchar su risa?

Aunque sólo fuera eso. Ya tendría tiempo de afrontar la semana que le esperaba, investigación incluida. Tuvo suerte porque, aunque era previsible que su anfitrión tuviera algún compromiso u acto oficial, se hallaba en casa. La fámula, nada más abrirle la puerta, le acompañó a su despacho diligentemente. Enríquez se levantó al verle entrar y se dirigió hacia él con los brazos abiertos.

—¡Qué casualidad! Precisamente iba a mandarte llamar. Siéntate, siéntate. Milagros, trae un par de vermuts y el sifón. Roberto, te quedas a comer.

Alemán sonrió. Su jefe estaba acostumbrado a mandar y ser obedecido.

—Pacita y Delfina están en misa. Ahora llegan. Los domingos, paella.

—¿No vas a misa, mi general?

—Papeleo.

—¿Por qué ibas a mandarme llamar?

Entró la criada con las bebidas. Hubo un receso. Una vez a solas, el general, dijo:

—Brindemos.

Entrechocaron los vasos.

—Esto me recuerda el frente. Qué frío pasamos, ¿verdad? —dijo.

Alemán asintió. Enríquez continuó hablando:

—Allí las cosas eran más fáciles: la camaradería, el olor a pólvora, la tropa. Se sabía dónde estaba el enemigo, enfrente. Y ahora mira… Ministerios, comisiones, corruptelas, chupatintas…

—Sí, debo reconocer que en la guerra las cosas son blancas o negras. Todo es más sencillo. No termino de entender, mi general, cómo te metes en estos líos, la política, todo eso… es un mundo difícil.

—En efecto, Roberto, sobre todo para un soldado.

—Exacto, pero ¿qué querías decirme? Suéltalo, jefe, te conozco.

—¿Qué hostias has hecho? A estas horas todo el que es alguien tiene una copia del memorando ese que ha escrito esa maldita rata del director de Cuelgamuros.

—¿Qué memorando?

—El de tu conversación con él, fue ayer, ¿recuerdas?

—Vaya, qué diligente.

—¿Qué cojones es eso de un asesinato?

—Han matado a un hombre.

—¡Un preso, rediós! —exclamó dando un puñetazo en la mesa.

Alemán bajó la cabeza, obediente, se contenía.

—Perdona, hijo. La culpa es mía. No debía haberte enviado allí. ¿Has recaído?

—No exactamente, mi general.

—¿Entonces?

—¿Qué quiere usted saber?

—¡No me vengas con memeces, *cago'n* Dios. ¡Apéame ese usted de inmediato!

—Con su permiso, mi general, usted me acusa…

—¡Firmes!

Roberto se levantó dando un salto y se puso firme. El general se incorporó y fue hacia él. Por un momento Alemán pensó que iba a atizarle un guantazo. Entonces, con las manos a la espalda, se le acercó al oído y dijo:

—Eres como un hijo para mí y lo sabes, déjate ya esa mierda de ponerte tiquismiquis conmigo. ¿Entendido?

—¡Sí, señor!

Entonces le abrazó. Era más bajo que Alemán y su rostro chocó cómicamente contra el pecho del joven.

—Ahora, dime, es importante: ¿has recaído?

—No, Paco, joder, no. Sólo es que… pienso… veo a los presos y…

—¿Y?

—Me pregunto si no fue todo un error, ya sabes, la guerra… esos hombres sufren, son rojos sí, pero perdieron y tienen familias, vidas, muchos tienen a sus hijos allí con ellos, en chabolas… Los estamos explotando, tú lo sabes…

Enríquez sonrió con malicia.

—Vaya, parece que después de todo, eres humano, ¿no?

Hasta aquel momento Alemán no había reparado en ello. Se conmovía. Se sintió bien por un momento. ¡Tenía sentimientos!

—Te relevo.

—¿Cómo?

—Que dejas Cuelgamuros. Y el ejército. He recibido órdenes de arriba. Te pasan a la reserva, con toda la paga, claro. A vivir del cuento.

—Pero yo…

—Ni una palabra. ¿Has averiguado algo? ¿Recuerdas para qué te envié allí?

Asintió.

—Lo recuerdo, Paco, pero ellos, los del trapicheo, sabían que iba para allá. En mi estancia en Cuelgamuros quien fuera que vende las provisiones no ha hecho ni un solo movimiento.

—Te has puesto en manos del director con esa tontería del asesinato. Se ha deshecho de ti de un plumazo y ahora continuará con sus sucios asuntos.

Roberto sonrió. Era evidente que Enríquez tenía razón. Aquel tipejo, el director, se había zafado de él dejando que se autodestruyera.

—Jaque mate —dijo el general—. Mala suerte.

—Si quieres que te diga la verdad, había pensado en licenciarme tras este servicio.

—Pues se te han adelantado.

—Sí, es cierto.

Quedaron en silencio de nuevo y Enríquez sirvió dos nuevos vasos de vermut.

—¿Y qué has pensado hacer? ¿Vas a viajar?

—No.

—Vaya, ¿lo tienes pensado? ¿Te meterás en política?

—Sabes que no valgo para eso ni me gusta.

El general sonrió pícaramente.

—¿Formar una familia, quizá?

El capitán Alemán arqueó las cejas.

—¿Has pensado en buscar una mujer, Roberto? —insistió.

No se atrevió a decir nada de Pacita. ¿Cómo iba a permitir que su hija se casara con un loco como él?

—Mi mujer me está volviendo majara, ¿sabes? —dijo de pronto.

—¿Cómo?

—Sí, coño, parece que no tengas mundo. ¿Has pensado en Pacita?

—¿Pensar?

—Joder, Roberto, tú eres un hombre, ella… una mujer. ¿Entiendes, tonto?

—¿La verdad?

—¡La verdad, hostias! Somos compañeros de trinchera.

—Continuamente.

Entonces, el general Enríquez le miró muy satisfecho y abrió los brazos para volver a abrazarle. Al fondo, dos voces femeninas eran la prueba de que Pacita y su madre habían vuelto a casa.

Casablanca

No sé qué pretendes pero estás cometiendo un gran error.

Aquella voz hizo a Tornell volver desde su plácido sopor. Alguien se había interpuesto entre él y aquel solecito reparador, estropeándole la siesta bajo aquel añoso pino.

—Vaya, buenas, Higinio, gracias por despertarme. El domingo es el único día en que uno puede descansar, pero para eso están los amigos, ¿no?

—Déjate de idioteces e ironías conmigo. ¿Por qué me has echado encima a ese fascista?

—Te lo has echado tú solo. Falseaste el recuento.

Tornell reparó en que Higinio tenía cara de pocos amigos. Pensó que, en sus circunstancias, no era buen negocio llamar la atención.

—Métete en tus asuntos. Todos los policías sois iguales. Aunque os intentéis disfrazar de militantes de izquierda en el fondo no sois más que unos reaccionarios, unos represores.

Higinio insistía. Tornell suspiró incorporándose con fastidio.

—Mira, Higinio, cabe la posibilidad de que fuera el propio

Carlitos quien te pidiera que falsearas el recuento para poder acudir a la cita que tenía con la persona que le mató pero ¿no te has parado a pensar que si fue otro el que te pidió que falsearas la lista, ése podría ser el asesino?

El jefe de los comunistas en el campo alzó los hombros como demostrando que aquello le daba igual.

—¿Es un asunto del Partido o tuyo?

Higinio rehuyó la mirada del antiguo policía.

—Vaya… tuyo. No podía imaginarme que fueras tan irresponsable. Estás poniendo muchas cosas en peligro, amigo. ¿No ves que si te detienen y te interrogan caerá mucha gente tras de ti? Te sacarán los nombres de todos los militantes del campo.

—A mí no me van a sacar nada.

—Ya, sí, es cierto. El director va a echarte un órdago. Hará como que te pueden quitar los privilegios pero no lo hará. Le importa un bledo la muerte de un preso.

—Lo sé. Estoy tranquilo al respecto.

—Vaya, lo sabes todo.

—Es mi obligación saber lo que se cuece aquí, camarada.

—No me llames así, Higinio.

Quedaron en silencio, por un momento. Mirándose a los ojos.

—Quítame a ese oficial de encima.

—No puedo, Higinio, simplemente dime quién te pidió que falsearas el recuento. Esa persona quiso ganar un tiempo precioso. Es el asesino.

—No hay nada de eso.

—¿Qué te pagó? Me parece inmoral que tengas tus tejemanejes personales y que eso pueda perjudicar a más gente. Dímelo.

—No. No vayas por ahí, has sido un irresponsable poniéndome a los pies de ese capitán, ese amigo tuyo…

—¡No es mi amigo!

—Ya, sí… que sepas que esto te va a costar caro.

Tornell miró a otro lado, sentado en el suelo, como demostrando al otro que no le temía.

—No se te ocurra volver a amenazarme —dijo reparando en que Higinio caminaba ya ladera abajo.

Lamentó profundamente que las cosas se estuvieran desarrollando de aquella manera. ¿Qué más daba aquel asunto de Carlitos? Estaba muerto y punto. Alemán, que no era precisamente un tipo equilibrado, le había metido en aquel embrollo. Ahora Higinio y su gente irían a por él. No le interesaba estar a malas con ellos ni con nadie en el campo.

La comida en casa del general Enríquez fue agradable y el ambiente, muy distendido. Roberto no acertaba a comprender que el general y su esposa le consideraran un buen partido para su hija cuando, poco más o menos, iban a licenciarle por loco. Pero, en fin, así era la vida y mejor no plantearse mucho aquel tipo de cosas. La verdad era que él mismo se había sorprendido por su reacción al conocer la noticia de su cese. Podía decirse que iba a ser «licenciado con deshonor» pero no se lo había tomado a mal, al contrario. Le agradaba la idea de dejar el ejército. Se había dado cuenta de que estaba cansado de aquello, de la milicia. Además, tenía un proyecto vital. Por primera vez en mucho tiempo sabía lo que quería y eso era, en realidad, más que un motivo para vivir. Después de la sobremesa, Pacita dijo que por qué no la acompañaba al cine y sus padres animaron a Alemán a hacerlo ¡sin carabina! No se le escapó el detalle.

Le hacían un gran honor depositando tanta confianza en él. Quizá todos aquellos pormenores contribuyeron a que Roberto no se tomara demasiado a mal su relevo y lo que era peor, no poder aclarar quién había asesinado a Carlitos Abenza. Lo sintió por Tornell, al que había metido en aquel asunto. Pero ¿qué más daba? La vida comenzaba de nuevo para él y llevaba a una mujer joven del brazo. Tenía por delante un cómodo futuro, una buena paga íntegra asegurada y la posibilidad de dedicarse a lo que quisiera. Estaba en el bando de los vencedores, era un héroe de guerra y tenía el viento a favor. Tenía la sensación de que incluso se le perdonaba lo de su licencia por enfermedad por el hecho de haberse comportado heroicamente en dos guerras. ¿Qué más se podía pedir?

Acudieron al Real Cinema y vieron *Casablanca*. Alemán se acordó de Tornell, al que comparaba con Humphrey Bogart. Su mente iba y venía a otros asuntos muy distintos a los del filme. Tampoco es que pudiera centrarse sólo en el caso, la verdad, pensaba en otra cosa: su mente no era sino un atribulado caos de proyectos, sospechas y recuerdos. De un lado Pacita. ¡Qué bien olía! Resuelta, hermosa, se lo comía con los ojos. De otro, Abenza, ¿quién lo había asesinado? Sentía un impulso irrefrenable que le inducía a querer averiguarlo. Ya no podría hacerlo. Por no hablar del director, que le daba tirria; era evidente que debía de estar implicado en el asunto del mercado negro y por ello había aprovechado la primera oportunidad para desacreditarle, para quitarse de encima al sabueso que le habían enviado. Obviamente había sido tan ingenuo como para ponérselo demasiado fácil, y cada uno jugaba las cartas que le había deparado la fortuna. Tampoco podía reprochárselo. No lo consideraba algo personal. Las cosas ya no eran como en la guerra. Ahora los enemigos surgían de entre las propias filas. Enríquez tenía razón al respecto. Pensó de nuevo en Tornell. Parecía remiso a meterse en aquel jaleo pero Alemán le había convencido para hacerlo. Y ahora se retiraba haciendo mutis por el foro... ¿Cómo se lo tomaría? Pues bien, ¡qué demonios! Era cartero. Un chollo. Además, Roberto hablaría en su favor para que su general pudiera favorecerle a la mínima de cambio. Se lo merecía. No podría volver a ser policía, pero seguro que habría alguna forma de aprovechar su talento.

Roberto y Pacita salieron del cine y casi era de noche, las cinco y media. Invierno en Madrid. El aire traía un cierto aroma de tristeza, como suele ocurrir en las tardes de domingo. Pese a ello ninguno de los dos tenía demasiada prisa por volver así que dieron un paseo por el Retiro. Caminaron cogidos de la mano, como dos enamorados, como si fuera lo más natural del mundo, y tomaron asiento en un banco aislado bajo un enorme árbol en un camino apartado desde el que se veía el estanque. Hacía frío.

Alemán pensó en cómo aullaría el viento en aquel mismo momento allí arriba, en Cuelgamuros. Pacita se apretó contra él. No había duda de que no era una mojigata. Además, no se molestaba en disimular su interés por Roberto y aquello, decididamente, a él le gustaba.

—¿En qué piensas? —preguntó mirando a Alemán con malicia en los ojos.

—En que me gustas, Paz —se escuchó decir a sí mismo. Parecía un idiota.

Entonces ella le besó y él le devolvió el beso. Un beso profundo y cálido. Sintió cómo ella se estremecía y continuó haciéndolo. Percibió algo difícil de explicar, ¿acaso era eso lo que estaba buscando? Se sintió excitado de verdad. ¿Cuánto tiempo hacía que no pensaba siquiera en mujeres? Su mano izquierda se dirigió hacia uno de sus pechos de forma instintiva, natural. Lo apretó mientras le mordisqueaba el labio inferior. Pacita jadeaba. Entonces, violentamente, ella le dio un empujón y se levantó de golpe.

Roberto quedó paralizado. ¿Qué había hecho? No podía tratar a la hija del general Enríquez como a una fresca. ¿Qué pensaría él si se enterara de aquello? Paz, que había provocado aquello intencionadamente, pensó que los hombres eran tontos, tontos de remate. Cuando una mujer cae en sus brazos suelen creer que la han conquistado, que han conseguido seducirla con sus artes donjuanescas. ¡Ingenuos! Paz sabía, desde siempre, que cuando un hombre inicia algo con una mujer, sea duradero, serio o una simple aventura, es porque ella ha querido. Ella los ha elegido y ha decidido de antemano cómo, cuándo y dónde deberían ocurrir las cosas. Fue quizá por eso que Roberto se sintió muy azorado y culpable cuando ella se lo quitó de encima en el Retiro. Se había propasado, sí. Pero ella no había actuado así —como pensaba él— porque un hombre maduro, experto, le hubiera ofendido con su comportamiento, no. Y no es que ella fuera experta en aquellas artes ni mucho menos. Era la primera vez que la besaban. No. Puso fin a aquello porque sintió, por un momento, que se perdía. ¿Cómo iba una chica decente, la hija de un general para más señas, a comportarse así en un parque público? Había sentido miedo de sí misma. Y supo que quería estar con Roberto cuanto antes. Lo había urdido todo pacientemente: convencer a sus padres, ir a visitarlo a las obras del Valle de los Caídos, hacer ver a su padre la conveniencia de que el pobre Roberto pasara a la reserva… Al parecer, él solito había metido la pata y se había colocado en una situación harto difícil. El ejército ya no lo necesitaba y se lo entregaba confuso y manso como un corderito.

Por eso, aunque ella misma había propuesto ir al Retiro y tomar asiento en aquel lugar apartado, para que se comportara como un hombre con una mujer, sintió que la cosa se le iba de las manos. Roberto Alemán le gustaba más, mucho más de lo que había pensado nunca. Paz, pese a sus circunstancias —hija de militar y miembro destacado del Régimen— era de mentalidad avanzada, pero allí, solos, sintió que iba a la perdición, al escándalo. Cuando la chica se levantó, él se puso en pie, algo agachado, para disculparse pues era bastante más alto que ella. Su flequillo negro, despeinado, caía sobre su frente y pedía disculpas jurando que la respetaba y que aquello no volvería a ocurrir. ¡Paz pensó que estaba para comérselo…! Le dijo, demasiado a la carrera, entre tartamudeos y toses nerviosas que sus intenciones eran honestas y que quería ¡casarse con ella!

—Es la declaración de amor más rara que he visto en mi vida —dijo ella haciéndose la dura.

—Sí, tienes razón, todo lo estropeo.

Se le escapaba… Cuidado.

—No, no, he dicho rara. No he dicho que me desagradara, Roberto. No te he empujado así por ti sino por mí. Temía no poder controlarme.

Él la miró muy sorprendido.

—Eso… ¿es un sí?

—Claro, tonto —contestó ella.

Entonces la tomó en sus brazos, ahora de pie, y volvieron a besarse apasionadamente. Cuando ella sintió que se iba a desmayar el muy idiota la soltó.

Era tarde. Decidieron volver dando un paseo. Cogidos de la mano como dos tórtolos. Él le pidió permiso para hablar con su padre y Paz repuso que sí, que cuanto antes. Roberto dijo que lo haría al día siguiente, pues tenía que subir a Cuelgamuros a despedirse, a recoger sus cosas y a dejar libre a su fiel ordenanza, al que Enríquez ya había buscado acomodo en las oficinas de la ICCP.

Robertó habló mucho durante el camino, con entusiasmo, parecía otro. Le confesó las cosas que comenzaba a sentir, «como si hubiera vuelto a vivir». Al igual que le ocurría a un preso, Tornell, que le ayudaba en la investigación y con el que empezaba a hacer amistad. Al parecer había sido oficial de la República y brilló como policía antes de la guerra. Le habló tanto de él que llegó a sentir celos. Aquel hombre, como él, había padecido mucho, mucho. Alemán relató a la chica algunas de las cosas que le había contado sobre los campos de concentración y ella sintió que su mundo se hundía. ¿Acaso no les decían que el Movimiento trataba con equidad a los descarriados? ¿No eran ellos los buenos? ¿Qué falta de piedad era aquélla? Cuando se despedían en la puerta de casa ella se atrevió a preguntarle:

—Hay una sola cosa que quiero saber, Roberto.

—Dime —repuso él poniéndose muy serio.

El coche le esperaba con el motor en marcha mientras el chófer miraba a unas criadas que parloteaban en la acera de en frente.

—¿Qué es eso de «tu crisis»?

Él sonrió con amargura.

—¿Tu padre no te ha contado?

—No, nunca quiso hacerlo.

Suspiró como si se le hiciera difícil hablar de ello.

—Tú sabes que cuando acabó la guerra me fui voluntario a cazar maquis por la sierra, a León. Luego, a la División Azul.

—Sí, claro, lo sé.

—Para mí la guerra no había terminado. Estaba todo aquí dentro, Paz —dijo señalándose la cabeza— y por eso iba a los destinos más arriesgados, las más difíciles misiones. Ahora sé que lo que buscaba era hacerme matar. En Rusia caí herido y me repatriaron. Se rumoreaba que la División Azul iba a volver a casa, que a Franco no le convenía seguir tan alineado con el Eje. Ahí supe que todo había acabado para mí. Habíamos ganado la guerra, ya no luchábamos en ningún sitio y no podría seguir enfrentándome con aquellos rojos a los que tanto odiaba.

—¿Odiabas?

—Odiaba, sí.

—Eso es bueno, Roberto.

—Espero que lo sea. El caso es que en aquel momento me sentí vacío, comprendí que lo que había estado haciendo no era sino buscar la muerte, quizá porque me sentía culpable por haber sobrevivido, mientras que ellos… mi familia… no. Y encima, a cada intento, ganaba una medalla.

—¿Cuántas tienes?

—No sé, la verdad es que llegó un momento en que perdí la cuenta. Comprendí lo que me sucedía. No podía soportarlo. Vivir era para mí un castigo… toda mi familia había muerto, dos hermanos idealistas, uno de cada bando, mis padres, mi hermana… todos eran mejores que yo… yo era un tipo alocado, feliz y que no merecía ser el elegido, el superviviente. Por eso arriesgaba mi vida, me sentía culpable de seguir vivo. Entonces sufrí «mi crisis». Recuerdo las cosas como en un sueño, como el día en que escapé de la checa de Fomento, aquel día en que comencé una vida horrible y triste. Sé que me metí en la bañera, llena de agua caliente y me corté las venas. Mira. —Entonces le enseñó las cicatrices que tan bien ocultaban los puños del abrigo y la guerrera.

—Jesús, María y José… —dijo ella santiguándose.

—Mi ordenanza me encontró a tiempo. Le debo la vida. Me llevaron a una casa de reposo donde estuve en tratamiento… ¿por qué me miras así?

Silencio.

—Si rompes el compromiso lo entenderé —dijo él mirando al suelo.

—Júrame que nunca vas a volver a hacer eso.

—Lo juro.

Volvieron a besarse y un cura que pasaba les recriminó mientras que Roberto le gritaba:

—¡Usted a sus rosarios, padre!

No pudieron evitar reírse de aquello.

—Pensaba que después de contarte esto perderías el interés.

—Tengo más que antes —contestó ella muy resuelta—. Desde los quince años. Cuando venías a casa acompañando a mi padre. Ahí decidí que eras mío.

Sonrió.

—Hace días llegué a una conclusión allí arriba, en Cuelgamuros. Sé cómo arreglar esta cabeza mía.

—¿Cómo?

—Aprendiendo cómo funciona. He decidido retomar mis estudios y estudiar Psiquiatría. Podré ayudar a mucha gente, Pacita.

La besó de nuevo.

—Es una gran idea, Roberto. Llévala a cabo. Te ayudaré, lo prometo —dijo ella—. Pero ahora es tarde, mañana hablaremos con más calma.

Y lo dejó allí, mirándola marchar como un tonto mientras ella sentía que iba a estallarle el corazón de alegría.

Higinio

Aquella noche Alemán no pudo dormir: se sentía feliz ante el cariz que habían tomado los acontecimientos e incluso no le desagradaba la posibilidad de licenciarse de aquella manera, con la paga íntegra. Podía casarse e incluso dedicarse a estudiar. Psiquiatría. Podría ayudarse a sí mismo y a los demás. Aquél era un país lleno de gente traumatizada por la guerra, como él, como Tornell, como tantos. Tenía una vida por delante, algo que hacer. Pacita parecía estar loca por él y su general y su esposa le querían como a un hijo. ¿Qué más se podía pedir? Sólo había dos cosas que bullían en su mente y que no le daban tregua: una, el orgullo; no había podido averiguar quién robaba las provisiones y lo peor, ¿quién había asesinado a Abenza? No quería dejar ambos trabajos sin concluir pero las circunstancias mandaban. Había cometido el error de quedar como un loco ante el director y estaba fuera de ambos casos. La segunda duda que le acosaba estaba referida a Tornell. Él lo había metido en aquel negocio pese a que el preso no quería saber nada del asunto. Alemán le había hecho volver a sentirse policía, le había pedido ayuda y ahora, se veía obligado a alejarse de allí. ¿Cómo se lo tomaría? Decidió acudir a verle nada más levantarse. Le ayudaría, intentaría echarle una mano, un mejor destino, quizá en la oficina de la ICCP y a ser posible, en cuanto hubiera ocasión, el indulto. Le ayudaría, sí. El sueño le venció, al fin, a eso de las seis. Por ese motivo despertó algo más tarde de lo normal. Se vistió a toda prisa y llegó tarde para poder hablar con Tornell. Lo alcanzó a las ocho y media, cuando el cartero salía ya camino del pueblo a por el correo.

—Tengo que hablar contigo —le dijo sin saludar siquiera.

—Ahora no puedo, voy tarde.

—Me relevan, el director ha enviado un informe sobre mí y...

—No me sorprende —dijo el preso.

—No, no, espera, tenemos que hablar.

—A eso de las once y media estaré de vuelta. Luego me cuentas.

—De acuerdo, te espero y luego hablamos. Tengo que despedirme de esa rata del director.

Entonces, el policía se paró y le dijo:

—¿Sabes?, esta mañana, el crío al que ayudaste, Raúl, al que cruzó la cara ese falangista, me ha dicho una cosa rara. «Quiero hablar con usted», me ha comentado cuando me lo he cruzado camino del tajo. «Es importante», me ha gritado cuando se alejaba junto a su padre y los otros presos. ¿Será algo relacionado con el caso?

—Han cerrado el caso, Tornell, de un plumazo. Por mi culpa. La muerte de un preso no importa a nadie, tenías razón.

—Ya.

Parecía decepcionado.

—No te preocupes, ahora hablamos, cuando vuelvas. Ve, ve —repuso Alemán sintiéndose culpable.

¿Quién le mandaba meterse en aquellos líos? Se sentó en unas rocas a fumar un cigarrillo y lo vio alejarse. Se sintió impotente y maldijo por lo bajo. Quería ayudar a aquel hombre. Mejor dicho, tenía que ayudarle; pero no sabía si podría hacerlo. Al menos le quedaba el consuelo de haberle conseguido el puesto de cartero. Aquello era mejor que picar piedra, sin duda. De hecho, Tornell había mejorado, se le veía más repuesto y comenzaba a ser otro. Quiso consolarse pensando que en parte era por él. Era curioso, pero cuando estaba con Juan Antonio se sentía cómodo, como si fuera un amigo de toda la vida, algo raro en un tarado poco sociable como Alemán. Así funcionaban las cosas en aquellos días locos y extraños. Todo un misterio. Pensaba y pensaba sin explicarse por qué de pronto sentimos una gran simpatía hacia alguien a quien acabamos de conocer, mientras que apenas establecemos lazos con otras personas que conocemos de toda la vida. ¿Por qué dos personas se hacen, en un momento, amigos? ¿Por qué surgen ciertas corrientes afectivas entre individuos que apenas se acaban de conocer? Quizá a Tornell no le ocurría lo mismo, claro, pues reparó en que él no era más que un carcelero pero se sentía obligado a ayudarle. Se lo merecía. Se conjuró para convencer a su futuro suegro para que lo sacara de allí a trabajar en la ICCP. Él podía hacerlo. Sí. Aquello le tranquilizó un tanto.

Pasó la mañana despidiéndose del director, que parecía burlarse de él con su sonrisa de hiena mientras fingía amabilidad. También dijo adiós al señor Licerán, al médico y a los demás. Hizo el equipaje con su ordenanza. A Venancio no le hizo gracia la idea de que su jefe dejara el ejército, pero Alemán le aseguró que seguirían viéndose a menudo y que el general Enríquez se encargaría de él. Cuando quiso darse cuenta eran casi las once y media. Bajó a paso vivo a la cantina y una vez allí preguntó a Solomando:

—¿Ha vuelto Tornell?

El tipo estaba gordo hasta decir basta.

—Sí, ha subido al barracón a coger no sé qué, se ha dejado aquí la cartera con el correo, ahora vuelve —contestó.

Alemán decidió acudir a buscarle pues tenía prisa y los malos tragos cuanto antes se pasen, mejor. Al llegar vio a un preso tumbado que se levantó intentando cuadrarse pese a que llevaba un aparatoso vendaje en la pierna.

—Estoy aquí porque me he accidentado —dijo para justificarse.

Era obvio que el uniforme de Alemán le daba miedo. Roberto se alegró de que aquello fuera a acabar. El ejército iba a ser para él cosa del pasado.

—Túmbate y descansa, ¡joder! Estás herido.

—Sí, sí, perdone.

—¿Ha estado aquí Tornell?

—Sí, le he dado un recado: Higinio quería verle en su barracón. Me ha dicho que era urgente, así que, en cuanto se lo he dicho, ha salido para allá rápidamente.

Alemán pensó que si Higinio había pedido una entrevista a Tornell, era porque quería cantar, así que salió hacia allá a toda prisa. Le invadía la curiosidad. Al fin sabrían el motivo por el que había falseado el recuento. ¿Hallarían al culpable? Cuando llegó al barracón, nada más entrar, sintió un viejo olor que conocía demasiado bien: un aroma dulzón, el de la sangre. Entró con precaución y vio a Tornell tumbado sobre el piso junto a un enorme charco de sangre. Estaba al lado de un camastro en el que yacía Higinio con una aparatosa herida que le cruzaba el gaznate de parte a parte. Estaba muerto. Un fragmento de lengua, y una masa informe de ligamentos y venas asomaban por la aparatosa herida. Pese a que su instinto se lo sugería, cometió el error de acercarse primero a socorrer a Tornell, temía por su vida. Al instante supo que el asesino estaba tras él, lo presintió, debía haberle escuchado llegar. Un golpe brutal en la cabeza le hizo tambalearse. Le había sorprendido por la espalda. Maldición. Todo se puso negro.

3.ª ÉPOCA

Diciembre de 1943

El hospital

Don Ángel Lausín volvía de hacer una cura junto a la cripta a un obrero que se había enganchado un pulgar con un clavo cuando se vio abordado por un guardia civil que, a la carrera, le espetó:

—¡Venga, venga, don Ángel! ¡Ha habido una desgracia!

El médico le siguió inmediatamente a todo lo que daban sus piernas, no en vano había comenzado a nevar y el piso estaba resbaladizo. Por el camino, aquel hombre le dijo que se habían producido disparos y le mencionó algo acerca de «varios heridos» que don Ángel no terminó de entender bien. Al fin llegaron a la puerta de uno de los barracones de San Román, donde varios presos y guardianes se agolpaban junto al cuerpo inerte del capitán Alemán. El médico se temió lo peor. De inmediato, y tras apartar de allí a todos los curiosos dejando espacio al herido, comprobó que tenía pulso. Estaba inconsciente y tenía la pistola en la mano. Ésta olía a pólvora.

—He venido corriendo alertado por los disparos —le dijo uno de los guardianes.

El herido tenía una fuerte conmoción, pero al menos respiraba.

—Un pañuelo —dijo el galeno a uno de los guardias—. Póngale nieve dentro y colóquenselo en la nuca. Tiene un fuerte hematoma. ¿Y los otros heridos?

—Por aquí, doctor —le indicó otro de los guardias civiles.

Dentro del barracón se encontró con dos presos que sujetaban la cabeza de Juan Antonio Tornell y presionaban con un trapo una herida situada en la zona temporal de la que manaba sangre en abundancia. El médico comprobó que también tenía pulso y dispuso que trajeran un camión para evacuar a los dos heridos al hospital con la mayor rapidez posible. Le hizo un vendaje compresivo al preso para asegurar que no se desangrara y deseó que saliera adelante.

El tercer hombre no necesitaba su ayuda. Era Higinio, un preso de confianza, el mandamás del Partido Comunista en el campo y yacía degollado brutalmente sobre su catre. ¿Qué había pasado allí? Al momento llegó el director. Parecía consternado. Subieron a los dos heridos al camión y fueron evacuados. El amo de aquella prisión, don Adolfo, un tipo demasiado religioso para el gusto de don Ángel y que vivía dominado por su desagradable esposa, se empeñó en que permaneciera allí hasta que llegara el juez. Parecía obstinarse en sacar sus propias conclusiones: según él, Tornell había matado a Higinio y al verse sorprendido por el capitán Alemán se había abalanzado sobre el brillante oficial, que se había defendido con valor reventándole la cabeza. Su teoría hacía aguas por todas partes, pues a aquellas alturas era evidente que Alemán había hecho fuego al aire con su arma reglamentaria y Tornell había recibido un buen golpe pero no quiso contradecir al rector del campo pues era un tipo ruin y vengativo.

El repentino ingreso de dos varones en estado inconsciente, un capitán del Ejército y un preso del destacamento del Valle de los Caídos, causó cierta consternación en el servicio de urgencias del hospital de San Juan de Dios. El capitán fue atendido de inmediato y tras la aplicación de éter recuperó el conocimiento en un gran estado de nerviosismo preguntando: «¿Dónde está Tornell?, ¿dónde está Tornell?». No decía otra cosa y repetía una y otra vez aquella frase en un claro desvarío, por lo que el médico al cargo decidió que se le inyectara pentotal a efecto de sedación. La exploración radiológica que se le realizó demostró que no existía fractura alguna, sólo un gran hematoma que afectaba a la zona cervical, por lo que se decidió administrarle analgésicos por vía intravenosa y hielo para reducir la inflamación. Debía permanecer en observación por si acaso. En apenas dos horas el paciente recuperó la conciencia y tras preguntar por el preso se tranquilizó al saber que éste estaba vivo. Las enfermeras no quisieron hacerle saber que Tornell estaba bastante grave pues presentaba una herida en la zona parietal con abundante pérdida de sangre. No había fractura ósea pero sí sufría importante traumatismo craneoencefálico que le hacía permanecer inconsciente. Era necesario esperar unas horas para vigilar la evolución del herido pues los médicos no sabían si había sufrido algún tipo de lesión interna más grave. No descartaban la posible existencia de coágulos en el interior del cráneo. La fuerza pública se presentó en la habitación del preso para que quedara vigilado pues parecía ser responsable del asesinato de otro preso y de la agresión al capitán.

Cuando Roberto Alemán despertó seguía preguntando constantemente por Tornell. El hecho de que llamara al preso «mi amigo» provocó ciertas suspicacias entre el personal médico y los guardias civiles que pululaban por allí. Enseguida consiguieron calmarle entre todos, aunque no le dijeron toda la verdad y aquella primera noche pudo incluso tomar un caldito que le sentó bastante bien. En todo momento estuvo acompañado por Pacita, por su general y la esposa de éste, que se tranquilizaron al ver que la vida del capitán no corría peligro. Aquella noche, sorprendentemente, el herido durmió bien. Más tarde, Alemán sospechó que lo habían sedado a fondo. Cuando despertó al día siguiente, tras el desayuno, tuvo una visita inesperada. La policía fue a tomarle declaración. Eran dos tipos que vestían gabardinas grises, como en las películas americanas. Afortunadamente su general apareció por allí de inmediato e insistió en estar presente. El policía que llevaba la voz cantante era un inspector de apellido Rodero; muy serio y con un bigotillo que le daba un aire algo siniestro. Sus ojos eran muy negros, brillantes y huidizos.

—Bien —dijo abriendo el bloc de notas—. Será usted tan amable de contarme cómo le atacó aquel cabestro que yace en la habitación de al lado.

—Tornell no me atacó.

—¿Cómo?

244

—Que él no fue, hay un asesino suelto por el campo.

Notó al instante que los policías se miraban entre sí como riéndose y pudo percibir que aquello no gustaba a su general.

—Miren —dijo él intentando demostrar que regía y que no estaba afectado por la conmoción—. Tenía que hablar con Tornell antes de irme. Dejo el ejército y quería comunicárselo. Él es el cartero del campo, así que esperé a que volviera del pueblo. Hemos estado haciendo averiguaciones conjuntamente con respecto a la fuga de un penado que acabó en muerte. Nosotros sospechamos que alguien lo mató.

—Lo sabemos, hemos leído el informe del director del campo.

—Vaya, sí que saben ustedes cosas…

—La policía no es tonta —dijo Rodero sonriendo—. Siga.

—Llegué a su pabellón, me dijeron que no estaba allí y un preso me contó que el tal Higinio le había mandado llamar.

—¿Higinio?

—Sí, un preso de confianza que hacía el recuento. Sospechábamos que había falsificado sus notas el día en que ese preso, Abenza, se fugó. Según decía Tornell, el rígor mortis demostraba que se había fugado por la noche, no después de las seis de la mañana…

—Un momento, ¿ha dicho Tornell? —preguntó Rodero.

—Sí, Tornell, era policía.

—¿Juan Antonio Tornell?

—Sí, ése.

Rodero se levantó el sombrero y se rascó la frente; era calvo como una bola de billar.

—Lo recuerdo de antes de la guerra. Ejercía en Barcelona. Era bueno.

Alemán miró a su general arqueando las cejas, como mostrando que tenía razón desde el principio.

—Siga contando, ¿qué pasó?

—Llegué al barracón y vi a Tornell tirado sobre un charco de sangre. Junto a él, Higinio yacía degollado. Sentí una presencia detrás de mí. Me golpearon. Debí de perder el conocimiento, pero por muy poco tiempo porque enseguida abrí los ojos e intenté levantarme. El agresor debió de asustarse pues escuché pasos a la carrera. Entendí, medio mareado como estaba, que mi atacante escapaba. Salí al exterior con el arma en la mano, todo me daba vueltas y disparé al aire. Entonces volví a desmayarme.

—Ha tenido usted suerte.

—Supongo que sí. Tornell se llevó la peor parte.

—No se torture, de no haber llegado usted a tiempo quizá ese tipo le hubiera degollado. Hemos estado en El Escorial e hizo un buen trabajo. Zurdo. Un tajo limpio. Ése no es novato.

—Tornell dijo que el tipo que mató a Abenza era zurdo. Lo hizo con una piedra.

Notó que Rodero tomaba nota, muy interesado. El general Enríquez tomó la palabra:

—Entonces… ¿piensan ustedes que hay caso?

—Hombre, pues claro —dijo el compañero de Rodero.

Alemán sonrió.

—¿Quién está investigando el asunto ahora? —se atrevió a preguntar el herido.

—Lo lleva el director del campo, no es jurisdicción nuestra pero tenemos que hacer atestados de cualquier ingreso por heridas de bala, arma blanca o posible agresión en los hospitales de Madrid. Muchas gracias, remitiremos su declaración a la ICCP.

—Ahí la tienen ustedes —dijo señalando al general Enríquez.

—Mañana tendrá usted el informe, mi general.

—Muchas gracias. Hablaré con su comisario. Han sido ustedes muy amables.

—Podrían quitarle la vigilancia a Tornell, ¿no? —sugirió Alemán.

—Sí, supongo que sí, pero no deja de ser un preso, podría escapar.

Roberto se dio cuenta entonces de que había dicho una tontería. El general salió a despedir a los policías al pasillo. Entonces, Alemán reparó en el daño que el director podía estar haciendo a la investigación del caso.

Cuando Enríquez entró de nuevo le dijo:

—Mi general, quiero ver a Tornell.

—Descansa, hijo.

—Quiero verle.

El bueno de Paco Enríquez cedió y le ayudó a levantarse. Fueron juntos hasta la habitación contigua. Una monja velaba al ex policía, que parecía más flaco que nunca. Llevaba la cabeza vendada y respiraba con dificultad.

—¿Se pondrá bien? —preguntó Roberto.

—Sólo Dios lo sabe —dijo la monja alarmándole más aún.

Le impresionó verlo así. Un tipo que había sobrevivido al

247

infierno y que ahora se hallaba a un paso de la muerte por su culpa. Tenía que hacer algo.

—Vamos fuera —dijo Enríquez.

—Paseemos por el pasillo. Quiero estirar las piernas —sugirió Roberto.

Comenzaron a caminar el uno al lado del otro. Resultaba ridículo ver a un tipo tan grande como Alemán apoyado en su general, tan enérgico y tan menudo a la vez. Poco a poco, el más joven sintió que se le pasaba el mareo.

—Suegro, quiero volver al Valle —dijo—. Tengo que cazar a ese hijo de puta.

Con el paso de los años, Roberto acabó por darse cuenta de que nunca pidió la mano de Pacita. Había quedado con ella en hacerlo el lunes pero no había podido porque estaba empeñado en conseguir que un psicópata le abriera la cabeza. Aquello fue lo más parecido a una pedida de mano que Francisco Enríquez escuchó nunca de su protegido.

—Déjalo estar, hijo.

—Tornell y yo teníamos razón. Hay un asesino en el campo.

—Puede ser, puede ser…

—Se lo debo.

—¡Es un preso, Roberto!

—Yo lo metí en esto.

Hubo un tenso silencio. Habían llegado al final del pasillo y dieron la vuelta para continuar caminando en la otra dirección.

—¿Se va a curar? —preguntó Alemán.

—Sabes que los médicos no tienen ni idea de cómo funciona el cerebro. Hay tipos que se abren la cabeza y ahí están, tan campantes; otros se dan un golpecito con un bordillo y se mueren. No parecen optimistas. Y ya sabes que no suelen pillarse los dedos.

—Quiero volver. Ese mierda del director me las va a pagar.

Enríquez se paró.

—Quince días.

—¿Cómo?

—Que tienes quince días.

—Un mes.

El general se lo pensó.

—¿Un mes?

—Sí, lo prometo.

—¿Y luego te licencias?

—Un mes y seré de Pacita y sólo de Pacita.

—¿Cuándo quieres empezar?

—Mañana por la mañana.

—Deberías guardar reposo.

—El director lo habrá estropeado todo. Cuanto antes llegue allí, mejor, más pruebas podré recuperar.

Enríquez se paró y miró a Roberto fijamente.

—Sea, pero no le toques las pelotas a nadie importante.

—Hecho.

—Y me mantendrás informado de todo.

—Lo juro.

—Mañana por la mañana mi secretario te entregará un nombramiento plenipotenciario.

El camarada Perales

Cuando el director de la prisión vio el documento que nombraba investigador plenipotenciario a Roberto Alemán, tuvo que hacer un gran esfuerzo para poder controlarse. Era un duro golpe para un tipo como aquél:

—A sus órdenes —dijo—. Aquí sólo queremos que se sepa la verdad.

—En eso estamos de acuerdo —repuso Roberto que portaba un documento que le situaba, mientras durara la investigación, por encima del tipo que tenía delante.

Como era evidente que no se profesaban ningún afecto, cada uno siguió su camino. El director hacia su despacho y Alemán hacia su pequeña casita en la que aún debía de esperarle su ordenanza. Cuando iba de camino, se cruzó con Venancio que bajaba con su petate liado pues le habían ordenado presentarse de inmediato a las órdenes del general Enríquez. No parecía contento con aquello pero un soldado nunca desobedece una orden y Alemán se licenciaría en breve, así que no iba a ser necesario en Cuelgamuros. Roberto le dio un gran abrazo pese a que aquello no era, ni mucho menos, una despedida. En cuanto se licenciara iba a casarse con Pacita y él y el bueno de Venancio seguirían viéndose a menudo. No podía olvidar que aquel tipo recio de Puente Tocinos no sólo le había salvado la vida durante «su crisis», sino que había cuidado de él como una madre en todos los frentes en que habían luchado. Le dijo que la chimenea estaba encendida y la casa perfectamente lista para que volviera a habitarla. No se había enfriado en aquellos dos días escasos en que el capitán se había ausentado porque él había seguido encargándose de la vivienda. Sin poder quitarse a Tornell de la cabeza, Alemán se encaminó hacia su residencia. Juan Antonio estaba grave. ¿Cómo iba a localizar a su mujer? Lo único que sabía era que vivía en Barcelona. Nada más. Quizá Berruezo o alguno de sus compañeros de barracón podrían indicarle sus señas. ¿Qué ocurriría si la pobre mujer se presentaba allí un domingo de aquéllos y comprobaba que su marido estaba al borde de la muerte en un hospital? Tomó buena nota de ello para ordenar que le avisaran en cuanto apareciera. Fue entonces cuando llegó a la casita y se quedó de piedra. En el breve lapso de tiempo transcurrido entre que Venancio dejara la pequeña vivienda y su llegada había ocurrido algo: había una nota en la puerta, clavada con una chincheta. Rezaba: para el capitán Alemán. Estaba escrita con mala letra, como la de los que han abandonado el analfabetismo de muy mayores y escriben como niños.

La leyó impaciente.

El asesino de Higinio es el camarada Antonio Perales, responsable de la CNT en el campo.

Un amigo

Salió corriendo hacia el despacho del director y dispuso de inmediato que avisaran al tal Perales. Lo trajeron dos guardias civiles sin que supiera por qué había sido detenido. A Alemán le pareció un tipo de mirada despierta, algo aviesa, de rasgos fuertes y no demasiado mal nutrido pese a las circunstancias. Los civiles les dejaron a solas: al preso, al director y a Alemán. Este último le lanzó la nota.

—¿Qué tienes que decir?

Él la miró como el que mira la luna y repuso:

—No sé, soy analfabeto.

El director y Alemán se miraron.

—A otro perro con ese hueso, pero te facilitaré las cosas —apuntó Alemán—. Dice que tú mataste a Higinio y que eres el jefe de la CNT aquí.

El hombre se puso pálido. Por un momento pareció incluso que fuera a desmayarse. A Roberto le hubiera gustado tener a Tornell allí para que pudiera indicarle si el tipo era o no culpable. Al menos se hacía evidente que aquel preso estaba nervioso, muy nervioso.

—Te han hecho una pregunta, piltrafa, ¡contesta! —exclamó el director de muy malos modos.

Perales se pasó la mano por la frente y suspiró. Titubeando acertó a decir:

—¿Podrían… darme un vaso de agua?

El director se levantó de su mesa y se acercó a él. Roberto Alemán permanecía expectante mirando desde el sillón de invitados de don Adolfo. Una vez situado a la altura del preso, aquella comadreja del director le propinó tal bofetón que éste retrocedió más de dos pasos por el impacto.

252

—Eso para que sepas a qué estás jugando —dijo el director—. Esas confianzas...

Entonces levantó el teléfono.

—Con el cuartelillo —dijo a la telefonista.

—¡No, no! ¡Me queda un mes de pena, por Dios!

Otra hostia. Alemán estuvo a punto de levantarse e intervenir pero algo le impulsó a no meterse.

—A Dios ni lo mientes, rojo —dijo el director que volvió a su llamada indicando que subiera el sargento para hacerse cargo de un preso y que avisaran al capitán al pueblo para que fuera a Cuelgamuros pues «se había cazado al asesino».

Mientras don Adolfo hablaba, Roberto leyó el pánico en el rostro del preso que negaba con la cabeza sujetándose la misma con ambas manos. Cuando el director colgó, Alemán aprovechó para intervenir.

—Un momento. Quiero hablar con el preso a solas.

—¿Está usted loco? Este desgraciado es un asesino...

—Hay dos guardias civiles junto a la puerta. Hágame usted el favor de dejarnos. Comprendo que éste es su despacho pero tengo que hablar con él.

El director le miró con extrañeza pero Alemán agitó en su mano el papel que le había expedido su futuro suegro. Salió como una fiera del despacho. Entonces, Roberto hizo algo que había visto en las películas americanas de detectives. Pensó que Tornell, de encontrarse allí, lo habría aprobado. Era aquello de... «policía bueno, policía malo». No se había inmiscuido durante la actuación del director a propósito porque aquello le colocaba en inmejorable posición para ganarse la confianza de aquel desgraciado. Curiosamente, en ningún momento su mente lo había visto como un asesino. Con parsimonia, lentamente, colocó una silla frente al sillón y, muy serio, lo más que pudo, le dijo con voz queda:

—Tome asiento, por favor.

Entonces se encaminó hacia la mesa de don Adolfo y tomando una jarra llenó un vaso de agua. Se lo dio.

—Beba —ordenó sin dejar lugar a dudas.

Perales lo hizo con ansia. Olía a pavor. Alemán lo había visto ya, mejor dicho, percibido. En hombres que instantes antes de ver venir la muerte sudaban el miedo. Luego vomitaban o perdían el control de los esfínteres. No era algo nuevo para él. Se sentó frente a él intentando parecer cercano pero poderoso a la vez. Estaba en manos de sus captores. Alemán se aseguró de que sus rodillas casi se tocaran.

—Ya has visto lo que hay, Perales. En cuanto salgas de aquí con el sargento esto es lo mejor que vas a experimentar. Te esperan un rosario de hostias, palizas y torturas hasta que cantes. Es obvio que tienes algo que contarme.

—Yo… No sé de dónde viene todo esto, bueno yo… sí, claro.

—Cuenta, cuenta.

Se pasó la mano por el cráneo. Parecía un hombre desesperado.

—¡Sí, ya sé! —exclamó—. Han sido los comunistas, ese maldito Higinio.

—Higinio era comunista…

Asintió.

—¿Y?

—Esto no me conviene.

Alemán hizo una nueva pausa intentando pensar mientras observaba su rostro lo mejor que podía.

—Mira, Perales, puedes contármelo a mí, aquí y ahora, o bien esperar y que te lo saquen esos bestias en el destacamento de la Guardia Civil.

—¿Y qué? —repuso algo agresivo—. Además, usted no es mejor que ellos.

Roberto se levantó de inmediato. No podía perder el control de la situación.

—Sí —le dijo levantándose para abandonar la habitación—. Tienes razón, yo soy, he sido quizá mil veces más brutal que ellos. No me siento orgulloso de ello. Tampoco es que me arrepienta. No sé, actué impulsado por los acontecimientos. Si no hubieran matado a mi familia no estaría aquí, no te quepa duda. Luego perdí la cabeza, me movía el odio. Ahora intento reparar el mal que hice… como tantos otros. Quizá en estos días actuaría de otra manera, si tú quisieras, claro; pero… ¿quién sabe?

—Espere —dijo el preso cuando el oficial ya había llegado a la puerta y giraba el picaporte.

—¿Sí?

—Usted no lo entiende.

Alemán soltó la manija y volvió sobre sus propios pasos.

—No entiendo, ¿el qué?

—No puedo hablar, soy inocente, han intentado hacerme pagar, probablemente los comunistas… pero si hablo… será peor para mí.

—¿Peor que te fusilen por asesinato? Tú no conoces a mi gente. Mira, alguien ha matado a dos presos y atacado a un tercero y a un oficial. ¿Te das cuenta? Alguien ha atacado a un oficial, a mí, dentro de las instalaciones del campo. Aquí se va a liar una tremenda. Querrán solventar rápido la papeleta. Tienen un sospechoso, ¡tú! ¿Sabes cómo funciona esto? Se lleva al tipo al cuartelillo, se le ahostia, confiesa y asunto cerrado. ¡Y a otra cosa, mariposa! Estás de mierda hasta el cuello.

—Me quedaba muy poca condena…

—¿Y?

—Ese Higinio era el jefe de los comunistas.

—Cuéntame algo que no sepa. Te repites.

—Usted sabe que esos malditos hijos de Stalin nunca han podido vernos.

—¿A quiénes?

—… a los anarquistas…

—Y tú eres quien está al mando.

—En efecto.

Aquella confesión era motivo más que suficiente para que aquel tipo no volviera a ver la luz del sol. Eso con suerte. Alemán resopló.

—Estás en un buen lío.

—Ya se lo decía.

—E insinúas que eres inocente y que te han querido colgar el muerto.

—Lo afirmo.

—Ya. ¿Y cuál era el problema exactamente entre vosotros?

—Los comunistas han sido siempre gente muy organizada. El mismo Higinio era preso de confianza. Tienen un tío en la oficina que hace los recados. Supo que dos de los nuestros…

—¿Sí?

—No debo.

—¡Sigue, cojones! Te estoy intentando salvar la vida Perales. A no ser que, claro, seas de verdad el asesino.

—Sí, sí... Hay dos de los nuestros a los que les han reabierto una causa por unas monjas asesinadas en Logroño. En dos semanas o así los trasladan y de ésa ya no salen. Van al paredón. —Entonces se pasó el dedo pulgar por el cuello de forma muy explícita.

—Ya, ¿y?

—No puedo decir más.

Alemán se quedó mirándolo.

—Te quedaba poco.

—Sí.

—Si he entendido bien, dices que alguien escribió esa nota para inculparte en la muerte de Higinio por el asunto de esos dos camaradas tuyos de la CNT.

—Sí, así es.

—Pero ¿por qué? ¿Qué pasa con esos dos?

—No puedo hablar más.

—Y ese tipo, el comunista que os dio el soplo de que los iban a trasladar, ¿cómo se llama?

—No se lo puedo decir.

—Idiota, lo averiguaré con sólo ir a la oficina.

—Basilio. Un tipo singular.

—Iré a la oficina. A ver qué puedo hacer.

—Nada. Se lo digo de antemano. Estoy *sentenciao*.

Salió de allí con la certeza de que Perales tenía razón. No podía hablar. Asuntos entre presos, riñas entre facciones, las viejas rivalidades que hundieron a la República. No aprendían.

Le parecía curioso pero reparó en que en ningún momento se le había pasado por la cabeza que fuera el asesino, ¿por qué?

¿Instinto? No lo sabía.

Cuando llegó a la oficina se encontró con un tipo con pinta de sacristán que le preguntó por Tornell. Todo el mundo sabía en el campo que habían estado realizando pesquisas juntos. Le dio las malas noticias.

—Vaya. Él me metió en la cárcel, ¿sabe?

—Pues no parece usted alegrarse de lo ocurrido…

—No me entiende, mi capitán. Yo le admiro. Tornell puso fin a una vida de vicio, el juego, las mujeres, las deudas, las estafas… Gracias a él me convertí en un hombre nuevo. Pertenezco al Opus Dei. ¿Ha oído hablar de nosotros?

—Pues la verdad, muy poco.

Aquel pesado le soltó unos folletos. Hizo como que los leería luego.

—Tú eres…

—Cebrián, para servirle a usted y a España.

—Ya, sí. Bueno, quería verte por un asunto. Aquí os echa una mano un preso, un tal… Basilio.

—Sí, era comunista. Tiene una historia única. Un tipo con suerte. Debería dar gracias al Altísimo.

—Querría hablar con él.

—Sí, claro, espere cinco minutos. Está al llegar.

Alemán tomó asiento e hizo como que leía los folletos. Le parecieron aburridos hasta hartar. No se le iba de la cabeza la situación de Tornell. Él lo había metido en aquel lío y podía costarle la vida. Entonces entró un preso esmirriado, poca cosa.

—¿Basilio? —preguntó Alemán. Él se cuadró marcialmente—. Vamos fuera, quiero hablar contigo.

Salieron al exterior, era una mañana despejada y el sol fundía la nieve acumulando tal cantidad de barro que hacía intransitable aquel paraje.

—Tengo que charlar contigo sobre un asunto importante.

—Usted manda —dijo estrujando su raída gorra con las manos.

—Se trata de Perales.

Comprobó al instante que su cara comenzaba a ponerse pálida.

—Ha sido detenido —dijo el oficial.

—¡Ah! No lo sabía.

Le pareció obvio que el preso mentía. A aquellas alturas todo el mundo en el campo debía saber que Perales estaba en el calabozo.

—Está en un buen lío. No sé si sabes que han aparecido evidencias que lo relacionan con el asesinato de Higinio.

—¿Cómo?

—Como lo oyes. Hemos encontrado una nota en la que se afirma que Perales asesinó a Higinio.

—Pero ¿cómo iba Perales a hacer algo así?

—Por eso quiero hablar contigo. Tengo entendido que tú disponías de cierta información digamos… sensible.

—No entiendo lo que me dice.

—Sí, por tu trabajo en la oficina. Me dicen que proporcionaste cierta información… eres comunista.

—Yo le aseguro a usted… que yo no…

—No te esfuerces —dijo Alemán alzando la mano—. Sé de buena tinta que trabajas para los comunistas. Me dicen que proporcionaste una información que pudo enfrentar a Higinio con los anarquistas. ¿Es cierto?

—No puedo decirle…

—¿Quieres ir al cuartelillo como Perales?

—No, espere.

—Mira, Basilio, Perales está metido en un buen lío, Higinio está muerto y hay alguien que está asesinando presos. No me preguntes por qué pero no creo que Perales sea el asesino. Me inclino a pensar que colocaron esa nota en mi puerta para hacerme sospechar de él.

—Sí, creo que va usted encaminado.

—Si crees que estoy en lo cierto deberías ayudarme. ¿Qué es lo que contaste a los comunistas?

—No puedo decirle… si yo se lo contara quizá perdería mi puesto en la oficina. Podría incluso volver a prisión.

—No tienes opción, Basilio. Si no me lo cuentas te mando al cuartelillo, en cambio, si me lo dices, te aseguro que seré discreto. Tú eliges.

El preso quedó mirando hacia el suelo, jugueteando con la nieve con la punta de su alpargata.

—¿Me da usted su palabra de que no dirá nada?

—Cuenta con ello.

—¿Nadie sabrá que yo se lo he contado?

—Te he dicho que tienes mi palabra, joder. Soy un oficial del ejército español. ¿Qué más necesitas?

—Supongo que no puedo pedir mucho más. Usted gana.

Verá, mi puesto en la oficina me permite enterarme de ciertas cosas… eso me convierte en un hombre valioso. No le ocultaré que durante la guerra milité en el Partido Comunista. Cuando me entero de algo útil procuro decírselo, ya sabe usted, al Partido.

—¿Y?

—Supe que había un par de compañeros de la CNT que estaban en un apuro. Se les iba a reabrir una causa pendiente. Alguien había dado el chivatazo y les había identificado. Parece ser que los buscaban en Logroño en relación con la muerte y violación de unas monjas. Yo se lo conté a Higinio, como por otra parte debía hacer. Pero la situación de estos camaradas era difícil. Eran anarquistas. Así que lo comenté también con Perales, que era su jefe directo.

—Y a Higinio no le hizo gracia.

—En efecto, surgieron ciertas tensiones.

—¿E Higinio se enfadó con Perales en lugar de hacerlo contigo?

—Sí, así fue. En parte, claro.

—No lo veo claro.

—No sabe usted cómo son las cosas entre republicanos. Hay que respetar el escalafón y sobre todo tener claro a qué grupo pertenece uno.

—¿Y por eso se enfadaron, dices?

—Hubo cierto revuelo, sí. Éste es un mundo complejo, me refiero al campo. El equilibrio que lo mantiene es ciertamente delicado.

Alemán presintió que Basilio le ocultaba algo. No terminaba de ver claro por qué aquello había provocado un enfrentamiento entre comunistas y anarquistas. A fin de cuentas no había sacado nada en claro de su conversación con él. Los presos eran muy reservados porque asuntos como aquél podían depararles muchos problemas. Todos deseaban salir de allí cuanto antes. Estar en el Valle de los Caídos, aunque resulte difícil de creer, no dejaba de ser un privilegio; pese al duro trabajo y a las condiciones infrahumanas los presos sabían que acortarían sensiblemente sus penas permaneciendo allí.

Cualquier infracción contra el reglamento sería duramente castigada y reportaría la pérdida de privilegios o la vuelta a un campo de concentración, que era algo mucho peor. Si se descubría que los presos estaban organizados podía costarles caro. Roberto miró su reloj. Pretendía acercarse al hospital. Estaba preocupado por Tornell, así que decidió dar por terminada la entrevista.

—Puedes irte —dijo—. Volveremos a vernos.

Llamó rápidamente a su coche. Quería llegar cuanto antes.

La lluvia en Albatera

Roberto pasó el resto de la tarde en el hospital. Permanecía en vilo porque Tornell no parecía mejorar. Tampoco empeoraba. Se sentía fatal. ¿Qué pensaría su mujer de él? Porque él, Roberto Alemán, y sólo él, había llevado a Juan Antonio a aquella situación. Él le había hecho implicarse en la investigación y ahora yacía postrado a un paso de la muerte por su culpa. A pesar de lo que sentía por Pacita, de que comenzaba a mirar hacia el futuro, se hubiera cambiado por Tornell. De veras. Se sentía abrumado por la culpa. Todo lo estropeaba, todo. Incluso cuando pretendía ayudar a alguien. Lo suyo era matar gente. Sólo eso. Aproximadamente a las nueve de la noche salió a comer un bocadillo. No tenía hambre, la verdad, pero pensó que debía ayudarse a sí mismo para poder acometer aquella tarea que le ocupaba. Cuando volvió a la habitación de Tornell debían de ser las diez de la noche. Se sentó junto a su cama. Respiraba profundamente. Permaneció con los ojos abiertos, sin poder dormir, mirando al frente durante mucho tiempo. No supo cuánto estuvo así, pero al final le venció el sueño. Durmió de forma muy agitada, incómodo, revolviéndose en la incómoda butaca. Tuvo pesadillas. Puede que soñara algo sobre la guerra o quizá sobre la checa de Fomento. De pronto, a eso de las dos de la madrugada, un ruido le hizo despertar sobresaltado. ¿Era una voz? Sí, era una voz. Dio un salto en la silla.

—¿Estáis ahí?

Era Tornell. Había hablado.

Se acercó a él y le tomó la mano.

Tenía los ojos abiertos. A pesar del nerviosismo acertó a encender la luz de la pequeña lamparita. Comprobó que le miraba con sorpresa. Era obvio que no sabía dónde se encontraba.

—Murillo ha disparado, ¡ha disparado! —dijo el preso con mirada de loco, muy sobresaltado.

—¿Qué dices? —logró preguntar Alemán recomponiéndose un tanto.

Entonces, Tornell le miró como ido. El militar llegó a temer que el preso hubiera perdido la razón.

—Tornell. Soy yo, Alemán. Roberto Alemán, el capitán, del Valle de los Caídos, ¿me recuerdas?

El herido le miró de nuevo con los ojos muy abiertos, como un niño. Alemán sintió que un escalofrío le recorría la espalda. Aquel pobre hombre había perdido la cabeza por su culpa.

—Sí, claro, lo recuerdo. Alemán. ¿Cómo estás, amigo?

—¿Sabes quién soy? —dijo Roberto. Le pareció entender que le había llamado amigo.

—¡Claro! Eres Alemán.

—Sí, eso es, el capitán Alemán. ¿Estás bien?

264

—Te digo que sí, amigo.

¿Le había llamado amigo por segunda vez? Notó que se le ponía la piel de gallina.

—Te habían dado fuerte. Temíamos por tu vida.

—¿Cómo van nuestras pesquisas?

En ese preciso momento comprendió que Juan Antonio Tornell había vuelto a la vida. ¡Lo recordaba todo! Le tomó las manos. ¿Le había llamado amigo?

—Bien, amigo, bien. ¡Estás bien! ¡Estás bien! —exclamó Roberto emocionado.

Al momento sintió una sensación extraña, atávica, que le retrotraía a su niñez.

Notó una extraña sacudida. Parecía como si sus mejillas estuvieran mojadas. Hipaba. Levantó su mano derecha, y con cuidado, se tocó la cara.

Estaba llorando.

Tornell, algo desorientado, no entendía lo que estaba pasando. Le miraba con perplejidad, como esperando que le diera una explicación.

Roberto, por su parte, había perdido cualquier posibilidad de controlarse y no podía dejar de llorar. Por primera vez en muchos años sintió como que se rompía por dentro. Todo el dolor que había ido acumulando salía de golpe gracias a Tornell. Estaba vivo, parecía regir. Se sentía aliviado, mal y bien a la vez. Como si estuviera realizando una suerte de catarsis, mágica, que le hacía sacar todo lo que había llevado dentro. Intentó calmarse y, medio balbuceando por la emoción, pudo explicar a Tornell que el asesino les había atacado.

—Pero ¿por qué lloras?

—No es nada, no es nada —acertó a decir—. Sólo es que… pensábamos que te habías ido.

—¿Yo?

—Sí, aquel tipo te dio fuerte.

—Sí, lo recuerdo a medias, como entre sueños… fui a ver a Higinio. No recuerdo del todo bien, me duele la cabeza.

—Descansa, descansa. Tienes que ponerte bien. Poco a poco irás recordando, seguro.

Entonces tocó el timbre y llamó a la enfermera. Ésta avisó al médico, que se presentó al momento. Procedieron a examinar a Juan Antonio. Parecía encontrarse bastante bien. «¿Cuándo van a darme algo de comer?», preguntaba sin cesar. El médico dijo que aquello era buena señal. Así que cuando terminaron el reconocimiento, le llevaron una taza de caldo que sentó muy bien al convaleciente.

—Te han recomendado que descanses. Vamos a dormir un rato —dijo Roberto.

Apagó la luz y Tornell se recostó. Alemán se sentó junto a él, en la butaca.

—¿Sabes? Cuando desperté hace un rato… —dijo de repente el preso— creí que estaba en otro lugar, en Albatera. Era horrible, todo parecía ocurrir de nuevo…

—¿El qué?

—… sí, cuando estaba allí… presencié algo terrible. Era verano, hacía un calor horrible. De pronto, una tarde, el cielo se cubrió. La sensación de ahogo era insoportable, la humedad, el bochorno… dormíamos arracimados al aire libre.

»Recuerdo aquella noche de forma nítida. Comenzó a llover. Nos mojábamos, estábamos empapados. De repente, un oficial, Murillo, salió de su casamata y… se dirigió hacia una ametralladora. Se sentó delante de ella, con calma, y la dirigió hacia donde nosotros nos encontrábamos. Yo lo veía perfectamente pero… pero nunca pensé que fuera capaz. Parecía que sólo quería jugar con nosotros un rato, asustarnos, lo hacía a menudo. Estaba borracho, como siempre. Entonces quitó el seguro y sin previo aviso hizo fuego. Algunos se habían levantado y rodaron sobre mí. Como fichas de dominó, ¿sabes? Murieron quince. Aún recuerdo los gritos.

Alemán no podía creer lo que escuchaba.

—Pero… ¿por qué lo hizo? —acertó a preguntar.

—¿Qué más da? Podía hacer con nosotros lo que quisiera, estaba borracho.

—Habría una investigación, claro.

—Sí, la hubo. ¿Y sabes lo que declaró?

—No.

—Que quería probar el arma. Dijo que quería asegurarse de que no estaba encasquillada.

—¡Jesús! Debes estar tranquilo, Tornell, aquí estás a salvo, de veras.

Quedaron en silencio durante un momento y, la verdad, Roberto no supo qué decir. Resultaba difícil explicar que alguien pudiera comportarse de esa forma, y menos alguien de su bando. Estaba tratando de buscar una explicación a aquello, intentando decir algo que pudiera aclarar aquel tipo de comportamiento mezquino e inhumano, cuando escuchó que Tornell roncaba. Suspiró de alivio. Sintió que, por segunda vez en aquella noche, las lágrimas rodaban por sus mejillas. Juan Antonio no merecía tantos sufrimientos como había pasado. Era un gran hombre, una buena persona. Comprendió que llevaba años intentando sentir algo, llorar, pero para ello miraba hacia dentro. Él estaba muerto por dentro y no sentía. En cuanto había ayudado a alguien había comenzado a sentir, como una persona. Después de mucho tiempo rezó dando gracias al cielo.

Al día siguiente Tornell despertó de un humor excelente. A pesar de lo aparatoso de su vendaje parecía no encontrarse demasiado mal. Incluso se levantó y dio un paseo por el pasillo acompañado por Alemán. Éste le contó lo que había sucedido y el preso se opuso radicalmente a que avisara a Toté. Temía que la pobre se llevara un susto de muerte, así que dijo que prefería aguardar un par de semanas para encontrarse mejor cuando ella lo viera. Enseguida demostró que su mente se hallaba en perfecto estado pues escuchaba atentamente todo lo que Roberto le contaba con relación al caso e incluso iba haciendo preguntas sobre la marcha.

Cuando Alemán le contó lo de la nota que señalaba hacia Perales sentenció de inmediato:

—Ese tipo es inocente.

—¿Cómo lo sabes?

—Lo sé, son muchos años de oficio.

—¿Recuerdas lo que sucedió en el barracón?

—Sí, comienzo a hacerlo. Recuerdo que cuando llegué del pueblo me dijeron que Higinio quería verme en su barracón. Al llegar me lo encontré tumbado en su camastro. Estaba muerto. A pesar de ello me acerqué a él, no sé, por si tenía algo de pulso. Entonces intuí que algo iba mal. El asesino estaba allí. Cuando quise darme cuenta sentí un tremendo golpe en la cabeza y ya no recuerdo más.

Alemán continuó dándole detalles sobre el caso. Le contó sus conversaciones con Perales y Basilio.

—Ese asunto de los dos anarquistas tiene su miga —le dijo al instante el policía.

—¿Qué quieres decir?

—Pues que está muy claro. Ese tipo, Basilio, fue a los anarquistas con el cuento de que dos de sus hombres iban a ser reclamados por la justicia. ¿Imaginas por qué se enfadó Higinio?

—No tengo ni idea.

—Pues está muy claro. Se nota que no piensas como un preso. ¿Por qué fue Basilio a contarles el asunto a los anarquistas? Pues es muy sencillo: esos dos tipos iban a ser trasladados en cuestión de semanas, quizá días. Basilio se lo dijo para que pudieran escapar.

—¡Cómo!

—Como lo oyes. Por eso Higinio se enfadó. A buen seguro que esa información podría provocar que los anarquistas organizaran una fuga.

—¿Y eso a Higinio qué más le daba?

—No lo sé, pero a lo mejor que se produjera una fuga no venía bien a los comunistas por algún motivo.

—Es una explicación un poco enrevesada. Quizá sólo es cuestión de rivalidad entre dos grupos dentro del campo.

En ese momento y como si las circunstancias quisieran dar la razón a Tornell entró la enfermera.

—Una llamada para el capitán Alemán.

Salió de la habitación y se encaminó hacia el puesto de control de las enfermeras.

Tomó el teléfono y escuchó cómo, al otro lado de la línea telefónica, alguien decía:

—Soy don Adolfo, el director.

—Aquí Alemán, usted dirá.

—Anoche se produjo una fuga.

—Déjeme adivinar, ¿fueron dos anarquistas? —repuso al instante.

La voz del director, sorprendida, sonó metálica en el auricular del teléfono.

—¿Cómo lo sabe?

—Cosas de detectives. Se refiere usted a dos tipos que iban a ser reclamados desde Logroño, ¿verdad?

—Sí... pero... ¿cómo puede usted saber?...

—No se preocupe, cosas mías. Estamos llevando a cabo una investigación, ¿recuerda? Esta misma tarde estaré allí. —Colgó.

Juan Antonio Tornell le había dejado de piedra. Sabía leer en los hechos, en las personas, como si fueran un libro abierto. En cuanto volvió a la habitación y le comunicó la noticia, Tornell esbozó una enorme sonrisa de satisfacción.

—¿Qué te decía?

—Sí, debo reconocer que en lo tuyo eres único, Humphrey Bogart. Esta tarde voy a subir al Valle de los Caídos, ¿alguna sugerencia? Me gustaría que me orientaras un poco.

—Pues ahora que lo dices, sí que tenía algo que sugerirte...

—Tú dirás.

—Con respecto a la nota, pienso que deberías hacer que todos los habitantes del campo escribieran una anotación similar.

—Sí, lo he pensado. Pero…

—¿Sí?

—Has dicho todos los habitantes del campo, y no creo que pueda hacer firmar a los guardias civiles, a los guardianes y al personal. Se armaría una buena.

—¿Sólo los presos entonces?

—De momento habrá que hacerlo así. Bastantes problemas tenemos.

—Eso puede serte útil en el caso de que el asesino fuera un preso. Cosa que juzgo harto improbable.

—Sí, ya lo sé. Pero habrá que empezar por algún sitio, ¿no? Supongo que tendrás más indicaciones que hacer. No soy detective y ando un poco perdido.

—Claro, claro, sí. En primer lugar deberías echar un vistazo a las pertenencias de Higinio…

—Sí, lo haré.

—… luego, deberías plantearte volver a hablar con Basilio y con Perales. Debes investigar el asunto de la fuga de los dos anarquistas. Quizá Higinio quiso abortarla y ésa fue la causa de su muerte.

—En ese caso, Perales sería nuestro máximo sospechoso, ¿no?

—Sí, por supuesto. Pero entonces no quedaría claro el asesinato de Abenza.

—Quizá vio o dijo algo que no debía.

—Sí, puede ser… —apuntó Tornell poniendo cara de pensárselo.

Cuando llegó a Cuelgamuros, Alemán se dispuso a tomar medidas para recuperar el tiempo perdido en la investigación. Supo por el guardia civil que le abrió la barrera de la entrada que, en efecto, tras el recuento de la noche, los dos presos anarquistas que iban a ser trasladados se habían fugado. Al parecer ya estaban cursadas las órdenes de búsqueda y captura y se había mandado aviso a los cuarteles y estaciones ferroviarias cercanas, por lo que pensaban que la captura de los fugados sería inminente. Lo primero que hizo tras llegar a su casa fue acercarse a la oficina para interesarse por los objetos personales de Higinio, tal y como había sugerido Tornell. El director había salido. Allí le dijeron que se guardaban en un almacén situado junto a los barracones, así que se encaminó hacia allí para ver qué sacaba en claro. Cuando el encargado le abrió la pequeña casamata sintió que le invadía la curiosidad al comprobar que Higinio guardaba sus objetos personales en una pequeña caja de madera con un candado. Decidió dirigirse a su pequeña casita para inspeccionar el contenido de la misma pero antes se acercó a ver al director para darle las órdenes pertinentes y que todos los presos escribieran de su puño y letra el mismo texto hallado en la nota que acusaba a Perales. El hombre pareció contrariado porque estaba convencido de que el verdadero culpable era el anarquista. Aunque Alemán había dado órdenes precisas al respecto, decidió que más tarde daría una vuelta por el destacamento de la Guardia

Civil, para asegurarse de que Perales se hallaba bien y no había sido maltratado. El director le hizo saber que llevaría tiempo hacer que todos los presos escribieran la nota. Además, muchos de ellos eran analfabetos. Así que, armado de paciencia, Alemán llegó a su casa y colocó la caja sobre la mesa que había en el pequeño salón. Se quedó mirándola durante un rato, quieto, de pie, con las manos en jarras. Al fin se decidió y tomó asiento frente a ella. No le costó mucho romper el candado y no tardó casi nada en abrirla; apenas contenía algunas viejas fotos, unos gemelos oxidados —probablemente heredados— y, sorprendentemente, dos ampollas de cristal. Alemán quedó boquiabierto, mirándolas al trasluz, pensativo, tras reparar en que llevaban impresa una leyenda en pequeñas letras blancas: Ejército de Tierra. MORFINA.

El hombre de Mauthausen

Aquello suponía un gran descubrimiento. La morfina era cara, ¿cómo era posible que un simple preso tuviera dos ampollas de algo así? ¿Era Higinio un adicto? ¿Traficaba con droga? Descartó esta última posibilidad porque los penados apenas si tenían para comer, ¿cómo iba alguno de ellos a tener suficiente dinero para traficar? Inmediatamente pensó en el capitán de la Guardia Civil, el que nunca subía desde el pueblo: era morfinómano. En aquel momento tuvo que reconocer que aquel caso era mucho más complejo de lo que parecía en un principio: era evidente —como decía Tornell— que Carlitos Abenza había sido asesinado. ¿Qué relación tenía aquello con la muerte de Higinio? Era lógico suponer que el asesino debía de ser el mismo. Hubiera sido mucha casualidad que dos asesinos operaran al mismo tiempo en un lugar tan pequeño. El asunto de la fuga arrojaba cierta luz, al menos de cara a las posibles motivaciones que podrían haber llevado a Perales a matar a Higinio. ¿No sería cierto el contenido de la misteriosa nota? Después de su conversación con Basilio, el de la oficina, y tras los últimos acontecimientos, se hacía evidente que debían de haberse producido ciertas tensiones entre comunistas y anarquistas. Al saber que dos de sus miembros iban a ser trasladados y, seguramente condenados a muerte, los anarquistas debieron de ponerse manos a la obra para preparar la fuga. Por algún motivo —que a él se le escapaba— a los comunistas no les convenía que dicha fuga se llevara a cabo, pero... ¿por qué? Decidió que tenía que volver a hablar con Basilio y luego hacer una visita al destacamento. Ya no veía tan clara la inocencia de Perales pero seguía temiendo por él, aunque, si era un asesino ¿qué más le daba a él que lo curtieran?

Apenas unas horas tardó Enríquez en reaccionar ante la fuga de los dos anarquistas: la noticia del cese del director del campo corrió como la pólvora y Alemán tuvo que reconocer que la satisfacción le invadía. No soportaba a aquel tipejo. Se enteró de ello cuando iba camino de las obras de la cripta pues quería hablar con Fermín, el Poli bueno, como le llamaba Tornell.

Disfrutó del momento, de aquella fantástica sensación de triunfo: don Adolfo era un ser mezquino, probablemente el responsable del desvío de alimentos hacia el mercado negro y se alegró de que ya no tuviera influencia sobre aquel campo. De pronto, se encontró con Basilio, que volvía de hacer un recado apretando el paso.

—¡Basilio!

El preso le miró con cara de desesperación, como el que se ve descubierto y dijo:

—Capitán, quería verle. Estoy metido en un buen lío.

—¿Lo dices por lo de la fuga?

—Sí, claro. Ahora se sabrá que yo pasé la información a los anarquistas. Todas las sospechas apuntarán a Perales porque averiguarán que Higinio y él andaban a la greña por lo de la fuga… le van a dar más que a una estera… y él confesará quién les dio el soplo.

—Tranquilo, tranquilo. No vayas tan rápido.

—Usted no sabe… con el trabajo que me costó llegar aquí, salvé la vida de milagro… yo, estoy perdido.

Se puso a sollozar. Alemán lo apartó del camino discretamente y tomaron asiento en una de aquellas enormes rocas que tanto abundaban en Cuelgamuros.

—Tranquilízate, hombre. Piensa, piensa. ¿Por qué iba a salpicarte esto?

—¿No lo entiende? Estoy metido en un buen lío. Ya se lo he explicado. Ahora, con el asunto de la fuga, las cosas se han puesto muy serias. ¡Han cesado al director! Hasta ahora el asunto no les preocupaba demasiado, ¿qué más les daba un preso muerto o incluso dos? Le enviaron a usted a investigar porque alguien agredió a un capitán del ejército. Los dos muertos eran presos, ¿no lo entiende? Un preso no vale nada, menos que un perro. Pero ahora la cosa se complica, ha habido una fuga. Van a curtir a Perales, cantará: sabrán que yo fui con el cuento a los anarquistas, ellos sabían gracias a mí que esos dos presos iban a ser depurados… es cuestión de tiempo. Sabrán que Higinio y Perales discutieron por el asunto de la fuga. Perales es hombre muerto pero yo estoy perdido por filtrar información de la oficina.

—Tranquilo, veamos… ¿con quién has hablado de esto?

—Bufff.

—Me refiero al personal del campo, guardianes, guardias civiles…

—No, no, de ésos ninguno. Pero a estas alturas todo el mundo lo sabe, me refiero a los presos.

—Entonces, bajo mi punto de vista, debes estar tranquilo. Sólo me lo has dicho a mí, o sea que lo sabemos Tornell y yo. No tienes nada que temer.

—¡Claro que tengo que temer! ¿No se da cuenta? Es cuestión de horas que Perales cante.

—Perales es inocente.

—¿Cómo lo sabe?

—Lo sé y punto. Además, Tornell piensa lo mismo.

—Da igual que sea culpable o no, a la primera hostia cantará. Estoy perdido, salvé la vida de milagro y… ahora, me veo de nuevo perdido. ¿Cuántas veces puede tocarle la lotería a un hombre?

—No sé… quizá… ¿una?

—Exacto. Y a mí ya me tocó.

—No te entiendo —dijo Alemán.

—Sí, hombre, ¿acaso no conoce mi historia? Es famosa en todo el campo.

—No, ¿debería conocerla?

—Yo estuve en Mauthausen.

—Vaya.

—Escapé de milagro. Cuando acabó la guerra yo estaba en Cataluña, con mi hermano. Salimos por piernas. Fue horrible. Recuerdo aquella maldita carretera, camino de Francia, atestada de perdedores, de gente que no podía caminar. Un camino repleto de heridos, ancianos, niños y gente que arrastraba sus pocas pertenencias en un último y desesperado intento de llevar consigo algo que les perteneciera a una vida incierta. Los aviones nacionales pasaban y nos hostigaban continuamente, nos ametrallaban dejando tras de sí un reguero de muertos y heridos. Cuando llegamos a Francia la cosa fue aún peor, nos hacinaron en un campo de concentración junto al mar, en la playa y nos trataron como a animales. Aquellos guardias sudaneses, negros como el tizón, nos hicieron la vida imposible. Allí enfermó mi hermano, Sebastián, pero logramos salir gracias a un conocido que nos avaló y nos dio trabajo. Parecía que podíamos empezar una nueva vida pero las cosas volvieron a torcerse: los alemanes invadieron Francia. No tardaron mucho en venir a por nosotros. Las autoridades del nuevo estado español les proporcionaron listas de republicanos exiliados en Francia. Nos enviaron a Mauthausen. Aquél era un lugar horrible, trabajábamos horas y horas en una cantera desde la que teníamos que subir enormes bloques de piedra a través de unas escaleras empinadas, irregulares. Eran muchos los que caían desde allí. No sabe usted cómo son esos alemanes, son bestias despiadadas. Tenían calculado milimétricamente cuánto duraba un preso. La falta de alimento y el trabajo iba deteriorando lentamente los organismos. Vi cómo mi hermano se consumía más rápidamente que yo porque había ingresado enfermo. ¿Sabe? Hay una cosa que no se me va de la memoria: cuando mi hermano estaba ya muy mal y apenas se podía mover, ocurrió algo. Entre todos lo llevábamos en volandas al trabajo e intentábamos disimular para que los guardias no notaran que apenas si se aguantaba de pie. Yo sabía que era cuestión de tiempo, de días. Cuando un preso ya no servía para el trabajo lo ejecutaban directamente. Recuerdo que por aquellas fechas recibimos una visita ilustre, Himmler vino al campo.

»Estaba revisando la cantera rodeado de prebostes cuando sacó un reloj de bolsillo y pareció contrariarse porque éste no funcionaba. Uno de los guardianes le indicó que Joaquín, uno de los presos, muy amigo por cierto de mi hermano, era relojero. Le hicieron dar un paso al frente. «¿Sabrías arreglar esto?», dijo Himmler tendiéndole el viejo reloj que al parecer fue de su padre. «¡Claro!», exclamó el bueno de Joaquín. El nazi lo miró con cara de pocos amigos y con una sonrisa irónica en los labios sentenció: «Mira, españolito, te diré lo que haremos: si arreglas el reloj tendrás una ración extra de comida. Pero si fallas, si no eres capaz de hacerlo, te pegaré un tiro aquí mismo. ¿Qué dices?».

—Y tu amigo… —dijo Alemán.

—Aceptó el reto. Con un par de huevos y sin dejar de mirar a los ojos a aquel tipejo miserable. Himmler le dio veinte minutos. Joaquín era un relojero extraordinario, de eso no cabía duda, a pesar de la desnutrición, de los nervios, no le tembló el pulso.

—¿Y lo arregló?

—Sí, señor. En apenas diez minutos.

—¡Qué par de huevos! ¿Y qué dijo el nazi?

—Ordenó que le dieran una ración extra de comida. Aquello era un auténtico tesoro en aquel campo. ¿Y sabe lo que hizo con ella?

Alemán ladeó la cabeza a la vez que observaba cómo una lágrima rodaba por el rostro de Basilio.

—Se la dio a mi hermano. Fíjese qué cosa. Aquel tipo se había jugado la vida por arreglar un maldito reloj, se había enfrentado al mismísimo Himmler demostrándole que tenía dignidad, más que él, y que no temía a la muerte, y tras ganar una ración extra de comida se la regalaba a un compañero que estaba sentenciado a muerte por la enfermedad.

Alemán sintió que se le partía el alma al escuchar aquella historia. Tenía un nudo en la garganta. Basilio continuó hablando:

—Mi hermano murió la semana siguiente. Cuando esos hijos de puta lo metieron en la cámara de gas aún se movía un poco.*

Roberto quedó en silencio mirando a Basilio. Realmente no sabía qué decir. Algo parecido le había ocurrido cuando escuchó la historia del ametrallamiento en Albatera. Entonces, buscando algo que añadir, preguntó:

—¿Y cómo llegaste hasta aquí?

—Un gran golpe de suerte. ¿Recuerda que le dije que la lotería sólo toca una vez en la vida?

—Sí, claro.

—Pues eso… que me tocó la lotería. Las autoridades españolas mandaron aviso para que extraditaran a un preso que al

* Esta historia está basada en un hecho real sucedido en Mauthausen. El preso enfermo era Joaquín López Mansilla y falleció en el campo. El valiente relojero no era otro que José Ocaña, que afortunadamente aún vive, nonagenario y feliz en París.

parecer había sido un pájaro de cuidado, un tal Basilio Calleja López. Durante la guerra civil se había comportado de manera bastante sanguinaria. Yo, curiosamente, me llamo Basilio Callejo López.

La casualidad quiso que el auténtico Basilio Calleja hubiera fallecido en el campo seis meses antes. Los alemanes se confundieron, simplemente fue eso. Puede decirse que gracias a una letra pude salir de allí. Cuando llegué a España aclaré el malentendido. Me juzgaron por lo mío: haber sido de la UGT y soldado de reemplazo de la República, veinte años. Me quedan cinco, con la reducción de pena pronto estaré en casa. Tuve la suerte de volver a nacer, pero ahora me temo que voy a terminar fusilado. ¡Qué ironía!

La historia de aquel hombre dejó conmocionado a Alemán. ¿Cómo podía salvarlo? Sólo tenía una oportunidad: que Perales fuera inocente y que, además, no cantara. Basilio no había cometido un delito demasiado grave, simplemente había filtrado cierta información. Si no llegaba a saberse no tendría problemas con las autoridades. Aunque aquella confidencia había provocado la fuga de dos presos de la CNT. Como mínimo podía caerle perpetua. Si se sabía, claro estaba. Se despidió de él entre buenas palabras y mejores deseos, prometiéndole que haría todo lo posible por ayudarle y caminó cuesta abajo con las manos en los bolsillos, abandonándose a sus propios pensamientos. Intentó pensar como lo haría Tornell, ¿cómo actuaría un policía de los de toda la vida? Pensó en las películas norteamericanas, ¿qué era lo primero que se hacía en las investigaciones? Sí, claro, era eso. ¿Cómo no había reparado en ello? Se dirigió de inmediato hacia la oficina y consultó el cuadro de guardias: sólo tuvo que mirar qué guardián vigilaba a los hombres que construían el camino en el día del asesinato. Era sencillo. El asesino había actuado a eso de las once y media de la mañana. Por lo tanto, quizá el guardián a cargo podía declarar que Perales estaba en el tajo en aquel momento. Comprobó que su hombre era un guardián al que los presos llamaban el Amargao, así que tras preguntar por él se encaminó hacia la cantina. Allí lo encontró bebiendo aguardiente con el falangista, Baldomero Sáez, que al verle entrar dijo con retintín:

—Vaya, estará usted contento, ¿no?

—No sé por qué habría de estarlo.

—Sí, claro. Han cesado a don Adolfo, un español ejemplar. Y encima se han fugado dos presos.

Alemán observó de reojo que el guardián le reía la gracia.

—Intentaré hacer como que no he escuchado lo que acaba de decir. Lo digo por su bien.

Baldomero Sáez pareció encajar el golpe y bajó la mirada. Entonces, dirigiéndose al guardián, Roberto apuntó con autoridad:

—Quería hablar con usted.

—Usted dirá.

Observó que tenía los ojos enrojecidos por el alcohol. Aquel tipo era un mal bicho.

—El día del asesinato, por la mañana, estaba usted vigilando a los presos que construyen el camino, ¿verdad?

—Sí, así fue. ¿Por qué?

282

—Se trata de Perales. ¿Se fijó usted si estaba trabajando allí esa mañana?

Puso cara de pensárselo y contestó:

—Creo que no. Que lo fusilen.

Roberto, muy tranquilo, añadió:

—Entonces, si reviso los recuentos y veo que está inscrito en los mismos, vamos, que trabajó ese día, podría llegar a la conclusión de que usted ha engañado a un inspector de la ICCP con plenos poderes. No le arriendo la ganancia.

El Amargao dio un respingo en su silla. Apenas sabía qué decir. Se le leía el miedo en el rostro.

—¿Y bien? —insistió Alemán.

—No le entiendo —dijo aquel miserable, que no sabía cómo rectificar.

—Sí, hombre, que sí voy a revisar los recuentos. Se cuenta a los presos varias veces al día. Podía haberlo hecho antes de venir aquí, pero no caí. Pensé que era mejor la palabra de un guardián de la ICCP, por ahora, claro.

—Perdone, perdone… Don Roberto. Creo que me había confundido de preso. Perales sí estaba. Mire los recuentos, no hay duda.

—¿Seguro?

—Sí, no recuerdo que haya faltado al trabajo en los últimos tiempos.

Roberto dio una palmada de satisfacción.

—¿Qué ocurre? —preguntó Baldomero Sáez vivamente interesado.

—Pues ocurre, querido amigo, que Perales es inocente, porque si estuvo toda la mañana trabajando no pudo cometer el crimen ni pudo atacarme a mí. Es inocente, queda claro.

—Le veo muy interesado en salvar a los presos de la justicia —dijo el falangista.

—No, no lo entiende. Sólo quiero que se haga justicia, que es distinto.

El falangista emitió un bufido.

—Pero ¿no lo ve? —añadió—. ¿Por qué cree que le están dejando investigar? ¿Por unos rojos muertos? ¡No sea ingenuo, hombre de Dios! Está usted investigando este caso porque le agredieron, porque es usted un oficial del ejército español, porque se han fugado dos presos. No se equivoque.

El capitán quedó mirándole con cara de pocos amigos y apuntó:

—Sea como fuere, querido camarada Sáez, tengo plenos poderes para llevar a cabo esta investigación. Y usted —dijo señalando al guardián—, preséntese de inmediato en el destacamento de la Guardia Civil para que le tomen declaración. Es una orden. —Y dicho esto salió de allí muy orgulloso.

Cuando llegó al destacamento de la Guardia Civil se encontró con que el capitán había subido desde el pueblo. Parecía molesto por haber tenido que desplazarse hasta allí. Era un tipo delgado, más bien alto, con un fino bigotillo y cierto aire aristocrático, casi decadente. Estaba muy delgado; era evidente que la droga le consumía. Lucía unas espesas ojeras, unas inmensas bolsas bajo los ojos y se le marcaban los dientes debido a la desnutrición, como si fuera un preso. Alemán había conocido muchos adictos como él en el frente. Solda-dos que tras consumir morfina por una herida grave habían terminado por convertirse en esclavos de aquella maldita droga.

—El capitán Trujillo, supongo.

—El mismo que viste y calza. Supongo que es usted el ca-pitán Alemán.

—En efecto, en efecto.

—¿Ha avanzado usted en sus investigaciones?

—Pues me temo muy mucho que sí.

—Vaya, al final va a resultar usted un tipo eficiente.

—Se hace lo que se puede. De hecho, venía a poner en li-bertad al preso.

—¿A ese tal… Perales?

—Sí, señor, a ése. Ha resultado ser inocente.

—¿Y cómo ha llegado a esa conclusión, si puede saberse?

—Pues ha sido mucho más sencillo de lo que pensaba, la verdad. El asunto es muy simple: el ataque se produjo a eso de las once y media, y resulta que uno de los guardianes certifi-ca que Perales estuvo trabajando en las obras del camino du-rante toda la mañana. Por tanto, no pudo ser él. Punto.

—Ya. ¿Y tiene usted algún otro sospechoso si puede saber-se? —No parecía que aquello le gustara mucho.

—Pues no, la verdad. Pero han aparecido nuevas evidencias que espero podrán aclarar las cosas.

—¿Nuevas evidencias?

—Sí, curiosamente acabo de ojear las pertenencias de Hi-ginio, el comunista, ¿y a que no sabe usted qué he encontra-do entre ellas?

El capitán de la Benemérita le miró con cara de pocos amigos.

—Pues no, no lo sé.

—Dos ampollas de morfina.

Notó que aquel tipo le miraba con rencor, ahora sí. Estaba claro que no era trigo limpio. La referencia a la morfina había hecho que su cara se transformara en una máscara de odio. Decidió seguir con aquel ataque.

—¿Y no le parece a usted raro que un preso tuviera en su poder algo tan caro? Me temo que es posible que hayamos descubierto una red de tráfico de estupefacientes dentro del campo.

—¡No diga usted tonterías! El culpable es Perales. ¿Acaso no recuerda usted la nota?

—Esa nota es falsa. Le he dicho que hay un funcionario público que vio a Perales trabajando toda la mañana. He ordenado que todos los presos escriban esas mismas palabras. Comparando la caligrafía sabremos quién fue el culpable. He venido a poner en libertad al preso.

—¡No puede ser!

—Como lo oye. Tengo plenos poderes para actuar en este asunto.

El capitán le miró de nuevo con mala cara. Parecía a punto de estallar.

Entonces se dirigió a un sargento que tomaba notas en una mesa y ordenó:

—¡No vuelvan a llamarme para tonterías como ésta!

Y salió de allí a toda prisa. Alemán suspiró de alivio. Trujillo no parecía amante de los problemas y, como todos los drogadictos, optaba por la solución más fácil. En este caso, la huida. De inmediato ordenó al sargento que liberara al preso. Le impresionó ver a Perales, tenía un ojo morado y la cara hinchada. A pesar de que había dado órdenes explícitas de que no se maltratara al preso era obvio que se habían divertido con él.

—¿Estás bien?

—Sí, más o menos —dijo él.

—Vamos, te acompaño. Eres libre.

—¿Cómo?

—Lo que has oído. Estuviste trabajando durante toda la mañana de autos, ¿recuerdas? Hay un guardia que da fe de ello. Tú no pudiste ser el asesino.

Salieron de allí lo más rápido que pudieron. Perales se apoyaba a duras penas en Alemán, que mandó avisar a Basilio y ordenó que el preso descansara durante una semana. Se sintió satisfecho por las cosas que había averiguado, así que decidió pasar por el hospital a ver a Tornell. Seguro que se sentiría orgulloso de él.

Le costó trabajo poder salir de allí porque Basilio y Perales, entre parabienes, no le dejaban irse. Le juraron agradecimiento eterno. Él les dijo que fueran cautos porque la investigación referente a la fuga seguiría su curso y habían logrado ganar un tiempo valiosísimo. Cuando caminaba cuesta abajo comprobó que eran muchos los presos que le miraban con admiración. No estaba muy seguro de que aquello pudiera convenirle.

La morfina

Cuando Roberto llegó al hospital, Tornell recibía la visita del médico. Un tal Andrade, camisa vieja para más señas, que al ver entrar al capitán Alemán se cuadró diciendo:

—¡Arriba España, camarada!

—Sí, sí. Buenas tardes —repuso Alemán, que parecía cansado de veras.

—Precisamente, hablaba aquí con el enfermo...

—Usted dirá.

—Pues eso, que mañana mismo le damos el alta.

—¿Ya?

—Sí, claro. Ya está en condiciones de incorporarse a su trabajo.

—Hombre, unos días más de descanso no le vendrían mal. Aquí la comida es mucho mejor —insistió Alemán.

—No, no. Si yo me encuentro bien —terció el enfermo para evitar problemas.

—Sí, se encuentra perfectamente, ¿verdad? —dijo el médico.

—Pero, hombre... Tornell ha sufrido un ataque brutal, no le vendría mal reponerse un poco antes de volver al campo.

—Este hombre está perfectamente. Ya se lo he dicho.

—Debo insistir.

—Es un preso —sentenció el médico.

—Así que, ¿se trata de eso? Si Tornell fuera uno de nosotros seguro que le dejarían ustedes aquí un par de semanas.

—Necesitamos la cama.

—Sí, para uno de los nuestros —dijo Alemán mirando el yugo y las flechas que lucía el médico en la pechera de su bata.

—En efecto, así debe ser. No querrá que sigamos perdiendo el tiempo con este… este rojo.

—La gente como usted me pone enfermo —repuso Alemán dando un paso al frente.

El médico pareció asustarse. No era hombre de acción y su oponente sí. Quedaron mirándose a la cara, fijamente. Demasiado cerca el uno del otro. Tornell llegó a temer que su nuevo amigo fuera a arrear un mamporro al doctor pero éste se mantuvo en sus trece.

—Lo dicho, mañana por la mañana se va de aquí.

Y salió de la habitación.

—Vaya, amigo. Lo siento mucho. A veces me avergüenzo de mi propia gente —se excusó Roberto.

—No te preocupes, me encuentro perfectamente. Además, estoy deseando volver al campo y retomar nuestra investigación. ¿Has averiguado algo nuevo?

—Pues sí, la verdad —dijo Alemán—. El caso es que venía muy orgulloso de mis avances pero este petimetre me ha puesto de mal humor.

—No dejes que nos amargue la fiesta y cuéntame.

—Ha habido novedades en Cuelgamuros. Creo haber demostrado que Perales era inocente.

—¿Y eso?

—Pues, que hablé con el guardián ese al que llamas el Amargao…

—¿Y?

—Muy sencillo, en el momento en que el asesino nos atacó, Perales estaba trabajando delante mismo de sus narices.

—¡Perfecto! ¿Ves? No es tan difícil.

—Sí, para un policía como tú quizá no. Pero fíjate, una tontería como ésa… y al principio ni se me había ocurrido.

—Claro, el trabajo policial lleva sus pautas, aunque supongo que después de muchos años de oficio sigue uno los pasos correctos de forma automática.

—Lo primero es comprobar las coartadas de los implicados. ¡Qué razón tienes! ¿Ves? Ya hablo como si fuera un policía. —Y dicho esto Alemán estalló en una ruidosa carcajada.

—¿Y has averiguado algo más si puede saberse, colega? —contestó Tornell con cierto retintín.

—Pues sí —repuso con una amplia sonrisa de satisfacción en los labios—. Al demostrar que Perales era inocente he logrado evitar que cantara con respecto a que Basilio se había ido de la lengua en el asunto de los anarquistas. Es un buen tipo, me ha contado su historia.

—¿Lo de Mauthausen?

—Sí, espeluznante.

—Tuvo suerte, mucha suerte.

—Dice que le tocó la lotería y no podría contradecirlo.

Al menos de momento he ganado tiempo, aunque hay algo que sí me gustaría saber…

—¿Sí?

—No termino de ver claro por qué el asunto enfrentó a los anarquistas y a los comunistas. En principio, a Higinio no debería haberle importado que los dos anarquistas que iban a ser procesados supieran de su futuro destino, para poder escapar a tiempo. A no ser que…

—Que a los comunistas no les conviniera el asunto de la fuga —dijo Tornell.

—¡Exacto! —exclamó él.

—¿Y por qué?

—Pues sólo se me ocurre una cosa, ellos también preparaban una fuga.

—Tiene sentido eso que dices —dijo Tornell suspirando de alivio.

En ese momento comprendió que debía ser cauto. Era consciente de que se encontraba en el lugar adecuado y en el momento preciso. Debía andarse con tiento. Al menos podría dirigir la investigación hacia direcciones menos peligrosas en caso de que ésta tomara un rumbo que pudiera perjudicarle.

—Sí, creo que lo más probable es que prepararan una fuga. Por cierto, han cesado al director —dijo Roberto.

Tornell sonrió.

—Estarás contento, ¿no? —añadió Alemán.

—Pues la verdad, sí. Pero sobre todo me alegro por perder de vista a su mujer, era una arpía. Ella era la responsable de que los presos nos viéramos obligados a llevar esos asquerosos botoncitos de colores mostrando qué pena cumplía cada uno, ya sabes, si pena de muerte, cadena perpetua... me consta que es un mezquino, pero su mujer le hacía ser mucho peor. Aunque ahora habrá que esperar a ver qué viene, me temo que como siempre el refranero tendrá razón: «Otro vendrá que bueno me hará».

Alemán asintió dándole la razón.

El coche se acercaba al campo, entre pinos, y Tornell miraba por la ventanilla pensando que a veces las personas cambian —pocas— y Alemán parecía una de ellas. Había cambiado la percepción que tenía de él, nada tenía que ver la imagen que había percibido en el día en que lo conoció, un chulo, un prepotente, y la que le habían deparado las últimas jornadas. Tenía que reconocer que o bien Alemán había evolucionado o él era otra persona y lo veía con buenos ojos. Quizá un poco de cada. Había permanecido junto a su cama en aquellos días de convalecencia en el hospital y le constaba por las monjas y enfermeras que había cuidado de que no le faltara de nada. Recordaba que al despertar, por un momento, tuvo la sensación, entre sueños, de que el capitán lloraba, pero no estaba seguro de aquello ni de nada. En cualquier caso no parecía la misma persona. Era un compañero solícito, un amigo que ayudaba a un convaleciente con tanto cariño que se le antojaba imposible que pudiera ser la misma persona que mataba rojos como si no costara. Nada más llegar al campo, Tornell se encaminó hacia su barracón donde pudo descansar un rato. Aún estaba mareado. Al momento, Alemán volvió a verle. Iba con el señor Licerán que, al parecer, se había encargado de hacer que todos los presos escribieran de su puño y letra el texto de la fatídica nota que delataba a Perales. No hubo suerte. No había caligrafía de preso alguno en Cuelgamuros que coincidiera con la de la nota. Eso abría una nueva posibilidad: que el asesino no fuera un penado, cosa que por otra parte, parecía lo más probable a ojos de Tornell. Licerán llevaba también un plato de sopa caliente preparado por su mujer para el convaleciente que tras ponerse al día pudo dormir otro rato. A la hora de comer subieron a verle algunos de los compañeros, brevemente, pues la pausa en el tajo era muy corta. Se alegró mucho de ver a Berruezo, su sargento en la guerra y su amigo. El hombre que consiguió que le trasladaran a Cuelgamuros librándole de una muerte segura y deparándole una ocasión única para cambiar las cosas. Una vez más lloraron al verse y se abrazaron como si no se hubieran visto en años. Tornell percibió cómo Alemán, discretamente, se hacía a un lado y se sonaba como si estuviera constipado. Mientras tanto, Berruezo le puso brevemente al día de todo lo que se decía por el campo. El ambiente parecía tenso. Alguien estaba matando presos, un tipo que había cometido el error de atacar a un capitán del ejército y aquello iba a provocar que los perros guardianes tiraran de la manta. Ni que decir tenía que eso no era bueno para nadie allí. Roberto le había contado lo de las ampollas de morfina durante el trayecto en coche, aspecto que daba un impresionante giro a la investigación. Aquello ya no era un simple asunto de presos. Cuando, al fin, pudieron hablar, Tornell le preguntó al capitán Alemán:

—¿Y cómo no me lo contaste anoche? Lo de las ampollas, digo.

—Quería darte una buena sorpresa de bienvenida —contestó Roberto sonriente.

Entre los dos volvieron a inspeccionar el contenido de las pertenencias de Higinio. Nada que resaltar salvo las ampollas, claro. Eran del Ejército de Tierra.

—Me parece mucha casualidad que el capitán al mando del destacamento de la Guardia Civil sea morfinómano y que un simple preso poseyera un tesoro como éste —dijo Alemán mirando las ampollas al trasluz—. ¿Qué opinas?

—Pues opino que no creo en casualidades, amigo —dijo Tornell.

Gregorio Cortés pasó la guerra sirviendo como cabo sanitario, sin más implicación política que la de salvar vidas. Cuando el conflicto acabó se vio, como tantos, en un campo de concentración donde pensó que se moría.

No fue así. Tuvo suerte. Después de un año de cautiverio en diversas prisiones tuvo la fortuna de caer en gracia a un sargento de la Guardia Civil al que curó un uñero que le llevaba a maltraer. Aquél fue el factor detonante que mejoró su existencia pues cuando el agente fue trasladado a Canarias lo recomendó para ser destinado a las obras del Valle de los Caídos donde trabajaba con denuedo, echando demasiadas horas pero con la satisfacción de saber que salvaba muchas vidas, como hacía también el médico, don Ángel. Allí, igual le tocaba ayudar en una operación que aguantar media madrugada a la intemperie porque tenía que poner unas inyecciones y la distancia entre los asentamientos era enorme. Se encargaba del almacenaje de las medicinas y el material fungible en la enfermería, por lo que no le sorprendió que el capitán Alemán y Tornell le preguntaran por unas ampollas de morfina. Allí se sabía todo. A aquellas alturas todo el mundo rumoreaba que un tal Abenza había sido liquidado y que Higinio, el hombre al mando del PCE, había sido degollado en su mismo catre. Alemán y Tornell traían dos ampollas de morfina. Se las mostraron.

—¿Son tuyas? —preguntó el militar.

—No, hombre —repuso Cortés—. Aquí guardamos ese tipo de material bajo llave.

—¿Dónde? —insistió Tornell.

—En ese armario para productos químicos —contestó él sin ponerse nervioso.

—Ábrelo, por favor —ordenó el capitán no dejando lugar a duda alguna.

—Le advierto que está todo.

—Haz lo que te digo, es una comprobación de rutina —insistió él.

Cortés sacó las llaves de su batín e hizo lo que se le decía. Además, le seducía la idea de dar una lección a aquel estirado que, aunque había ayudado a algunos presos en el campo, no dejaba de ser un fascista. Hizo girar la llave, apartó un par de frascos y tomó la caja de la morfina. La abrió y se quedó mudo.

—Faltan ampollas, ¿verdad? —dijo Tornell.

—Sí, faltan cuatro —repuso Cortés muy apurado.

Los dos recién llegados se miraron.

—¿Hay alguna forma de saber quién se las llevó? —preguntó el capitán.

—Pues la verdad… no creo —contestó el enfermero—. Que yo sepa, este armario ha estado siempre cerrado con llave.

—¿Ha entrado aquí algún preso mientras tú no estabas?

—No, seguro, el consultorio permanece siempre cerrado con llave. Lo abro yo cuando empiezo el turno.

—Ya —insistió el antiguo policía—. ¿Y en algún momento recuerdas haber salido de aquí dejando a algún preso en la camilla? No sé, ¿alguna urgencia?

Cortés hizo memoria.

—Pues así de primeras… no sé… quizá… hay muchos accidentes aquí. Una vez estaba atendiendo a un preso… una astilla en la nalga… me llamaron del destacamento por un guardia civil que se había trastornado… y el preso quedó ahí boca abajo, sobre la camilla. Volví en apenas diez minutos.

—¿Estaba solo? Me refiero al preso.

—En el consultorio sí, pero a la puerta había alguno esperando. Ya sabe, inyecciones, curas…

—Los nombres —ordenó el capitán.

Hizo memoria de nuevo.

—Pues el de la astilla era uno que llaman el Julián.

—¿Y los de fuera?

—Buff, no sabría decirle. Quizá… me parece que uno de ellos era un tal Dimas, de Plasencia, fue maestro y trabaja en la cripta.

Tornell volvió a tomar la palabra.

—Sí, lo conozco, «el Risas». Cuando volviste, ¿estaba el armario cerrado? ¿Pudo alguien abrirlo?

—Sí, la puerta estaba cerrada. Si alguien lo hubiera abierto me habría dado cuenta. No creo que haya tiempo material para hacer tal cosa, abrirlo, tomar las ampollas y cerrar como si nada en diez minutos. A no ser que…

—Que se sea cerrajero, Tornell —dijo el capitán—. Hay que mirar en las fichas de los presos. Alguno que haya trabajado como cerrajero.

—O con antecedentes por robo, con capacidad para abrir cerraduras y cajas fuertes —repuso Juan Antonio.

Salieron de allí a toda prisa dando las gracias al enfermero, que suspiró de alivio.

Después de salir de la enfermería se dirigieron hacia la oficina para comenzar a ojear las fichas de todos los penados. Buscaban cerrajeros o delincuentes especializados en robos, en asaltos a viviendas y cajas fuertes. Alemán ordenó que les llevaran algo de cena y mucho, mucho café. Entonces, dijo a Tornell:

—Conoces a uno de los tipos que esperaban fuera cuando el enfermero sospecha que pudieron robarle las ampollas y a otro que estaba siendo atendido en ese mismo momento.

—Sí, el Julián, un tarado, y el Risas.

—Sí, el Risas, me ha llamado la atención el apodo.

—Si supieras el porqué te sorprenderías más.

—¿Y eso?

—Porque, querido amigo, Dimas el Risas, natural de Plasencia fue fusilado por hacerse el gracioso.

—¿Cómo?

—Sí, por cierto, creo que él no pudo robar nada, fue maestro y es un pedazo de pan. No lo veo reventando cerraduras…

—Lo del apodo, Juan Antonio.

—Sí, sí —dijo Tornell riendo—. Al acabar la guerra lo detuvieron y estaba en una cárcel en un pueblecito de Tarragona. Él y trescientos tíos más. Según cuenta, cada noche se presentaban los legionarios comandados por un sargento con muy mala hostia y se llevaban a diez o doce que no volvían.

—Jesús…

—El caso es que una noche nombran a unos tíos y uno de ellos no sale. Lo vuelven a nombrar y el tipo se pone chulo y dice que no, que no se va. Entonces los presos comienzan a ponerse levantiscos, que si de allí no sale nadie, vivas a la República y los legionarios ven que la cosa se va de madre. El jefe, el de la mala leche, saca la pistola y la amartilla apuntando a un preso. Todos reculan y entre cuatro legionarios se llevan al agitador dándole empellones. Entonces, el sargento, un chusquero de los que meten miedo, suelta una arenga, cuatro vivas a España, a la Legión y dice que al que se pase de listo, lo fusila. Todos los presos se asustan y la cosa parece calmarse. En ese momento, según cuenta Dimas, el sargento hace ademán de girarse para salir de la celda a la vez que con un movimiento brusco, destilando chulería, introduce la pistola en la funda, con tan mala fortuna que se pega un tiro en el pie.

—¿Qué?

—Sí, claro, al hacer el ademán un poco brusco de guardar la pistola se ve que se disparó.

—¡Qué me dices! —exclamó Alemán sin poder evitar reírse—. Pero ¡menudo inútil!

—El tío se desploma dando alaridos y lo sacan de allí entre cuatro presos como si fuera un torero al que ha cogido el toro. Según parece sangraba como un cerdo. Entonces, Dimas, no sabe si por la tensión de tantas y tantas noches esperando que fuera la última, por el miedo pasado, o por el nerviosismo, comienza a carcajearse sin poder parar. Dice que no se le iba de la cabeza la cara del tipo cuando se dio el tiro él solo, con los ojos muy abiertos, como de sorpresa, las cejas levantadas y cara de susto. Los tres legionarios que seguían en la celda comienzan a alarmarse porque aquello se les iba de madre. «Cállate, Dimas, que te fusilan», le decían sus compañeros, pero el Risas no podía parar. Total, que un cabo, dice «a ese de la risa, fusiládmelo a la de ya». Y se lo llevan.

—¿Y él qué hizo?

—Pues nada, no podía parar de reír. Llorando de la risa y lo iban a matar. Increíble. Lo sacan fuera y se lo entregan a los miembros de un pelotón, que al parecer se habían bebido media bodega del alcalde que era de la UGT. De camino al cementerio dice Dimas que el panorama era tremendo: él por delante doblado de la risa y los cuatro legionarios y un cabo detrás de él agarrándose los unos a los otros. Llegan a la tapia del cementerio y cuando el cabo dice «¡Apunten!» un legionario contesta: «Pero a éste, ¿qué le pasa? No he visto una cosa así en mi vida». El cabo grita «¡Fuego» y entre que Dimas se encorva por una nueva carcajada, la oscuridad y la borrachera de los tiradores, las balas le pasan por encima. Excepto una que le da en el brazo y le empuja hacia atrás tirándole al suelo. Él se queda muy quieto en la oscuridad y el cabo que se acerca a darle el tiro de gracia lo da por muerto y harto de aquello se va. Pasa un rato, se levanta, se hace un torniquete y echa a andar.

—¿Y qué pasó después?

—Que lo cogieron ya en Benasque a punto de pasar a Francia.

—Por qué poco.

—¿Entiendes ahora lo de Dimas el Risas?

—Claro, claro, lo de ese tipo es increíble. Y dices que no crees que robara la morfina.

—No, he trabajado con él. Es un maestro, Alemán, no se puede decir que sea precisamente hábil con las manos. Y ahora, repasemos las fichas. ¿Te parece?

—Me parece.

Pese al café, Tornell se quedó dormido enseguida. Alemán lo cogió en brazos y lo acomodó en el sofá del cesado director. Apenas pesaba como un niño. Estaba demasiado flaco y respiraba con dificultad. Siguió repasando fichas y encontró cuatro posibles sospechosos, dos que fueron cerrajeros y dos ladrones de poca monta. Uno de ellos, el tipo de la astilla en la nalga, el Julián. ¿Casualidad? A eso de las cuatro le venció el sueño.

Raúl

Era ya de día cuando Alemán despertó sobresaltado al notar que le zarandeaban. Vio a Tornell.

—¡Despierta, Alemán, despierta! —decía muy excitado el preso.

—¿Qué pasa? —acertó apenas a balbucear medio dormido como estaba.

—¡El crío! ¿Recuerdas? ¡El crío!

—¿Qué crío? No te entiendo.

—¡Sí, coño! Acabo de recordarlo: el crío, Raúl.

El militar puso cara de no entender y él insistió:

—Sí, el día que me... nos atacaron, ¿recuerdas? Te dije que el crío, aquel al que defendiste del falangista, el hijo de Casiano...

—Raúl.

—Sí, ése, Raúl. ¿Te acuerdas? Ese día me dijo que tenía que hablar conmigo, que era importante.

—¡Claro, sí! Ahora recuerdo.

—Estaba durmiendo y me he despertado de pronto. Ha sido como un fogonazo. Lo he recordado de golpe. Quiero hablar con él. Quizá mi cabeza, poco a poco, comienza a funcionar. Creo que debieron darme fuerte.

—Sí, amigo, sí.

—¿Vamos a verlo?

—Sí, tomamos un café y vamos.

Pasaron por la cantina y tras tomar sendos cafés servidos con desgana por Solomando se encaminaron hacia las obras de la cripta. Allí, al fondo, en la explanada, vieron al crío que portaba un botijo ofreciendo agua a los trabajadores. Les saludó con la mano y se dirigieron hacia él.

¿Qué tendría que decirles? Entonces se escuchó un grito.

—¡Cuidado! —exclamó alguien.

Alemán se giró justo a tiempo para ver que una mole se les venía encima. Apenas si logró agarrar a Tornell de la manga de la chaqueta y, tirando con fuerza, lanzarse al suelo esquivando una piedra inmensa que había rodado desde las alturas. Pasó junto a ellos levantando una enorme polvareda de color rojizo. El impacto fue brutal. Un gran estruendo les hizo saber que había chocado con algo o, a lo peor, con alguien.

Cuando Roberto logró levantarse, con la garganta reseca por la polvareda, se cercioró de que Tornell estaba bien y comprobó de inmediato la magnitud de la tragedia: una enorme piedra había arrollado a tres hombres dejando sus cuerpos como guiñapos, tirados aquí y allá. Raúl, el crío, era el cuarto. Al ser más pequeño había quedado aplastado contra otra roca mayor. La gente iba y venía con estupor, algunos se mesaban los escasos cabellos, otros gritaban e incluso varios lloraban medio histéricos. Se avisó al médico y al enfermero pero nada se pudo hacer. Una desgracia. Entonces salió de la cueva el padre del crío, Casiano. Alguien le había avisado. Tenía los ojos fuera de sus órbitas, como si no pudiera creer lo que estaba pasando. Corrió hacia donde se hallaba el pequeño cuerpo, llorando y gritando. No pudo siquiera cogerlo en brazos, pues estaba aprisionado entre la roca que había rodado y otra de mayor tamaño contra la que había quedado aplastado. Entonces levantó la mirada y vio al falangista, Baldomero Sáez, que bajaba caminando por la cuesta ajeno a aquel drama.

Casiano, después de una vida de sufrimiento, de haber perdido a su familia, de la guerra, del presidio, estalló como una bomba de relojería. Salió corriendo hacia el falangista gritando:

—¡Tú! ¡Tú! ¡Hijo de puta!

Justo cuando llegó junto a su víctima y le agarró por el cuello, sonó un disparo.

Casiano cayó muerto al instante. Un guardia civil había hecho fuego contra el preso segando su vida en una milésima de segundo.

Después de presenciar aquella tragedia, Tornell y Alemán quedaron un tanto desorientados. Habían muerto los últimos miembros de una familia: uno asesinado vilmente por uno de los carceleros y el otro, la criatura, aplastado por una piedra enorme que había caído inexplicablemente. Tres hombres más habían resultado heridos. Uno de ellos tenía la cabeza machacada, por lo que se temía que no pasara de aquella noche. Otro, un tipo de Burgos, iba a perder una pierna. Nadie se

303

preocupó de aquello pues allí los accidentes estaban a la orden del día pero Tornell sospechó que aquello era un asesinato. Alemán y él habían subido al lugar desde el que se había desprendido la inmensa piedra. El señor Licerán —que de obras sabía un rato— les aseguró que él mismo se había encargado de que aquella mole fuera asegurada con piedras de menor tamaño. El pobre hombre no se explicaba que pudieran ceder. Tornell lo vio claro desde el primer momento: era un atentado. Otra vez, tras el lugar en que se hallaba la piedra, encontró varias colillas. ¿Casualidad? ¿No habría alguien esperando a que se le ofreciera la oportunidad de atacar al crío? Roberto pensaba que no, que la piedra iba dirigida contra ellos dos porque se estaban acercando al asesino. Tampoco era descabellado. Debían ser cautos. Tornell no pudo evitar sentirse frustrado. El crío quería hablar con él sobre algo. ¿Había muerto por eso? Comenzaba a albergar serias dudas sobre si estaba haciendo lo correcto. ¿No debería abandonar aquella investigación de una vez? Quizá debía centrarse en cumplir su pena, ver pasar los días y eludir complicaciones hasta que llegara su momento. El afán de venganza nunca deparó nada bueno. En cualquier caso, después de aquel incidente, Alemán y Tornell comenzaron a perderse en esa extraña sensación de irrealidad que se produce cuando sientes que te superan los acontecimientos. A pesar de que los hechos comenzaban a darles la razón y de que habían encontrado una buena pista con el asunto de la morfina, tenían la sensación de que aquello se complicaba por momentos. Sentados en la pequeña salita de la casa del militar, frente a sendas copas de coñac, intentaron aclarar su situación en aquel caso.

—Veamos —dijo el preso tomando su copa a la vez que miraba hacia su interior y contemplaba cómo aquel líquido ambarino se movía a merced de lo que decidiera su mano—. Está claro que alguien mató a Abenza. No pudo asistir al recuento de las doce y se notó su ausencia en el de las seis de la mañana. Eso quiere decir que alguien…

—Falsificó el recuento. Y tuvo que ser Higinio.

—Y luego, alguien lo mata.

—¿Casualidad?

—No, claro. El asesino es alguien listo y despiadado. Sabía que Higinio podía identificarle. Y tras matarlo deja una nota inculpando al responsable de la CNT que, curiosamente, había tenido sus más y sus menos con Higinio.

—Un señuelo —apuntó el capitán.

—Correcto, Alemán, correcto —repuso Tornell señalándole con un dedo.

Roberto sacó un par de cigarrillos y fumaron con delectación. El fuego ardía, acogedor, en la chimenea. Fuera, el viento aullaba como mil perros rabiosos. Se estaba bien allí dentro, a salvo. Tornell continuó a lo suyo.

—Alguien colocó el anónimo para que Perales cargara con la culpa. Lo más normal habría sido que lo hubieran corrido a hostias en el cuartelillo y que hubiera confesado lo que le quisieran hacerle firmar.

—Sí, no hay duda. El asesino mató a Higinio porque éste le conocía. Le había ayudado a ocultar que Abenza no estaba en el recuento para darle tiempo a cometer el crimen y muy probablemente incluso conseguir una coartada.

—Le sobornaría, claro —apuntó Tornell.

—La morfina.

—Puede ser.

—¿Y la nota? No deja de ser una pista —dijo Alemán.

—No coincide con la caligrafía de ningún preso —señaló Tornell.

—¿Quizá un guardia, un capataz, un empleado de las constructoras?

—¿Podrías comprobarlo?

—Si les hago escribir para comparar las escrituras se lo tomarán a mal. Esto puede levantar ampollas.

—¿Y un impreso?

—No te sigo, Tornell.

—Sí, hombre, preparamos un documento con cuatro preguntas sobre la investigación. Nada comprometedor, vaguedades del tipo «¿Tuvo usted trato con Abenza?» Cosas así. Con la excusa de que no te da tiempo a hablar con todos los guardias y empleados del campo. Así tendremos una muestra de la escritura de todos ellos y las podremos comparar con la de la nota.

—¡Eres un monstruo, amigo! Sí, señor, ¡un impreso! Tú sí que sabes.

Tornell se señaló la sien con el índice por toda respuesta. Quedaron pensativos por un momento, mirándose el uno al otro.

—Ojalá que hubiera contado con alguien como tú a mi lado durante la guerra —dijo Roberto.

El preso sonrió. Entonces, lentamente y tras estirar el brazo con la copa en la mano demandando más coñac dijo:

—No me veo en tu bando.

—Ni yo en el tuyo.

El olor del coñac, reparador, inundó el cuarto de nuevo.

—¿Cómo lo llevabas?

—¿El qué? —preguntó el militar.

—Sí, ya sabes, el Movimiento, el Imperio, todas esas tonterías… claro, tú no creías en ellas.

—Yo no creía en nada. ¿Recuerdas? Nunca me metí en política, nunca. Sólo quería matar.

—Quiero decir… ¿hay algo que no te convenciera de tu bando? ¿Comulgas totalmente con el ideario de… Franco?

—Los curas.

—¿Cómo?

—Los curas me sacan de quicio. Tanta misa y tanta monserga.

Tornell parecía sorprendido.

—Pero… —balbuceó— …¿tú no eres creyente?

—Mis padres y mi hermana, sí, mucho. Yo, si quieres que te sea sincero, ni siquiera pensaba mucho en ello, ni en política tampoco. Siempre fui hombre más de ciencias que de letras. La verdad es que tengo la sensación de que todo eso de la religión, ya sabes, Dios y esas cosas, no es más que una invención de los hombres para no sentirse solos.

Silencio.

—¿Y tú? —preguntó Alemán.

—Ateo.

Estallaron en una carcajada. Roberto volvió a tomar la palabra.

—¿Y tú, amigo? Ya que nos hacemos confesiones, ¿hay algo que no pudieras soportar de tu bando, Tornell?

—El desorden —dijo sin pensar—. Nos llevó a la maldita debacle.

—No te falta razón.

—Los anarquistas… en fin, aquello parecía una verbena. Creo que había que ganar primero la guerra y luego hacer la revolución, no lo contrario, que es lo que proponían ellos.

—Eso que dices es más bien de orientación comunista, ¿no?

Por un momento, Alemán vio la sombra de la duda asomarse a su rostro. Le pareció que Tornell, incluso, llegaba a ponerse nervioso.

—Nunca milité en ningún partido —dijo Tornell—. ¿Y tú?

—No, yo tampoco, ya te lo dije. Quería matar rojos. Ni siquiera me tomaba los permisos que me daban cuando ganaba alguna condecoración. Apenas si abandoné el frente pese a los ruegos y las órdenes de mis superiores.

El preso le miró como con una mezcla de lástima y respeto.

—¿No será que querías hacerte matar?

—Me lees el pensamiento pero no creas. Lo supe hace poco. Cuando llegué aquí.

Volvieron a quedar en silencio, paladeando el coñac. Aquel ambiente animó al capitán a hacer una confesión:

—¿Sabes? Cuando acabé la guerra intenté quitarme la vida. Me corté las venas.

—Vaya.

—No, no temas, creo que lo he superado. No recuerdo bien cómo ocurrió, lo tengo todo como en una nube. Actué de forma mecánica, instintiva. Mi ordenanza me salvó la vida.

Se hizo un incómodo silencio entre los dos. Otra vez. Se miraron a los ojos.

Entonces Tornell dijo sin pensar:

—¿Sabes? Yo te conocí.

—¿Cómo?

—No, no. No te conocí directamente. Fue en noviembre del treinta y seis. Como había sido policía me destinaron a las Milicias de Vigilancia de la Retaguardia. —Alemán puso cara de pocos amigos—. No te preocupes, no hice nada de lo que deba arrepentirme. El gobierno quería poner orden, terminar con los «paseos» y sobre todo, con las checas…

Alemán se incorporó un poco en su sillón. Estaba alerta. Tornell continuó hablando.

—…yo iba y venía, arreglaba entuertos, polémicas entre comités, en fin… Una misión imposible… Recuerdo que estaba en Madrid y me llamaron para que esclareciera un suceso: un preso se había escapado de la checa de Fomento llevándose por delante a dos guardias. Querían depurar responsabilidades por si había que fusilar a algún negligente.

—Vaya.

—Sí, accedí a tus declaraciones e interrogué al personal de la checa. Emití un informe, los responsables de tu fuga estaban muertos.

—¿Tenías que buscarme a mí?

—Si hubiera sido posible, sí. Pero la ofensiva sobre Madrid era inminente y tu prima declaró que te habías pasado. Sinceramente, no creí que pudieras lograrlo, supuse que habrías quedado en tierra de nadie, malherido…

—Pues lo conseguí.

—Lo sé.

De nuevo ese silencio incómodo.

—Y me alegro de que lo consiguieras —añadió el preso.

Alemán miraba al suelo, como bloqueado. Tenía los ojos enrojecidos, se le saltaban las lágrimas.

—Siento lo que te pasó, Roberto. Quería decírtelo desde que te conocí, pero no tuve huevos.

—¿Por qué?

—Por si me tomabas por uno de ellos. Por un chequista.

—Tú nunca has sido así.

—Sí, lo sé, pero tú no me conocías… Lo siento, amigo. Quiero que sepas que entiendo que salieras de allí hecho una bestia. Tú no eras un verdugo, eras una víctima.

—Que se convirtió en verdugo.

—Sí, Roberto, para no volver a pasar por aquello.

Alemán quedó mirando al frente con los ojos abiertos, como el que ve una gran verdad. Entonces, de pronto, se levantó. Tornell empezó a alarmarse. El capitán hincó una rodilla y, tras situarse frente a él, le dio un fuerte abrazo.

—Gracias, Juan Antonio, gracias.

Sin separarse de aquel mastodonte que le apretaba contra sí, el preso acertó a decir:

—Gracias… ¿por qué?

—Por ayudarme a comprender lo que pasa dentro de mi maldita cabeza.

Volvieron a sentarse como antes. De nuevo ese inquietante silencio. Alemán, cambiando de tercio, como solía hacer, preguntó de golpe:

—¿Sabes, Roberto? A veces me pregunto por qué sentimos simpatía por determinadas personas, por qué elegimos a nuestros amigos.

—¿Y?

—Cuando llegaste aquí, todos te vimos como un tipo peligroso, un loco. Pero yo, en el fondo, sabía lo que te había ocurrido y pensaba que eras, como todos nosotros, una víctima.

—Quizá, pero mírate, yo estoy solo. Me maldigo por haber sobrevivido a mi familia, gente mejor que yo, pero tú, tus amigos, habéis perdido una guerra. Sé que debe de ser muy duro, amigo. Tornell, tú también lo debes de haber pasado mal.

El preso sonrió con amargura.

—Y que lo digas.

—Lo siento, de verdad —prosiguió el capitán—. De veras.

—Lo sé.

—Si alguna vez quieres hablar de ello… —dijo Alemán llenando las copas de nuevo— …ya sabes… sin ningún problema…

—Necesitaría toda una vida para contarte lo que vi —dijo Tornell.

Alemán debió de poner cara de no entender, porque, de inmediato, Juan Antonio aclaró:

—Te pondré un ejemplo: Albatera, el muro de las lamentaciones…

—¿Cómo?

—Sí, Roberto, sí. Te pregunto que si sabes qué era el muro de las lamentaciones.

—¿Donde fusilaban a la gente?

—Quiá.

Alemán ladeó la cabeza mostrando que no entendía. Tornell siguió hablando:

—¿Sabes? Nos alimentaban con latas de sardinas requisadas al ejército de la República. Obviamente se habían echado a perder por el paso del tiempo, el aceite estaba rancio. Eso y una minúscula rebanada de pan, duro y lleno de gorgojos, putrefacto. Ésa era nuestra dieta. Una vez al día. Y sin agua, recuerdo que para conseguir un vaso había que hacer una cola de un día.

—Y aquello daba sed.

—Exacto, amigo. Aquello provocaba que todos los presos padecieran de un estreñimiento atroz. Las barrigas se hinchaban. Las letrinas, por otra parte, no eran más que un inmenso agujero en el suelo lleno de mierda junto a un muro. Cuando los presos acudían allí no podían siquiera hacer sus necesidades. Teníamos que utilizar la llave de las latas de sardinas para conseguir eliminar algo parecido a la mierda de cabra. Unas bolas pequeñas y duras. La gente acababa desarrollando forúnculos por aquello, pero había que eliminar los residuos del cuerpo como fuera, claro. Muchos sufrían hemorragias tras usar la llave y se desmayaban allí mismo, sobre las heces. Los aullidos de dolor de los hombres cuando intentaban defecar eran horribles.

—El muro de las lamentaciones.

Tornell asintió.

—¿Y tú pasaste por eso?

—Y por más —dijo—. ¿De verdad quieres que te cuente más?

—Siempre que quieras hacerlo, sí.

A Tornell le pareció ver que su amigo se emocionaba de nuevo. Quizá la salida de su letargo emocional le estaba convirtiendo en alguien demasiado vulnerable.

Pensó que, por aquel momento, era suficiente. Hay ocasiones en las que el silencio es lo mejor. Mejor que dejar aflorar esos recuerdos que, a veces, te devoran el corazón y la mente.

Diferencias

Roberto Alemán, aprovechando su nombramiento plenipotenciario, liberó a Tornell de cualquier trabajo incluso cuando estuviera ya plenamente recuperado. Insistió en que debía dedicarse sólo a la investigación. Después del mazazo que había supuesto la muerte del bueno de Casiano y su hijo, los dos amigos retomaron el asunto si cabe con más ímpetu. ¿Qué tendría que decirles el niño? Tornell repasaba el caso y se volcó, ahora que podía, en su diario. Aparte de reflexiones recogía en él aquellos aspectos de la investigación que no debían quedar en el aire. Por ejemplo, le parecía evidente que las dos ampollas de morfina que habían encontrado en la caja de Higinio no eran sino el pago que el verdadero asesino había realizado para que el comunista hiciera la vista gorda ante la ausencia de Carlitos Abenza. Sin embargo, ¿por qué se ausentó el chaval del recuento? Le parecía que la respuesta era clara: a aquellas horas debía de estar muerto. El asesino era listo, muy listo. Sabían que Abenza había asistido a la cena, luego el asesino se citó con él en las alturas entre dicha hora y las doce, lo mató y pidió a Higinio que falseara el recuento simulando que el chaval había huido y que necesitaba unas horas de margen para escapar. Hasta ahí, Tornell pensaba que su razonamiento no presentaba fisuras, se sostenía. Se imaginaba que Higinio, al ver que el chaval había muerto y que Alemán y él investigaban su asesinato debió de ponerse nervioso. Era probable que incluso hablara con el asesino y éste, al ver que podía ser descubierto, lo eliminara de un plumazo. Era un tipo atrevido, casi se diría que demasiado inconsciente, pues le atacó en el barracón y no dudó en hacer lo mismo con Tornell cuando a punto estuvo de verse descubierto. ¡Llegó incluso a agredir a un capitán! Tornell no quiso preocupar a Alemán, pero creía que éste tenía razón, a aquellas alturas pensaba que la piedra que había triturado a Raúl y a otros tres hombres, iba destinada contra ellos dos. Ahora lo veía claro. ¿Por qué aceptó Higinio las ampollas? ¿Por qué asesinó alguien a Carlitos? ¿Qué había hecho el pobre chaval? Quizá había visto algo relacionado con el tráfico de morfina en el campo, pero resultaba inverosímil que alguien dentro de la prisión, un preso, pudiera costearse algo tan, tan carísimo. Si alguien traficaba con morfina no podía ser un preso, no, imposible. Debían buscar entre los carceleros. Estaba claro. Otra posibilidad era que algunos presos hicieran de correo para alguien más importante. Un oficial o algún guardia. Quizá el capitán de la Guardia Civil podría arrojar algo de luz al respecto.

Tornell se encontraba mal por varios motivos. Después de repasar las fichas de los presos y teniendo en cuenta quién había pasado por la enfermería aquel día en que el practicante se ausentara por unos minutos, todo apuntaba en una dirección de cara a identificar al ladrón de las ampollas. Tenía un candidato claro. Pero no quería reconocerlo. Intuía que Alemán sospechaba lo mismo, aunque no había dicho nada. El Julián era el único que, después de pasar por la enfermería, tenía un historial de robos de cajas fuertes y domicilios que le hacían sospechoso. Era perfectamente capaz de abrir ese armarito y llevarse las ampollas. Tornell no quería presionarle, y mucho menos que fuera detenido o maltratado; bastante debía de haber pasado el pobre con aquellos experimentos de Vallejo-Nájera. Sabía que, tarde o temprano, aquella cuestión se interpondría entre Alemán y él, y no sabía cómo resolverlo. Además, Roberto le trataba muy bien, siempre lo había hecho. Le llamaba cariñosamente «el baturro», por el vendaje que llevaba en la cabeza, y se encargaba solícitamente de que descansara, durmiera las horas necesarias y que no le faltara de nada. Aquello le hacía sentirse más culpable aún y así lo anotó en su diario. Alemán se estaba curando pero él seguía enfermo de odio. Claro, para el capitán era más fácil; habían ganado la guerra y tenía un futuro, pero él, no. Él sólo ansiaba vengarse como juró en Miranda, Albatera, los Almendros y tantos y tantos campos en los que le redujeron a la condición de subhumano. Al menos, Alemán, por su parte, había conseguido la escritura de todos los empleados del campo así como de guardianes, «civiles» y demás, con el subterfugio de la encuesta. Tornell pensó en dedicar el día siguiente a examinar dichos cuestionarios para comparar los distintos tipos de letra con la de la nota acusadora. Esperaba que aquella gestión les deparara el éxito. La próxima visita de Toté se aproximaba y no sabía qué iba a pensar ella cuando viera el aparatoso vendaje que llevaba. Se sintió también mal por ella. La estaba engañando tras hacerle creer que había un futuro para ellos, al igual que a Alemán. Por otra parte se había presentado el nuevo director, un «misicas», un meapilas. Era soltero y, según decían, muy pío. No le daba buena espina. Por cierto, se rumoreaba que Franco iba a asistir a una misa allí en la cripta, en la mañana del día de Navidad. Interesante. Al menos todo iba como habían pensado. Hacía mucho frío, era diciembre y se acercaba la Navidad.

El sábado 14, a la tarde, Tornell y el señor Licerán terminaron de repasar la escritura de los empleados y guardias del campo: ninguna coincidía con la de la nota. ¿La habría escrito de verdad el asesino? A pesar de que aquel crimen era la principal preocupación de Alemán, había varias dudas que asaeteaban su mente, aunque la principal era: ¿por qué el asesino había intentado desviar la culpa hacia los anarquistas? Y sobre todo… ¿por qué a los comunistas les incomodaba tanto la fuga de éstos? Algo preparaban, ¿una fuga masiva? Debía de tratarse de algo grande. No se le escapaba que Tornell cambiaba de tema cuando le hablaba de eso y decía que nada tenía que ver con la investigación. Entonces, en su mente se encendió una luz. No, era una idiotez. Un momento, un momento. Sí, era posible. Franco iba a menudo a las obras. ¿Estarían preparando un atentado? ¡Qué tontería! Era una locura. Estaba perdiendo la cabeza, jugar a detectives no era lo suyo. Todo aquello lo pensaba repantigado en su sillón, en su saloncito, con las piernas en alto y despachando una buena copa de coñac. Solo. Tornell estaba muy raro, demasiado, aunque en aquel momento pensó que bien podía ser porque el asesino no se encontrara entre los custodios de los presos quitándole la razón, quizá porque al día siguiente llegaba su mujer o también porque las entrevistas con los posibles ladrones de la morfina le habían dejado en una situación difícil que había generado tensiones entre ellos. Se veía venir, y así ocurrió.

El policía no le ocultó la verdad cuando fue a su casa para contarle que había charlado con los cuatro posibles candidatos y que no había visto nada raro en tres de ellos. Pero con el cuarto habían surgido verdaderas sospechas. Era el Julián, al parecer uno de los miembros de su círculo más o menos habitual. Según le contó era íntimo, uña y carne, de un tipo al que apodaban David el Rata, que a su vez tenía mucha relación con Berruezo, el gran amigo de Tornell que había conseguido que le llevaran a Cuelgamuros.

Alemán recordó que el Julián era aquel tipo que estaba siendo atendido por una astilla en la nalga aquel día en que el enfermero le dejó a solas en el consultorio. Había sido ratero, sabía abrir cajas fuertes y había estado a solas con el armario de la morfina durante, al menos, diez minutos. Tornell, que leía en la gente como en un libro abierto, relató a Roberto que cuando le había sacado el tema, el sospechoso se había quedado parado, el rostro demudado, los labios morados. Por un momento pensó que el tipo iba a desmayarse, aunque de inmediato se recompuso. Era él, no había duda. Intentó presionarle pero el otro se cerró en banda. ¿Por qué había robado la morfina? O mejor dicho, ¿para quién? ¿Traficaba con ella? Tornell intentó convencerle de que hablara, pues estaba en una situación difícil. El otro, al parecer, lo negaba todo. El policía le hizo ver que si había robado la morfina para el asesino, si conocía su identidad, estaba en verdadero peligro. Pero según le contó a Roberto, el Julián se había reído de aquello. ¿Por qué no sentía miedo? ¿No había visto lo que ocurría a los que se habían cruzado en el camino de aquel loco? ¿Acaso no sería él el tipo que iba matando presos? Alemán lo vio claro y le dijo a Tornell que debían actuar rápidamente.

—Tenemos que detenerlo. No hay tiempo que perder. Por primera vez tenemos algo a que agarrarnos: un hombre que conoce al asesino y que ¡está vivo para contarlo! ¿Te das cuenta? —se escuchó decir a sí mismo—. Tenemos que mandarlo detener y hacerle cantar.

—No, no. Es mi amigo. De ninguna de las maneras —dijo Tornell negándose en redondo a aquello.

Discutieron.

—Hay que detenerlo, llevarlo al cuartelillo y que le saquen el nombre del asesino a hostia limpia. Igual hasta es él.

—¿Estás loco? Nosotros no actuamos así, Roberto. Creía que éramos amigos.

—Y lo somos, Juan Antonio, y lo somos, pero no podemos dejar que ese tipo siga matando gente. Es cuestión de tiempo, en cuanto el asesino sepa que has hablado con el Julián, éste será hombre muerto.

—No.

—Los «civiles», Tornell. Se lo sacarán.

—No, Roberto, no. Por favor. ¿De qué sirven las cosas que te conté? ¿Vas a incurrir en la misma brutalidad que esa gentuza? Pensé que habías cambiado.

—Éste no es un asunto político, Tornell, es policial; hablamos de una bestia. ¿Cuántos hombres más pueden morir?

Quedaron mirando hacia otro lado, los dos. Era la primera vez que discutían.

—Mira, Alemán. No quiero que detengan al Julián. Estuvo preso en San Pedro de Cardeña e hicieron experimentos con él.

—¿Cómo?

—Sí, en San Pedro de Cardeña, un psiquiatra hizo experimentos con los prisioneros de las Brigadas Internacionales para investigar el biopsiquismo de la patología marxista.

—No entiendo nada de lo que me estás contando.

—Sí, hombre, sí, Vallejo-Nájera. Mira, los brigadistas no eran nadie, no existían.

—¿Por qué?

—Porque en cuanto entraban en territorio de la República se les retiraba el pasaporte.

—Para que no pudieran volverse atrás.

—Más o menos. Al acabar la guerra, todos los prisioneros extranjeros estaban indefensos. No eran nadie, no tenían papeles, no existían...

—Joder.

—Por eso los utilizaron en las investigaciones. Ese tipo, el psiquiatra, quería demostrar que el marxismo tenía una base patológica, que era algo típico de mentes enfermas, seres inferiores, subnormales.

—La Virgen, cuánto loco.

—Hacían experimentos, no sabemos cuáles. El Julián no se acuerda, pero quedó tarado. A los rusos, sobre todo, les medían la cabeza, a los siberianos, que tenían rasgos mongoloides, les hacían fotos para demostrar que sus cráneos eran anómalos.

—La frenología pasó de moda ya en el siglo XIX. Además, tu amigo no era extranjero.

—No, pero sospechamos que era un poco... retardado.

—Por eso experimentaron con él. ¿Y qué le hacían?

—No lo sabemos. Ni siquiera él lo recuerda, Alemán. Su mente lo borró todo hace tiempo.

—¿Te das cuenta que bien podrías estar hablando de un loco? Quizá sea el asesino.

—No, no.

—Además, suponiendo que no lo sea, si robó las ampollas para el asesino, éste lo despachará.

—Un momento, Roberto, un momento. No está tan claro. Hemos supuesto que Higinio tenía las ampollas porque se las dio el asesino en pago a su silencio, pero ¿y si las tenía para traficar? ¿Y se las consiguió el Julián?

—Tú dices que no crees en casualidades y yo, tampoco.

—Mira... estoy cansado —dijo el policía—. Mañana viene Toté. Dame dos días, sólo eso. Si el lunes no he conseguido hacerle hablar lo detienes. Esta noche volveré a hablar con él y con su amigo, el Rata, es un tipo listo y seguro que lo convence.

—Hecho —dijo Alemán dando su brazo a torcer. Estaba enfadado, Tornell se equivocaba pero él sólo era un aficionado—. Se hará como dices.

El domingo por la mañana el Julián apareció muerto.

Lo encontraron cerca del Risco de la Nava. Junto a él había una jeringuilla usada y dos ampollas de morfina. Se sospechaba que el reo había participado en el robo de cuatro ampollas de la enfermería, dos de las cuales fueron halladas en la caja del preso Higinio Gutiérrez, asesinado en su barracón, por lo que tanto el director como el médico llegaron a la conclusión de que Julián Domínguez había muerto por sobredosis tras inyectarse el contenido de los dos viales. Don Ángel Lausín dijo no descartar el suicidio. El médico mostró a Alemán las señales de múltiples pinchazos que presentaba el cuerpo, por lo que supuso que era un adicto.

Robertó quedó en cuclillas mirando el horizonte desde las alturas. Llevaba razón y ahora aquel pobre desgraciado estaba muerto. Quizá era el asesino que buscaban y se había suicidado de verdad al ver que el cerco se estrechaba. El nuevo director, un imbécil, sugirió incluso que cerraran el caso. Quitando los guardias civiles que habían hallado el cuerpo, el director y el médico, nadie más sabía nada de aquello. Alemán dio órdenes expresas de que no se dijera nada a Tornell que, además, andaba por ahí con su mujer. Era la hora de comer y pensó que no le vendría mal reponer fuerzas y echar una siesta. Le hubiera gustado saludar a Toté, conocerla, hacerle saber la admiración y el cariño que sentía por su marido que, dicho sea de paso, le parecía un hombre notable, pero se entretuvo esperando que bajaran el cuerpo directamente al Escorial y que el forense le echara un vistazo. Sobredosis, confirmó. Tenía claras marcas de aguja en el brazo izquierdo y unas diez o doce entre los dedos de los pies. A pesar de que coincidió en que aquel tipo debía de ser un adicto, el forense le dijo que era raro, le parecía extraño que un preso pudiera costearse algo que, en el mercado negro, alcanzaría precios astronómicos. Lo habían matado, pensó Alemán para sí.

Una vez más se sintió impotente porque todas las muertes que le rodeaban, excepto la de Higinio, parecían accidentales. Algo que, en aquel lugar, no suponía nada extraordinario. Aquello se complicaba, y mucho. No se veía con ánimo de volver al Valle de los Caídos. Él tenía razón y Tornell, no. ¿Cómo iba a decírselo? Era obvio que su nuevo amigo se había equivocado; el Julián estaba muerto en gran parte por su culpa. Los presos no se habían enterado, así que nadie se lo podía decir salvo los guardianes que estaban sobre aviso. De momento, claro. Porque en aquel campo todo terminaba sabiéndose tarde o temprano. Si hubieran detenido al Julián, como él pretendía, en aquel momento estaría vivo. O habría confesado ser el asesino. Bien es cierto que le habría caído algún guantazo que otro, sí, pero no le cabía duda de que hubiera cantado, entre el miedo a los guardias civiles, al asesino —si es que no era él mismo— y a la posibilidad de tener que volver a un campo de concentración.

Habló por teléfono con el nuevo director desde El Escorial, desde el despacho del forense. Tampoco le gustaba aquel tipo con pinta de seminarista, Ildefonso, delgado, alto, con un sempiterno suéter color lila con un enorme cuello de camisa que asoma bajo el mismo como los dos colmillos de un vampiro. Era un curilla. De inmediato dijo que dispondría misas por el alma del difunto. Insinuó que eso le había sucedido por no haber acudido a misa a primera hora; pensaba que el Julián era el asesino y volvía a insistir en que cerraran el caso.

Alemán estaba furioso, aunque quizá aquel imbécil hasta tenía razón, así que avisó al chófer y se fue a Madrid. Pasó la tarde con Pacita sin poder quitarse el asunto de la cabeza tras enviar al chófer de vuelta. La única prueba que les permitía seguir el husmillo era la morfina, el único testigo era el Julián y ahora estaba muerto. Siempre ocurría lo mismo, cada vez que se acercaban, cuando hallaban algún posible testigo que pudiera ayudarlos, éste acababa fiambre. Aquello parecía una novela de aquellas que vendían en los quioscos, de asesinatos, a las que su hermano el de la UGT era tan aficionado. Nunca le gustaron; era desesperante que siempre que se acercaba uno a la resolución del caso ocurriera algo que impedía al lector saber lo que realmente estaba pasando. Suponía que eran trucos de escritor de folletines, pero le ponía nervioso. Era todo tan previsible…

En aquel caso la realidad era mil veces más compleja que el más enrevesado de los vodeviles. El asesino se movía rápidamente, de aquello no había duda.

No quería ver a Tornell, discutir, decirle «ya te lo dije». Su amigo había perdido la objetividad por ser, precisamente, un prisionero. Él no se daba cuenta pero Alemán sí, y su tozudez le había costado la vida a un hombre. Supuso que se sentiría culpable cuando supiera la noticia. Volvió en el coche de su general acompañado por su novia. Se despidieron entre arrumacos y vio el auto alejarse diciendo adiós con la mano. Al menos tenía a Pacita. Convino que Tornell lo tenía mucho peor. Sí, estaba su mujer, Toté, pero las cosas no debían de ser sencillas para él. A fin de cuentas era un preso, le parecía evidente que desde el principio había creído en que el asesino era un guardián o un guardia civil, hipótesis que a Alemán no le parecía descabellada, la verdad. Pero los hechos apuntaban cada vez más en el otro sentido, así que era de esperar que Tornell no estuviera, precisamente, contento. Además, en cuanto supiera lo del Julián, si es que no lo sabía ya, se sentiría responsable de su muerte. Cuando se disponía a subir hacia su casa, el guardia civil que vigilaba la entrada le dijo:

—Ay, el amor… el amor.

Él, muy atento, le saludó con la cabeza. Era evidente que le había visto despedirse de Pacita.

—Usted perdone —dijo—. Espero que no nos hayamos comportado de forma incorrecta.

—¡Qué va! Descuide, descuide —contestó el guardia ofreciéndole un pito—. Si es lo mejor que hay, ya sabe usted: las mujeres. Además, no es usted el único. Ya se sabe, la juventud. Muchas noches veo acudir al pueblo al falangista ese, al pez gordo. —Se refería obviamente a Baldomero Sáez, que desde la muerte de Casiano y su hijo se había mantenido en un discreto segundo plano—. Dicen mis compañeros que debe de tener alguna querida allí abajo, no falla, casi todas las noches baja al pueblo.

Aquello llamó su atención. Si tenía una mujer en El Escorial, ¿por qué bajaba después del toque de silencio? Era soltero, bien podía hacerlo a la tarde o, simplemente, tras la cena. ¿Por qué se ocultaba?

—Pero ¿vuelve a dormir? —preguntó el capitán.

—Sí, claro, sí. Cuando lo veo bajar, allá al fondo, se escucha un coche. Luego a eso de las dos horas o así suele volver.

—¿Una mujer que conduce? —preguntó extrañado.

—Igual tiene algún taxi que le espera —repuso el otro.

Alemán apagó su cigarrillo y le dio las buenas noches. Aquella información podía ser valiosa. ¿Por qué se comportaba así el falangista? Sin duda, se beneficiaba a una casada. Como mínimo. Cualquier detalle que pudiera perjudicar a ese malnacido podía serle útil.

Cosas raras

ornell supo lo del Julián el mismo domingo por la noche, en su barracón. Se lo contó el Rata, que se pasó por allí justo antes del toque de queda. Se enteraba de todo y era amigo suyo, así que fue a contárselo al antiguo policía. La mala noticia terminó por desmoralizarle, hizo crisis. Además, había ido de visita Toté y, curiosamente, aquello le había hecho sentir peor. Estaba guapísima. Ella le había dicho que le veía más repuesto, aunque, de inicio, se asustó al ver su aparatoso vendaje. Le mintió diciéndole que había sido un accidente tras resbalarse en un terraplén. Después de hacer el amor bajo el mismo árbol que la otra vez se había sentido completo. Y culpable. Ella se había sorprendido al ver cómo le saludaban los guardias civiles y los otros presos. Podía sentirse orgulloso de haberse adaptado bastante bien a aquello. Toté parecía feliz al ver que las cosas no le iban mal; al menos, en cuanto a su puesto de cartero y a su amistad con Roberto. Ella apuntó que, a buen seguro, Alemán podría interceder por él haciendo que saliera pronto de allí. No se atrevió a contradecirla. Si supiera…

Cada día se sentía peor anímicamente y su esperanza de

cazar a aquel maldito asesino iba desapareciendo. Tomó su diario aprovechando que todos sus compañeros dormían y volcó en él sus reflexiones: el Julián había muerto por su culpa. Alemán tenía razón, quizá hubiera sido mejor detenerlo y hacerle contar la verdad. A aquellas alturas estaría vivo. Toté creía que poco a poco se acercaba el fin de aquel calvario y él la engañaba. No le había contado nada de la investigación, ni siquiera conocía la existencia de los asesinatos; además, ¿qué más daba? Él nunca saldría de Cuelgamuros, estaba decidido. Bueno, sí, con los pies por delante y pasando a la historia.

Tornell no dio señales de vida ni al día siguiente ni en los posteriores. El señor Licerán había contado a Alemán que se le había presentado solicitando volver al trabajo y no precisamente como cartero. Decía que ya estaba recuperado y que no quería seguir ocioso. Roberto no tenía muy claro qué le ocurría. Bueno, sí.

Debía sentirse culpable por la muerte del Julián, que a aquellas alturas ya era vox pópuli en el campo, y supuso que no querría encontrarse con él por si le echaba en cara su error. Se sintió culpable por no haberle dado la noticia personalmente pero no podía imaginar que en el campo las noticias circularan a tal velocidad. Probablemente no había acudido a verle por orgullo. El maldito orgullo. No quería verle y quizá él tampoco. Tornell se había equivocado y los dos lo sabían.

Parecía como si su relación se hubiera enfriado; debían hablar, sí, pero no estaba seguro de querer dar el primer paso.

El caso había llegado a una vía muerta y Alemán comenzaba a plantearse la posibilidad de largarse de allí en aquel mismo momento, retomar sus estudios, casarse. Aquello le superaba. No creía que el asesino volviera a actuar; ahora estaba a salvo. Eso si no era el Julián. De seguir vivo, el asesino debía de estar tranquilo: había eliminado a Higinio, que le ayudó falsificando el recuento; al crío, Raúl, que de alguna manera sabía algo y al Julián, que por algún motivo le había proporcionado la morfina para sobornar a Higinio. Del caso que le había llevado a Cuelgamuros, del asunto de los suministros, no se sabía nada; las cuentas estaban claras y todo iba en orden. El director, probablemente el culpable, había sido cesado. Luego, ¿qué hacía allí todavía? ¿Para qué alargar su estancia en aquel lugar? Entonces ocurrieron dos cosas raras. Muy raras.

La primera estaba relacionada con Tornell. En un momento dado pensó que no merecía la pena seguir distanciados, que debía dar el primer paso y tragarse el orgullo. Bien era cierto que Tornell debía haber acudido a verle para decirle: «Tenías razón». Pero no lo había hecho. Probablemente estaba hundido porque el Julián había muerto por su culpa. Bastante castigo era aquél.

Decidió hablar con él y fue a buscarlo en la pausa de la comida. No estaba con su gente, así que volvió a su casita, a leer. Al final de la tarde, el antiguo policía se presentó.

—He ido a buscarte —le dijo Alemán.

—Sí, estaba ayudando a mi sustituto a leer las cartas a los demás presos.

—Vas a volver al puesto de cartero. No tenías que haberlo dejado.

El preso negó con la cabeza.

—Tornell, escucha. Es un buen destino, no te castiga, te permite recuperarte, vivir. Bastante pasaste ya por todos esos campos de concentración. Ten cabeza, hombre.

—No me lo merezco —dijo—. Soy un inútil.

—No, no. No digas eso. Fuiste un gran policía, eres un gran policía. Eras un gran oficial, lo sé. Tienes una mujer, un futuro, saldrás de aquí, yo me encargaré de que sea pronto… hazme caso. Déjame ayudarte.

—No me lo merezco. Está muerto. Por mi culpa. Tú tenías razón.

—No, amigo, no. Hiciste lo correcto, no querías que lo curtieran.

—Tú lo dijiste, había que sacarle la información para salvarle la vida. A la primera hostia habría cantado, lo sé. ¿O acaso te crees que cuando yo era policía me comportaba como una hermanita de la caridad?

—¿No has pensado en que igual era el asesino?

—Estoy seguro. El Julián no era el asesino —dijo muy seguro de sí mismo.

Quedaron en silencio.

—Mira… No es una opción. Tienes que volver a tu puesto de cartero, lo hacías bien. Leías las cartas. Ayudabas a la gente. No te voy a permitir otra cosa.

—Desde que se inició este asunto no ha hecho más que morir gente y no he podido evitarlo. ¿Cartero? No me lo merezco.

—¡Nadie se lo merece más que tú! —gritó Alemán fuera de sí.

Tornell sabía cómo sacarle de quicio. ¿Por qué no se dejaba ayudar? No sabía por qué, pero aquel hombre era importante. No podía entrever que, en el fondo, ayudándole, veía la posibilidad de redimirse.

—Bien, bien, no quiero imponerte nada. Piénsatelo, ¿de acuerdo? —se escuchó decir a sí mismo. Pensó que era mejor adoptar un tono más conciliador.

Entonces el rostro de Tornell cambió, se relajó. Incluso pareció que sonreía. Alemán comprendió que había hecho bien en no obligarle a aceptar su decisión. Esperaría.

—Vete a descansar. Si vuelves al tajo te hará falta.

—Gracias —dijo saliendo de allí con paso cansino. Parecía que la compañía del capitán ya no le agradaba.

Roberto se sentó a mirar el fuego. Tornell estaba muy raro. ¿Qué les estaba pasando? ¿Por qué no podía ser Tornell un compañero más y no un preso? La idea de dejar Cuelgamuros y que él quedara allí se le hacía desagradable. Ni siquiera habían hablado de continuar la investigación de aquel caso, aquellas pesquisas llevadas a cabo por dos locos que iban contra todo. Aquello les había unido con un vínculo inexistente, pero fuerte. Tornell no quería reconocerlo pero Alemán lo sabía, era su amigo y le apreciaba. Tanto como Roberto al preso. Para el militar era más fácil, claro: él era uno de los verdugos y Juan Antonio, un penado. Intentó ponerse en su lugar, ¿cómo podría su mente albergar cualquier sentimiento positivo hacia uno de aquellos salvajes que durante años le habían reducido a la condición de un ser infrahumano, un prisionero? Se sintió mal, despreciable. Salió de allí dando un portazo. Se ahogaba. Tenía algo que hacer.

Pasó por donde la casamata de Solomando y se atizó un par de coñacs. Pertrechado con un buen capote salió de nuevo al exterior. Hacía un frío horrible. Saludó al centinela y se apostó bajo unos pinos. No tuvo que esperar mucho. A eso de las doce y media vio una figura rechoncha que bajaba caminando tras salir del campo. Era Baldomero Sáez. Dejó que pasara junto a él, le dio ventaja y le siguió.

Después de bajar un par de cientos de metros, el falangista se paró y encendió un cigarrillo. El pequeño botón incandescente destacaba en mitad de aquella inmensa oscuridad. Pasó un rato, quizá quince minutos. Entonces comenzó a oírse un *rum rum*, un ruido sordo, grave, como si un gran gato ronroneara haciéndose audible bajo el sempiterno viento que aullaba en aquellos parajes. Una luz. Era un coche. Se fue acercando. Cuando llegó a la altura de Sáez se detuvo. En su interior se encendió una pequeña lucecita. Vio dos camisas azules y un tipo uniformado. Llevaba varias estrellas en los galones, aunque no pudo ver bien su graduación. El falangista, rechoncho y de lentos movimientos, subió al coche y desaparecieron. ¿Qué estaba pasando allí? ¿Por qué se reunía Sáez de esa forma, en secreto, con militares y falangistas? ¿Qué era aquello? ¿Conspiraban o sólo se iban de putas? La situación en Cuelgamuros había terminado por convertirse en un rompecabezas imposible de resolver. Alguien había matado a Abenza. Higinio había ayudado al asesino a falsificar el recuento y había terminado siendo asesinado por ello. El crío, que parecía saber algo, había fallecido en un accidente y el Julián, que probablemente había robado las ampollas con que el asesino había sobornado a Higinio, había aparecido tieso por una sobredosis de morfina. Todo eran accidentes, desgracias, demasiadas para ser fruto de la coincidencia.

El asesino había intentado desviar su atención incriminando al jefe de los anarquistas, Perales, con una nota falsa. Era listo. Se habían producido tensiones entre anarquistas y comunistas por el asunto de la fuga de los dos presos de los que, de momento, nada se sabía. ¿Por qué no querían los comunistas que los anarquistas llevaran a cabo la fuga? ¿Preparaban ellos otra?

¿Por qué estaba Tornell tan raro? ¿Era sólo por la muerte del Julián? ¿No sería éste un simple adicto, metido en una trama de tráfico de morfina para asegurarse el suministro, que había terminado matando a los demás al verse descubierto? Tornell se quitaba de en medio y él había perdido todo control sobre el asunto. Aquello era demasiado complejo, su mente no entendía, estaba perdido. Decidió volver a casa y se fue a la cama. Pasó una mala noche, agitada. Despertó pronto y se fue al comedor a desayunar. Cuando salía se encontró con el señor Licerán.

—¿Consiguió hablar usted con Tornell? ¿Han arreglado las cosas?

—Sí —dijo—. Anoche hablamos. Había intentado hacerlo a mediodía pero no pude encontrarlo y…

—Sí, estuvo comiendo con un amigo suyo del frente, en el depósito de explosivos.

—¿Cómo? —preguntó al recordar que su amigo le había dicho que había estado leyendo cartas a los presos. Había mentido.

—Sí, sí, a la hora de la comida lo vi comiendo donde el depósito. Me pareció raro verle por allí y le pregunté. Me dijo que había ido a ver a un viejo amigo.

—Berruezo.

—No, no, ése trabaja con nosotros. Era otro.

—Ya.

—Bueno, pero lo importante es que ustedes se hayan arreglado.

—Sí, claro, no se preocupe —se escuchó responder quitando importancia al asunto.

Lo vio alejarse y quedó pensativo. ¿Por qué le había mentido Tornell?

¿Qué se le había perdido donde los explosivos? ¿Había encontrado alguna nueva pista y no le había dicho nada? Pensó que, a aquella hora, los presos ya estaban en el tajo y tomó una de sus típicas decisiones, impulsiva, inconsciente. Se encaminó al barracón de Tornell. Estaba vacío. Fue directo al camastro de su amigo. Se tumbó y miró debajo. Quizá actuaba así por instinto, porque ni siquiera sentía remordimientos por violar su intimidad. Levantó el colchón —si es que a aquello se le podía llamar así— y lo echó a un lado. Nada. Apartó el catre de una patada, enfadado, harto, fuera de sí, y entonces lo vio: un tablón raro, una interrupción en el color de la madera que, normalmente, quedaba oculto por el lecho. Quitó la tabla rápidamente; dentro, un diario. Bueno, mejor, una libreta que hacía las veces de diario. Lo abrió. Rezaba: «Cuelgamuros, 10 de octubre de 1943. He vuelto a la vida. Después de tanto tiempo mi cuerpo comienza a reaccionar, a recuperar el tiempo perdido y a sobreponerse al castigo…». Más tarde supe que había hecho bien en leerlo.

Tornell estaba de muy mal humor y sabía por qué. Hacía un frío de mil demonios y Toté no podría ir a verle de nuevo hasta después de Navidad, que era tanto como decir que no volvería a verla. Al menos si las cosas transcurrían como él esperaba. Para colmo se había distanciado de Roberto, a propósito, y eso le molestaba. Sabía que Roberto se había comportado como un animal durante la guerra, que había matado a mucha gente, republicanos como él… pero, a diferencia de otros sabía que lo había hecho en combate. Era consciente de que, a veces, en la vida, cuando todo sale mal, comienza a experimentarse la sensación de que todo está negro, de que no hay futuro alguno y eso hace que te hundas. Algo así le estaba ocurriendo a él. Quizá era porque veía cerca el objetivo que le había permitido sobrevivir en los campos: «un día menos para lograrlo», se decía cuando se sentía morir por esas prisiones de Dios. Quizá. ¿Por qué se había metido en aquella investigación? Las pesquisas, las preguntas y la sempiterna presencia de Alemán no eran sino obstáculos para su verdadero objetivo. ¿Por qué había cometido ese error?

No había vuelto a hablar con Alemán. Le evitaba. Desde la muerte del Julián no había sabido por dónde seguir con el caso. Había hecho algunas preguntas sobre el asunto de la morfina más que nada pero nadie estaba al tanto. El asesino se había salido con la suya. Le parecía evidente que era alguien importante, con mando, porque si no… ¿cómo iba a ser tan atrevido? Aunque, ¿por qué iba alguien importante a tomarse tantas molestias en acabar con varios presos si podría enviarlos a morir a un campo o a una cárcel? O simplemente hacerlos fusilar por cualquier excusa… No, no tenía sentido.

Franco llegaría el día 25 a una misa en la cripta. En aquella cueva que, de momento, no era más que un agujero arrancado al granito. Vendrían muchos prebostes con él. Maldición. Roberto le había ayudado cuando no tenía por qué hacerlo. Era la única persona que le había apoyado —al menos de entre sus captores— desde aquel desgraciado día en que cayó prisionero. La única persona del otro bando que le había tratado con humanidad. ¡Porque quería que le enseñara a llorar! Qué cosas… Era como un niño grande. Un idiota. Estaba loco, como una cabra. Era evidente que su paso por la checa de Fomento le había dejado tarado, aunque, en las últimas semanas había cambiado, sí. Se había portado bien con él, como un hermano. ¿Por qué? No lo sabía. Pero no le gustaba; ahora se sentía en deuda con él y eso no era bueno. ¿Qué pasaría con Alemán cuando todo acabara? Cuando su asunto hiciera crisis. Nada bueno. Sabía que Alemán se había conducido como una bestia en la guerra, pero ahora conocía su historia como él era consciente de la suya. Él le entendía y Alemán le entendía a él. A buenas horas. Quizá, si le hubiera conocido antes las cosas habrían sido distintas. Alemán era un joven que no se metía en política y que acabó en una checa. Terminó luchando en el bando nacional porque mataron a su familia, a todos. Estaba enfermo de odio. Quería morir.

Ahora estaba ilusionado y se alegraba por él. Se iba a casar y retomaría sus estudios. Aunque sonara raro, aunque fuera difícil de comprender, ayudando a otros se había salvado para convertirse —quizá lo era antes— en una buena persona. Por eso le apreciaba, le estimaba, y era por eso que se sentía mal, como un traidor, un mierda. Él era, en el fondo, como Roberto; pero Alemán hacía progresos, se curaba. Juan Antonio seguía enfermo de odio, los odiaba a todos, por lo que le hicieron, por lo que vio en los campos. Le parecía curioso que Alemán se creyera enfermo, cuando estaba, sin darse cuenta, dejando de odiar y él, en cambio, no podía olvidar lo que le habían hecho. Nunca. Sabía que odiaba y mucho, pero con razón. Y para terminar de complicar las cosas, todo había cambiado. Era consciente de que ahora se abría ante él la posibilidad de una nueva vida. Reduciendo pena con el invento de ese maldito jesuita, Pérez del Pulgar, sabía que saldría de allí a lo sumo en cinco años. Alemán quería ayudarle, era probable que lograra sacarle incluso antes y Toté le esperaba, aunque... no podía... no. Resultaría más fácil aceptar aquella oportunidad, salir de allí y empezar una nueva vida. Pero se había comprometido. Había dado su palabra y no quería incumplirla. ¿Cómo iba a imaginar en la profundidad de aquella celda que las cosas iban a cambiar así?

Por eso hacía días que no hablaba con Alemán. Por eso le evitaba, porque se sentía mal al saber cómo le iba a pagar lo mucho que había intentado ayudarle. ¿Cómo podía tener un amigo fascista? No. Él no era un fascista ni nunca lo había sido, se decía a sí mismo. Era un hombre al que arrolló un tren, como a él, como a todos, esa maldita guerra que cada vez se le mostraba más claramente como un gran error. ¿No hay acaso otras maneras de arreglar las cosas que matarse?

No podía tomar lo que Alemán le ofrecía, no podía, no. Era imposible. Siempre fue un tipo tozudo. Le costaba mucho trabajo replantearse las decisiones importantes una vez tomadas. No podía, simplemente, olvidar y seguir hacia delante. ¿Qué le pasaría a Alemán cuando todo se supiera? Lo fusilarían. Peor, primero lo torturarían para ver qué sabía. No quiso pensar en ello, como le decían en la Casa, no se puede hacer una tortilla sin romper unos huevos.

Trampas

orría el día 20, más o menos, con
la Navidad llamando a la puerta,
cuando comenzaron a aclararse las cosas. En primer lugar,
Alemán, en uno de sus arrebatos fue a ver a Tornell y lo sacó
del trabajo. No le dio opción y le obligó a que le acompaña-
ra a tomar un café. Reparó en que el preso no parecía contento. Estaba demasiado taciturno. La sensación de que le
ocultaba algo crecía y crecía en su interior, aunque él tampoco estaba libre de pecado, había violado su intimidad y, gracias a ello, comenzaba a intuir lo que estaba pasando. Su diario no era explícito pero mostraba que ocultaba algo. Había
ciertos comentarios que Alemán veía inquietantes.

—No puedes seguir así —le dijo.

—Seguir… ¿cómo?

—Así, evitándome. ¿Qué piensas hacer?

—¿Hacer?

—Sí, joder, con lo del puesto de cartero, con la investigación… ya sabes.

—No quiero que maten a más gente por mi culpa.

—Bien.

—¿No vas a decir que no es por mi culpa?

—Pues no, es algo demasiado obvio. Tuvimos opiniones distintas, sí; hicimos lo que tú querías, sí; te equivocaste, sí. ¿Y por eso vamos a dejar que un asesino se vaya de rositas?

Tornell le miró como sorprendido. El viento volvía a aullar pese a que la mañana era soleada.

—No. Bueno… no sé. No tenemos nada a lo que agarrarnos. El asunto de la morfina está en vía muerta. Todos los que podían decir algo sobre el asunto han sido asesinados o, si lo prefieres, han muerto accidentalmente que es peor. Debemos dejarlo. Sinceramente, no veo el camino.

—Ni yo.

Silencio.

—Quiero cazar a ese hijo de puta —dijo Alemán muy serio—. Yo no me rindo.

—¿Y qué más da? ¿Qué te importa? Tú sólo eres un…

—Sí, dilo, un fascista.

—No, no. —Tornell se echaba atrás, estaba claro que se arrepentía de haber estado a punto de decir algo así—. Tú nunca has sido eso. Eras un soldado, una persona traumatizada, sólo eso. Eres una buena persona, Alemán. Has cambiado.

—Estoy aquí, permanezco aquí, por este asunto. Si tú no me ayudas no sabré seguir adelante. Necesito saber si vas a hacerlo, si continúas, porque de no ser así lío el petate y me largo. Pacita me espera.

—Sí, claro… —dijo Tornell pensativo.

Roberto miró hacia el fondo, hacia los montes. Estaba cansado de aquello. Quería salir de allí y empezar una nueva vida, se lo merecía.

—No es que no quiera ayudarte, Roberto. Sabes que quiero cazarlo tanto o más que tú, es sólo que no sé por dónde seguir. Hace muchos años que no trabajo como policía. Lo del Julián me ha afectado, pero debo reconocer que esperaba identificar la escritura de alguno de nuestros carceleros. Estaba convencido de que el asesino era uno de los tuyos y al ver que no obteníamos resultados… eso me ha desmoralizado, tenía que ser uno de vosotros… No me cuadra, no. Al menos sabemos que no volverá a matar.

—¿Cómo lo sabes?

—Tú piensas como yo. Lo sé. Es un tipo listo y ha cortado todos los nexos que podían unirle a nosotros. Permanecerá quieto, oculto, en la seguridad del anonimato.

Alemán asintió.

—Porque el muy cabrón —continuó diciendo Juan Antonio— es listo, muy listo…

De pronto, como movido por un resorte, el policía se levantó de un salto.

—¿Dónde están las cosas de Higinio?

—¿Cómo?

—Sí, joder, su caja, donde estaban las ampollas. ¿No tenía alguna carta?

Parecía haber visto algo muy claro, tenía los ojos muy abiertos, como el que descubre una gran verdad.

—En mi casa —repuso el militar.

—Vamos —dijo—. Rápido.

Llegaron a casa de Alemán donde Tornell se dirigió directamente a por la caja de los efectos personales de Higinio, el comunista.

Escarbó en ella y sacó un papel. Era una carta que Higinio había dejado a medias, para su madre.

—¿Tienes la nota? ¿La que inculpaba a Perales?

—Sí, claro —contestó Roberto sacándola de una carpeta que había sobre la mesa.

Tornell tomó los dos papeles y los miró a la vez.

—¡Hijo de puta! —exclamó.

—¿Cómo?

—Es un pedazo de hijo de puta. Es listo, muy listo. Mira. —Y le entregó ambas esquelas.

Tras examinarlas Roberto afirmó:

—La misma letra.

—Sí. ¿Y qué te dice eso?

—¿Que Higinio era el asesino?

Tornell estalló en una violenta carcajada.

—No, no —dijo entre risas—. Después de morir Higinio ha habido más muertes, ¿recuerdas? No. No es eso. El asesino obligó a Higinio a escribir la nota. Así no podríamos identificar su letra.

—¿Y cómo consintió el otro en hacerlo? Una esquela en que acusaba al jefe de la CNT de su propia muerte...

—El asesino lo amedrentó. Es un hombre terrible, un tipo inteligente con una gran determinación y muy, muy cruel.

—Claro, qué listo.

Tornell volvía a ser el mismo. Se había apuntado un tanto identificando la caligrafía de la nota que acusaba a Perales. Pareció que su ánimo cambiaba. Aquello no les permitía avanzar nada, sólo saber que el asesino era aún más inteligente de lo que pensaban, pero su moral pareció recuperarse. El asesino había utilizado a Higinio para escribir aquella nota; era maquiavélico, el hombre al que buscaban parecía inteligente, un rival de altura. Probablemente alguien con mucha autoridad en el campo, suficiente como para hacer que un hombre escribiera una nota acusando a un inocente de su propia muerte. Alemán miró a su amigo sonriendo.

—¿Qué me dices? ¿Seguimos?

—¿Cómo? —dijo saliendo de sus pensamientos.

—Sí, Juan Antonio, el caso, que si seguimos con el caso.

—Nunca lo hemos dejado. Y ahora, me voy al tajo. Déjame tiempo para pensar.

Roberto quedó pensativo por un rato. Había algunas anotaciones en el diario de Tornell que parecían, cuando menos, raras. Alusiones a «vengarse», «un objetivo» y a que no habría una nueva vida con Toté. Por no hablar del asunto aquel de su mentira cuando había acudido donde los explosivos. ¿Qué hacía allí?

Decidió avisar a su fiel Venancio, para que lo siguiera como si fuera su sombra y curarse en salud.

Aquella misma noche, Alemán se dispuso a llevar a cabo su plan. Salió del campamento embutido en una costosa cazadora de aviador, un capricho de otros tiempos que supo le iba a ser útil. El viento le acuchillaba la cara. Había conseguido que su general le enviara una motocicleta que había apostado bajo el bosquecillo, desde donde debía ver pasar a Baldomero Sáez.

Tuvo suerte, porque a la una y media el falangista pasó por allí con su característico trote cochinero. Llegó el coche. El mismo ritual del otro día. Subió. En cuanto el vehículo arrancó y se alejó un poco, Alemán puso en marcha la moto y les siguió con la luz apagada. Así llegaron al Escorial. No se percataron de que les seguía. Pararon en una calle que, según creía, llamaban de la Iglesia. Había un bar que permanecía abierto. Vio muchos coches aparcados en la puerta. Demasiados. Más de cinco, quizá seis o siete. Había gente junto a los vehículos, como de guardia. Todos con camisa azul. Pasó de largo disimuladamente y volvió a Cuelgamuros. Allí se cocía algo gordo. No había duda. Entró en el campo y se fue directo a la vivienda del falangista. Dio una vuelta alrededor. No sabía qué hacer. Vio un pájaro muerto a unos pasos. Un momento. Una idea. Cogió una piedra, la envolvió con su pañuelo, miró alrededor para asegurarse de que no había nadie y rompió un pequeño cristal de la ventana de la cocina. Metió la mano e hizo girar el picaporte. Abierta.

Cogió el pájaro y entró de un salto. Encendió la luz, no tenía miedo. Todo el mundo dormía y si pasaba la patrulla podrían pensar que era el propio Baldomero quien se hallaba dentro. Escarbó en los cajones de una cómoda que había junto a su escritorio. Nada. Abrió el cajón del mismo. Miró varias cartas, nada útil. Debajo de las mismas había una nota, decía:

Estimado Baldomero:
Te recuerdo que no vuelvas a nombrar «nuestro proyecto» en ninguna carta ni documento oficial ni privado, por muy secreta que sea dicha comunicación. Has vuelto a hacerlo en una carta a mi secretario y te avisé una vez al res-

pecto. No habrá una tercera negligencia. Han llegado las velas de cumpleaños. Recógelas en el pueblo en el bar de siempre. Aquí hasta las paredes tiene oídos ¡y ojos! Destruye esta nota nada más leerla.

Camarada REDONDO

¿Qué quería decir aquello? ¿Qué estaban preparando aquellos falangistas? ¿Qué era «nuestro proyecto»? Dejó la nota donde estaba y apagó la luz.

Volvió a la cocina y dejó el pájaro en el suelo, justo delante de la ventana. Parecería que se había empotrado contra el cristal, rompiéndolo. La cerró y se fue hacia la puerta principal. Salió y se giró para cerrarla lentamente, sin hacer ruido. Empezaba a sentirse nervioso, el corazón le latía desbocado en las sienes. Entonces notó algo frío en la nuca. Era suficientemente veterano como para saber que se trataba del ánima de un arma.

—No se mueva —dijo una voz tras él.

Había tres figuras que le acechaban. Aquello comenzaba a escapársele de las manos, de veras.

Espías

R oberto Alemán no comprendía qué estaba pasando. El Poli bueno, Fermín, y dos individuos más lo habían llevado a su casita para atarle a una silla. ¿Qué ocurría? Llegó a pensar que igual era el asesino y le pegaban un tiro por meterse en un asunto que se le había ido de las manos hacía mucho tiempo. ¿Qué estaba pasando? ¿Quiénes eran aquellos tipos?

—Tranquilo, Alemán, soy agente del SIAEM —dijo Fermín, que apenas había abierto la boca desde que le habían detenido.

—¿Cómo? —exclamó Roberto con los ojos fuera de las órbitas.

—Sí, mi capitán, el SIAEM, el Servicio de Inteligencia del Alto Est…

—Sé, lo que es el SIAEM, joder. Pero ¿tú… Fermín…?

El guardián asintió.

—Soy sargento del Ejército de Tierra. Desde siempre he trabajado en esto, en prisiones. Desde los primeros días de la guerra comprendimos que podíamos sacar más información de los presos desde dentro. He sido de todo, preso, carcelero… ¡incluso cura!

Alemán no salía de su asombro.

—Pero, ellos, los presos, te creen un vigilante más, te llaman el Poli bueno, o algo así.

Fermín sonrió satisfecho.

—Éstos son mis compañeros. Padilla y Gironés.

Alemán negó con la cabeza como el que no entiende.

—Vale, vale —dijo—. Pero… ¿qué hago yo aquí?

—Casi da usted al traste con la Operación Brutus.

—Operación ¿qué?

—Brutus. Participó en la muerte de César, ¿recuerda?

—Tiene algo que ver con los asesinatos, claro.

—En absoluto. De eso no sabemos nada. Ni nos incumbe. Cuatro presos muertos no son algo que nos interese. Estamos aquí por otro motivo. Me infiltraron este verano porque nos llegó un rumor…

—¿Alguna fuga?

Fermín volvió a sonreír, esta vez, con aire condescendiente.

—No —aclaró—. Eso son minucias para el SIAEM. Nos llegó un rumor, fiable, bueno, digamos que… material de primera clase.

—¿Sí?

—Esto es absolutamente confidencial.

—Me hago cargo, Fermín.

—Es usted militar, un hombre de ley, y me consta que no está metido en este asunto. Tengo su palabra.

—La tiene.

—Sabe usted que Franco viene mucho por aquí, y en ocasiones incluso con poca o muy poca escolta. Le gusta aparecer así, de pronto, sin avisar.

—¿Y?

—Que quieren atentar contra la vida del Generalísimo.

En aquel momento, Alemán lo vio todo claro. Como el agua. Ya lo había pensado antes en una ocasión al menos. Estaba claro, sí, clarísimo. Ya sabía por qué habían surgido las tensiones entre cenetistas y comunistas cuando dos miembros de la CNT planeaban su fuga. Era evidente a la luz de aquellos acontecimientos. En aquel momento no entendió por qué el Partido Comunista se había opuesto a aquella fuga, pensó que quizá ellos también preparaban una huida colectiva, pero no; aparte de los dos fugados de la CNT no se había producido ningún intento. No, no era eso. Ahora lo sabía.

Estaban preparando algo y la fuga de dos presos podía dar al traste con sus planes. Podía provocar que las autoridades interrogaran a presos o llevaran a cabo registros y aquello, decididamente, no les convenía. El fallecido Higinio y su gente estaban preparando ¡un atentado contra Franco!

—Claro —se escuchó decir—. Ahora está claro. Los comunistas.

—¿Qué dice? —repuso Fermín mirándole como si fuera tonto.

—Sí, que los comunistas preparan un atentado.

—¡No, hombre, no! ¿Qué comunistas? Si apenas se tienen en pie. No diga tonterías, hombre de Dios. No, no, es un golpe desde dentro. Hay un sector de Falange que pretende eliminar al Caudillo, no le perdonan la unificación con el Requeté, piensan que Franco se apropió del legado de José

Antonio y quieren recuperar el verdadero espíritu de Falange. La llegada de Baldomero Sáez aquí nos lo corroboró. Estuvo espiándole, ¿sabe? Creíamos que le habían enviado a usted aquí para investigar el atentado. Son muy cautos.

Roberto se quedó de piedra. ¿Cuántas sorpresas más le quedaban por descubrir?

—¿Y cuándo…? —acertó a preguntar:

—El día 25, durante la misa, tienen armas. En casa de Sáez, bajo una madera que se levanta, a la derecha de la chimenea, hay tres pistolas, tres Luger. Creemos que serán tres tiradores, les vamos a pillar con las manos en la masa. Por eso, es fundamental que se haga usted a un lado. ¿Qué hacía en casa de Sáez?

—Sospeché —aclaró—. Salía del campo de noche y me pareció raro. Le seguí y vi que se reunía con un montón de gente importante en el pueblo: militares y sobre todo, falangistas. Gente con chófer.

—Bien hecho, pero lo sabemos. Es asunto nuestro. No diga nada. ¿Entendido? Hoy es domingo, el viernes, durante la misa, serán nuestros. Hágase un favor y disimule, disimule. Ah, y deje tranquilo a Baldomero Sáez, no interfiera.

Roberto asintió con la cabeza y dieron por terminada la reunión. Al menos se sintió bien al saber que Baldomero Sáez iba a pagar. Se sentía como un tonto, como el marido que resulta ser el último en enterarse de una infidelidad. Haría bien en licenciarse y dedicarse a estudiar. Aunque, por otra parte, no se le iba de la cabeza el asunto de los comunistas: de rebote, sí, pero él había llegado a sacar una conclusión que no le parecía en nada errónea. La preparación de un atentado explicaba perfectamente las tensiones entre anarquistas y comunistas que tanto le habían intrigado. Entonces reparó en que Tornell no había querido aclararle aquel asunto cuando había preguntado por él. Decía que no tenía importancia. ¿Qué hacía donde los explosivos? ¿Por qué aquellas extrañas frases referentes a la venganza que aparecían en su diario?

Alemán pasó los días siguientes sin saber muy bien a qué atenerse. De un lado, estaba el asunto del asesino. Tornell parecía haberse animado pero por lo que parecía, no hacía avances. De otro, el atentado de los falangistas. Quería ver en qué acababa aquello. Ver caer a Baldomero Sáez, cómo se hundía en el fango. Como mínimo le esperaban muchos años de cárcel por delante, quizá la pena de muerte. Su mente trabajaba, aunque estaba confusa: el diario de Tornell —una traición por su parte—, el asunto de las tensiones surgidas entre comunistas y anarquistas a raíz del asunto de la fuga… y el diario… no quería verlo, era duro de reconocer, pero aquello apuntaba en una sola dirección.

El día 23, miércoles, se supo que los dos anarquistas fugados habían caído, al fin, en un piso franco de Burgos. De aquélla que los fusilaban, seguro. ¿Qué podrían contar? Pensó que habría detenciones en el campo, Perales, el jefe de los anarquistas, Basilio, el huido de Mauthausen… Quizá más.

Decidió esperar, mantenerse expectante y vigilar. Muy atentamente. Venancio seguía con discreción a Tornell, vigilándolo disimuladamente. Roberto comenzó a atar cabos. Faltaban dos días para «el gran acontecimiento» y decidió aguardar para ver caer a Sáez. Por otra parte, el asesino se les había escapado y Tornell volvía a parecer cada vez más distante. Los días de Alemán allí estaban contados. Después del 25 abandonaría el campo, el ejército y se casaría. Estaba decidido. Haría lo posible por ayudar a Tornell, sacarlo de allí, llevarlo a un lugar mejor. Enríquez les haría el favor. Pero entonces todo se precipitó.

Todo comenzó a complicarse el día 24 por la mañana. Aquélla era una jornada especial, Nochebuena, y todos se sentían imbuidos por la bondad, la ilusión y, por qué no decirlo, las mejoras en las comidas y los días de descanso que deparaba la Navidad. Cebrián, el administrativo del Opus, recibió una orden del nuevo director, que avisara a Juan Antonio Tornell para no sé qué asunto de unos papeles. Envió a un preso para hacerle llegar el mensaje y en apenas un cuarto de hora se presentó en las oficinas. Cebrián autorizó al recién llegado a entrar en el despacho del director tal como éste había ordenado. Tras cerrarse la puerta, le pareció que el rector del campo levantaba la voz. Al rato se asomó y le ordenó que avisara al capitán Alemán. Éste no tardó en llegar. Entró en el despacho y de inmediato también se le escuchó gritar. No es que Cebrián fuera un cotilla, pero la potente voz del capitán le puso sobre la pista del asunto, estaban ordenando al preso que retomara su puesto de cartero y éste se negaba rotundamente. Al parecer, don Roberto dejaba el campo y quería que su amigo quedara en un puesto relativamente cómodo allí. Al final le dijeron que era una orden y que no tenía otra posibilidad. Entonces, se abrió la puerta y vio que Tornell salía con aire malhumorado. Al fondo, tras la puerta entreabierta, se adivinaba al capitán y al director charlando amigablemente mientras asentían. Cebrián, refugiado en la religión, admiraba a Tornell pues gracias a él había hallado el buen camino. Se sintió obligado a decirle algo.

—Don Juan Antonio…

—Apéeme el don, Cebrián.

Cebrián, aunque el otro ya le había insistido en encuentros anteriores, no podía tutearle.

—… es usted un gran hombre, no se castigue. Siga de cartero, todos le respetan, usted les lee las cartas, hace bien su trabajo y es menos duro que trabajar en el tajo. Es por su bien.

—No me lo merezco.

—¿Cómo que no se lo merece? Ha ayudado usted a mucha gente, cuando era policía y ahora. Míreme usted a mí. Gracias a usted soy un hombre nuevo.

—Le detuve, Cebrián, ¿recuerda?

—Sí, de acuerdo, pero me lo merecía. Yo era un estafador, un mentiroso y ahora… he descubierto a Dios y a la Obra. Y todo gracias a usted.

—No termino de verlo claro. Fue usted a la cárcel por mi culpa. ¿Qué bien le hice con eso?

—No, no. El culpable era yo.

—Sí, de acuerdo, pero fue a la cárcel al fin y al cabo.

—Reconozco, don Juan Antonio, que fue duro al principio, pero luego hallé el camino. A veces hay que caer hasta lo más bajo, convivir con escoria, con los peores criminales para luego ascender de nuevo y retomar el vuelo.

—Usted mismo lo dice, convivió con los peores criminales por mi culpa.

Cebrián sonrió al recordar.

—Sí —aceptó—. Ya le digo que no fue fácil, sobre todo en mis primeros tiempos en la Modelo. Recuerdo que me pusieron de compañero a un tipo insufrible. Venía del penal del Puerto de Santa María. Le odiaba no sabe usted cómo.

—¿A quién, a mí?

—Sí, usted le cazó como a un ratón: Huberto Rullán, alias Paco el Cristo, había presos que le conocían como el Rasputín.

—¡Vaya! ¡Qué casualidades! Sí, sí, yo lo detuve, el famoso degollador del puerto. Un mal bicho. ¡Menudo caso! Un tipo peligrosísimo.

—¡Y listo! Muy listo. Vivía sólo para vengarse de usted. Era insoportable, por las noches, me refiero. No se hace usted una idea. ¡Qué cerdo! No he visto cosa igual. Un tipo apestoso. Gordo, gordo. Con ese pelo largo y esa barba que le llegaba al pecho. Un nido de piojos. Por la noche no había quien durmiera, tenía una rata en una caja a la que cuidaba como si fuera una mascota, ¡qué digo mascota! Como a un hijo. El animal se pasaba todas las noches haciendo ruidos, roía, se movía, era insoportable, además de poco higiénico, claro.

Tornell quedó paralizado frente a Cebrián, como pasmado, mirándole con la boca abierta. Al fin habló:

—Repita eso, Cebrián —dijo señalándole con el dedo. Parecía como ido.

—¿El qué?

—Repita, repita.

—Pero… ¿qué?

—Eso que ha contado, lo de la mascota.

—Que era un tío asqueroso, un marrano. Insoportable. Tenía una rata en una caja y era repugnante, enfermizo. Yo me lo tomaba como un sacrificio que ofrecer al Señor. Nadie quería dormir con él.

—¿Se da cuenta? ¡Tenía una rata! ¡Una rata como mascota! ¡El degollador del puerto!

—Sí, eso he dicho —repuso Cebrián.

Entonces, Tornell quedó de nuevo mirando al infinito, como el que piensa en algo importante, como si estuviera haciendo una suma compleja. Parecía pensar.

—Lo tenemos… lo tenemos —farfullaba como un loco—. Es fácil, pero claro, hay que hacerlo bien.

Salió corriendo hacia el despacho.

—¡Alemán! ¡Alemán! —gritaba fuera de sí—. ¡Ven aquí, ven!

El capitán y el director se personaron en la oficina. Lo miraban como si hubiera perdido definitivamente la cabeza. Tornell se puso blanco como la cera. Sufría una gran impresión, de eso no había duda. Por un momento hizo ademán incluso de desplomarse. Era presa de una gran agitación.

—¡Agua, rápido! —dijo el capitán Alemán.

Le dieron un vaso de agua y pareció recuperarse. Entonces miró hacia Cebrián.

—Repita eso —le dijo de nuevo.

O estaba loco o era un pesado.

—¿El qué? —Su caridad cristiana comenzaba a agotarse.

—Lo que me ha contado de su celda, de Paco el Cristo, el degollador del puerto…

—¿Cómo? —dijo Alemán.

—Espera —repuso Tornell alzando la mano derecha—. Siga Cebrián.

—… yo… pues eso, decía que… Que era insoportable dormir con él, porque tenía una mascota, una rata que se pasaba la noche royendo cosas, moviéndose, se comía hasta la caja.

—*Voilà!* —gritó el antiguo policía.

—No sé qué me dices, Tornell —contestó Alemán.

—Tenemos al asesino. ¡Lo tenemos! Lo conozco. Sé quién es. Debió de cambiar de identidad durante la guerra. Claro, al principio de la misma abrimos las cárceles y salieron los presos políticos y los otros, los comunes. Ahí volvió a la calle. Con un nombre nuevo, claro.

—Pero ¿quién? —preguntó el capitán, que comenzaba a enfadarse.

—Lo veo claro, era de Don Benito. ¡Don Benito! Por eso lo mató. ¡Vamos, no hay tiempo que perder!

El asesino

Cuando se produjo el desenlace, Tornell se comportó como un auténtico loco, pero un loco que sabía lo que se hacía. Alemán, pese a que tenía sus dudas, hizo lo que su amigo ordenaba, por lo que, siguiendo sus instrucciones, fue a buscar a dos guardias civiles y se dirigió hacia la cripta. Mientras tanto, el policía dijo que volvería en un momento pues tenía que ir a «hacer unas preguntas». Tornell insistió mucho en que Alemán llevara su arma, ya que el asesino, como sabían, era un tipo muy peligroso. Roberto llegó con los «civiles» a la explanada frente a la cripta donde se había citado con su amigo el policía. Dio órdenes expresas de que se le obedeciera en todo, aunque hubo un momento en que su comportamiento llegó a parecerle el de un auténtico lunático. Pensó que incluso podía haber perdido la cabeza. Al fin apareció por allí, muy alterado:

—Vamos —dijo echando a caminar muy resuelto—. Ya lo he localizado. Está aliviándose.

Y les guió hacia unos pinos inmensos dando un enorme rodeo.

—No hagan ruido —insistió—, y al menor movimiento, le disparan.

Llegaron bajo aquellos árboles donde tres presos, bastante separados, hacían sus necesidades en cuclillas. Hedía. Uno de ellos terminó, y tras limpiarse con una piedra, se levantó y se fue. Quedaban dos.

Tornell señaló a uno de ellos, el de la izquierda. Pese a estar acuclillado se adivinaba que era hombre de gran altura. Su cráneo rapado mostraba una pequeña cicatriz en la coronilla, como de una pedrada. Estaba muy delgado, como todos los penados. Juan Antonio hizo una señal explícita para que le apuntaran con las armas y le pidió las esposas a uno de los guardias. Lo hizo por gestos, sin hablar para no levantar la presa. Se movía con muchísima cautela. Era evidente que sabía desde el principio lo que iba a hacer, no en vano aquél era su trabajo. Se acercó sin hacer ruido. Cuando el sospechoso echó una mano hacia atrás para limpiarse con un canto, Tornell, rápido como un rayo, se la esposó.

—Pero… ¿qué…? —dijo el otro a la vez que se giraba.

Tornell ya le había esposado la otra mano y, aprovechando que estaba medio agachado, le propinó una patada en la boca que le hizo caer hacia atrás de forma cómica dejándolo sin sentido.

—¡Huberto Rullán, quedas detenido por asesinato! —exclamó triunfal el antiguo policía.

Cuando David el Rata volvió en sí ya lo tenían esposado a una silla. Apenas si podía moverse. Los miró a todos con un odio asesino. Sobre todo a Tornell.

—¡Tú! —exclamó amenazante nada más verle. Tenía la nariz rota por la patada, así que Alemán le soltó un guantazo que le hizo caer hacia atrás con silla y todo. Gritó de dolor.

—¡Tonterías las justas! —le gritó.

No quería olvidar que aquel degenerado había matado a tres hombres y a un niño. Le daba asco. A Alemán y Tornell les acompañaban el director de la prisión, el general Enríquez, el capitán morfinómano y dos números de la Guardia Civil. Los agentes levantaron al preso a duras penas. Lloraba.

—Estás acabado —dijo Alemán—. Te fusilan. Pronto. Confiesa.

Aquel tipo miró de nuevo a Roberto con el rostro lleno de odio, por lo que éste dio un paso hacia él. Entonces, el reo bajó la vista y el capitán se contuvo.

—Eres un maldito asesino —le increpó.

Pensaba en los presos que aquella bestia había eliminado y le costaba contenerse.

Su suegro, algo confuso, tomó la palabra:

—¿Podría alguien contarme de qué estamos hablando?

Alemán miró a Tornell, como pidiéndole que les contara. Éste dio un paso al frente y dijo:

—Este pájaro es Huberto Rullán, conocido en los ambiente más sórdidos de Barcelona como Paco el Cristo o Rasputín. Su detención me hizo famoso. Mataba prostitutas y logró atemorizar a la ciudad entera. La prensa llegó a bautizarlo como el degollador del puerto. Lo cacé con un señuelo.

—¡Cobarde! ¡Miserable! —exclamó aquel tipo, flaco, demacrado, con la cara arrugada por el rencor.

Uno de los guardias civiles le dio un culatazo en las costillas que le dejó sin resuello y tuvo que callarse. Alemán se acercó a él y le dijo en voz baja:

—Si vuelves a interrumpir o no colaboras, te entrego de inmediato a la Guardia Civil, salgo del cuartelillo y te aseguro que te harán arrepentirte de haber nacido, ¿entendido? Estás perdido y lo sabes, te acabarán fusilando por esto, así que ahórrate al menos sufrimientos y canta.

El asesino asintió. No tenía opción.

—¿Qué? —gritó el capitán.

—Sí, señor —musitó aquella bestia bajando de nuevo la vista al ver que uno de los guardias civiles levantaba el fusco mostrándole de nuevo la culata.

Alemán miró a Tornell como cediéndole el testigo.

—Le cayó perpetua por aquello —dijo el policía.

—Pero… —apuntó Enríquez— …No entiendo, si le cayó la perpetua, ¿qué hace aquí?

Tornell señaló al reo para que hablara.

—La guerra —aclaró Rullán—. Cuando estalló, en el lado republicano se abrieron las cárceles y salí libre. Me sumé a un grupo de anarquistas, los capacuras, y tras dar su merecido a algunos señoritos me fui *p'al* frente de Aragón.

—Sigue —ordenó Alemán.

—Allí me fue bien. Sé matar y aquello era una guerra. He luchado en Belchite, en Madrid, en la batalla del Ebro… Fue la última en que participé. Cuando vi que nos copaban comprendí que caía prisionero y que mi pasado me podía traer problemas, así que le quité los documentos a un muerto, un compañero, y me hice pasar por él: David Contreras, de Don

Benito. Una nueva identidad con la que sobrevivir. Mi idea era salir de España el día en que quedara libre.

—Por eso murió Carlitos. Era de Don Benito —dijo Tornell.

El reo asintió y el antiguo policía siguió hablando.

—Carlitos era de Don Benito y el crío andaba deprimido. Yo le dije que aquí, el supuesto David, era de su mismo pueblo. Pensé que cuando hablara con alguien de su localidad se sentiría mejor, más animado. Tardó varios días en poder verlo, porque el Rata estaba en un pelotón desbrozando cortafuegos fuera del campo, pero al final se vieron, ¿verdad?

El preso volvió a asentir, esta vez, con los ojos cerrados. Tornell continuó hablando:

—Yo le dije al crío, «¿has hablado con el Rata?» y me contestó, «sí, ya te contaré», lo dijo así, con retintín. Supongo que el pobre crío descubrió que no eras de su pueblo. ¿No es así?

—Sí —dijo Rullán—. En cuanto hablamos me preguntó, intenté escabullirme pero enseguida notó que yo no era de allí. Que mentía. No conocía ninguna de las familias ni los lugares de los que él me hablaba. Supe que estaba en peligro. Tornell estaba aquí. Él me metió en la cárcel. Cuando lo vi llegar me supe descubierto, pero no, milagrosamente no me reconoció, yo tenía un nombre falso y estaba irreconocible. De tener el pelo y barba muy largos y pesar más de cien kilos había pasado a ser un fantasma delgado, raquítico, con el cráneo rapado. Tuve suerte de que Tornell no pudiera recordar quién era por mi aspecto actual, pero llegó a decirme que le sonaba mi cara. Por un momento me asusté. Entonces apareció ese maldito entrometido, ese crío, Abenza. Supe que estaba en peligro. Tornell es muy listo y si el crío le iba con el cuento estaba perdido. Si averiguaban quién era de verdad era hombre muerto. Tuve que matarlo.

El antiguo policía tomó de nuevo la palabra:

—Sobornó a Higinio con dos ampollas de morfina que le consiguió el Julián para que falsificara el recuento y simuló una fuga.

—Sí, le dije a Higinio que estaba ayudando al chaval a escapar. Que necesitaba unas horas de margen. Pero luego, usted… tú, maldito… —Alemán hizo ademán de acercarse y suavizó el tono— …comenzaste a investigar con el capitán, y claro, todo el mundo comenzó a murmurar que aquello era un asesinato.

»Higinio vino a verme, me hizo muchas preguntas. Entonces ustedes le presionaron y me dijo que iba a cantar. Lo cité en el barracón y lo liquidé. En ese momento llegó Tornell, le ataqué y no me vería así si no llega a ser porque llegó el capitán. Casi me da un tiro porque lo intenté descalabrar. Apenas pudo verme. La cosa se puso fea. Todo se me complicaba, nunca fue mi intención matar a nadie. Ahora había atacado a un oficial. Yo había obligado a Higinio a firmar una nota acusando al jefe de los anarquistas. Intenté desviar la atención por esa vía, además, no había sobornado a Higinio con ningún frasco de morfina, listillos. Falsificó el recuento por una simple hogaza de pan. El Julián, mi amigo, había robado unas ampollas de morfina y le pedí dos. Las puse en la caja de Higinio para despistar, así pensarían que el asesino estaba implicado en algún tejemaneje de drogas, supe que pensarían incluso en… —Levantó la vista hacia el capitán de

la Guardia Civil pero no se atrevió a decir que era morfinómano.

—Entonces nosotros fuimos a por el Julián —dijo Alemán—. Y le presionamos.

—Sentí tener que matarle. Era un amigo... un alma cándi-
da... pero... comenzó a hacerme preguntas también. Me hubiera delatado. Era o él o yo —repuso con una frialdad inquietante—. ¿Cómo me descubriste, Tornell? Necesito saberlo.

Tornell hizo una pausa antes de hablar, tomó aire y dijo:

—Fue muy fácil, pero debido a una casualidad. Te llamaban David el Rata porque era insoportable convivir contigo
por esa mascota que te gusta cuidar. El oficinista, Cebrián, me
dijo que compartió celda en la Modelo con Rullán y que era
insoportable estar junto a él, apenas podía dormir por los ruidos que hacía un roedor que guardaba en una caja, una rata
asquerosa. Enseguida hice la conexión. Se suponía que David
el Rata era de Don Benito. Rullán de Barcelona. Pensé en
ti, con muchos kilos más. Recordé la herida de Higinio, la
del cuello, un trabajo similar a algo que había visto antes, un
zurdo, el degollador del puerto. Ahora estabas más flaco, claro, sin barba, pero los ojos... Tu cara me había resultado familiar cuando llegué, lógicamente estabas muy cambiado por
el hambre. Todo encajaba. Pero... ¿Por qué mastate al crío?
A Raúl.

—Me escuchó hablando con Higinio, estábamos en plena
discusión, «voy a contarlo todo», me gritaba cuando ese niñato pasaba junto a nosotros. Se paró y nos miró, lo había escuchado, claro.

—Has matado a gente inocente —dijo Alemán.

Rullán, esposado, se pasó las manos por el cráneo rapado.

—Que le lleven al juzgado —dijo el general Enríquez—. Quiero cuatro tíos con él, constantemente. Irá siempre esposado de manos y pies, incluso dentro de la celda. Hasta que lo fusilen.

Alemán observó que Huberto Rullán hipaba como un niño. Juan Antonio y él se abrazaron. Al fin. Misión cumplida.

Unos alicates

odo terminó el día de Nochebuena, tras el éxito que habían
obtenido los dos amigos deteniendo al asesino. Alemán llegó
al barracón de los presos justo cuando todos salían para la
Misa de Gallo. Una misa de obligada asistencia para que los
presos tuvieran derecho a una buena comida al día siguiente,
Navidad. Entró y sorprendió a Tornell a solas, escribiendo en
su diario. Al verle entrar se sobresaltó y lo cerró de golpe. Alemán le arrojó una pequeña maleta de cartón y el preso le miró
perplejo.

—¿Qué es esto?

—Empaqueta lo que puedas. Te vas.

—¿Me voy? ¿Adónde?

—Te vas de aquí, sales de España.

—¿Cómo?

—No hay tiempo, escucha —dijo—. Lo tengo todo preparado. Venancio te espera en mi coche. Te llevará a la frontera
con Portugal.

—Pero…

—No te preocupes —repuso el capitán tendiéndole un pasaporte que abrió al instante. Era importante hacerlo todo muy rápido, que el preso no pensara.

—Es tuyo.

—Sí, pero lleva tu foto, la tomé de tu ficha. Ahí tienes dinero y un pasaje para un barco que sale de Lisboa hacia Nueva York mañana a la noche.

—Roberto…

—No hay tiempo, empaqueta tus cosas. Aprovecharemos que todos están en la Misa de Gallo. Date prisa. Tienes que presentarte en la misma. Yo te llamaré discretamente. Está todo listo. Si te preguntan por qué sales de la misa di que tienes un apretón. Ahora, deja la maleta aquí, bajo el catre.

Esperó a que Tornell guardara sus escasas pertenencias en la maleta y se hizo el despistado cuando le vio coger algo de debajo de la almohada. Salieron.

—Ve a la misa. Yo voy a por Venancio.

—Pero… no entiendo, esto…

—¡Ve! Ya te estarán echando de menos. ¡Corre!

Alemán no le dio opción a que pensara ni a que valorara los riesgos. Si quería que la fuga de su amigo tuviera éxito había de hacerse así, nadie debía saber nada, sólo él mismo y hasta el último momento. Avisó a su antiguo ordenanza y colocaron el coche junto a su casita. Entonces acudió a por Tornell donde se celebraba la misa y le avisó discretamente pero asegurándose de que les veían.

—Vamos, el tiempo apremia —le dijo echando a andar.

—Pero, Roberto, no entiendo…

—No hay nada que entender. Lo tengo todo pensado.

Entraron en el barracón.

—La maleta —le ordenó.

El preso se agachó a cogerla, y disimuladamente, deslizó algo bajo el catre.

—Vamos, rápido —le apremió Alemán.

—Roberto, ¿qué hacemos? ¿Te has vuelto loco? No entiendo…

—Sígueme.

Llegaron a casa de Alemán. Entraron. Venancio esperaba fuera con el coche en marcha. Roberto sabía que tenía que actuar rápido, no dejarle tiempo para pensar. Tomó un cenicero de la mesa y le dijo:

—Dame en la cabeza.

—¿Cómo?

—No entiendes. Me golpearás, robarás mi pasaporte y te fugarás campo a través.

—Pero ¿el coche?

—Saldrás de aquí en el coche, en el maletero. Pero ellos pensarán que vas por esos montes de Dios, andando. Mañana a estas horas estarás en Portugal. Cuando llegues a Nueva York di que eres un refugiado político republicano, no habrá problema.

Tornell se quedó quieto, mirándole. De nuevo. No podía esperar algo así: la libertad en un momento, ni el mejor de sus sueños.

—Roberto…

Alemán le dio la espalda.

—Dale.

Nada.

—¡Dale, hostias! ¡Fuerte!

Un golpe. Sintió un dolor insoportable.

—¡Más fuerte, joder!

Sintió un nuevo impacto en la cabeza y quedó algo aturdido.

—¿Hay sangre? —preguntó.

—Sí.

—Perfecto. —Alemán notó que el cuello cabelludo se le humedecía—. Mañana por la mañana saldré así de mi casa. Diré que vinimos aquí a hablar de un asunto relacionado con el caso y que me atacaste dejándome inconsciente toda la noche. Ganarás unas horas cruciales para escapar; además, ya te he dicho que creerán que vas a pie y te buscarán por aquí, campo a través.

Juan Antonio Tornell le miraba con la boca abierta. No podía creer lo que estaba pasando. Alemán se había vuelto loco. Sonó un claxon.

Roberto le abrazó y le obligó, entre empujones, a salir rápidamente. Sin más explicaciones. Venancio mantenía abierto el maletero y lo cerró en cuanto Tornell estuvo dentro. Nadie les vio. El coche arrancó rápidamente sin que el pobre Tornell tuviera una idea exacta de qué le estaba ocurriendo.

Alemán reparó en que no tenía tiempo, no había podido despedirse como Dios manda pero ya pensaría luego en aquello. Se sujetó un pañuelo junto a la herida y salió a toda prisa. Todo el mundo estaba en misa, en el pabellón que hacía las veces de comedor. Corrió hacia la cripta. Al día siguiente llegaba el Caudillo. Se paró justo en la entrada. Llevaba una pequeña pala y una linterna. La tierra estaba removida, justo en el suelo, junto a la pared. Tenía que darse prisa, mucha prisa. Al fin halló lo que buscaba, a no demasiada profundidad: una bomba de relojería. Un buen trabajo.

—Maldito hijo de puta —murmuró para sí sonriendo.

El reloj marcaba las nueve y cuarto. La misa del Caudillo era a las nueve de la mañana. Menuda carnicería pretendía provocar. Volando la entrada y con la cantidad de dinamita que había allí, era difícil que nadie saliera con vida. La muerte del Caudillo en la misa del día 25, ¡qué golpe!

Un momento.

Alguien había cortado los cables.

Aquella bomba no podía estallar.

¡Habían cortado los cables!

Un presentimiento le inundó haciéndole sentir una gran alegría. ¿Era posible?

Suspiró aliviado y tras sustraer un barreno, volvió a enterrar aquello.

Corrió hasta la casa del falangista, Baldomero Sáez. Había un cartón en lugar del cristal que él mismo había roto días atrás. Aprovechó el hueco para meter la mano y hacer girar el picaporte. Entró y fue directo hasta la chimenea. Justo a la derecha, en el lugar exacto que le había dicho Fermín. Levantó la alfombra. La tabla suelta.

La sacó de su sitio: un compartimiento, sin armas, con bastante dinero en efectivo. Rápido, rápido. Hizo su trabajo y salió de allí.

Al barracón de Tornell. Rápido, rápido. Quería comprobar una última cosa. No le quedaba tiempo, tenía que encerrarse en casa antes de que todos salieran de la Misa de Gallo, al menos hasta el día siguiente, para dar tiempo suficiente a Tornell. Cuando llegó junto al catre de su amigo sintió que las sienes le iban a estallar.

Sobre la cama, su diario, se lo quedó.

Tenía que comprobar un pequeño detalle, sólo uno, pero era muy importante para él. Se tiró al suelo y echó un vistazo pues quería saber qué había escondido. Allí, de cualquier manera, bajo la cama, había unos alicates.

Unos alicates.

Había cortado los cables de su propia bomba.

—El muy cabrón… —dijo hablando solo.

Su amigo había renunciado a matar a Franco. Y lo había hecho por él.

La exitosa Operación Brutus

Don José Manuel Fernández Luna, comandante en jefe del SIAEM, se apuntó un valioso tanto con el Caudillo al abortar el intento de magnicidio gracias a la brillante y exitosa Operación Brutus. El caso había quedado resuelto y los responsables se encontraban a disposición de la justicia. Todos los participantes en la operación iban a ser ascendidos. Como habían averiguado previamente, los sediciosos se proponían atentar contra la figura del Jefe de Estado durante la celebración de la Eucaristía que, a petición del Caudillo, iba a celebrarse durante el día de Navidad y a primera hora de la mañana en la cueva donde se ubicaría en un futuro el mausoleo del llamado Valle de los Caídos. A tal efecto, dispusieron sus efectivos en torno a los que sospechaban iban a ser los tres tiradores que debían llevar a cabo el cobarde atentado. Justo en el momento de la consagración, aprovechando que el Generalísimo se hallaba de rodillas y situado en el altar justo delante de todos los asistentes, uno de ellos, Eleuterio Fernández Vilches, falangista, estudiante de Derecho de diecinueve años, profirió el grito de: «¡Franco, traidor!».

Pensando que aquélla debía de ser la consigna elegida por los conspiradores para iniciar los disparos, siete hombres se lanzaron sobre el susodicho, que fue reducido sin problemas. Era un joven escuchimizado y enfermizo que había intentado sin éxito sacar una pistola de su guerrera. Los otros dos conspiradores, Baldomero Sáez, falangista, destinado en Cuelgamuros y José Antonio Ruipérez, teniente del ejército y miembro también de Falange, fueron reducidos con discreción, pues ni siquiera habían hecho intento de sacar las armas. Era probable que confiaran en que el otro, más joven e ingenuo, llevara a cabo el magnicidio cargando con toda la culpa. De inmediato se procedió a interrogar a los implicados —según procedimiento habitual— y todo fue aclarado. La participación del estudiante, así como su confesión manuscrita, habían quedado suficientemente probadas, pero la participación de los otros dos no quedaba clara, pues sólo se podía demostrar que llevaban armas y no si tenían intención de usarlas. Afortunadamente, habían recibido una nota anónima que les indicaba que excavaran en el suelo, justo en la entrada de la cripta y que registraran la casa de Baldomero Sáez. Allí, en la cueva, hallaron una bomba de relojería programada para explotar a las 9.15 de la mañana, o sea, en plena misa. Afortunadamente los cables —quizá mordidos por los roedores, quizá mal soldados por la impericia de los confabulados— estaban sueltos y el artefacto no pudo hacer explosión. De inmediato se registró de nuevo el domicilio de Baldomero Sáez y, en un compartimiento secreto sito en el suelo de madera, se halló una abundante suma dinero en efectivo y un barreno, cuya numeración coincidía con la serie de los empleados en la bomba.

Cuando se le informó del descubrimiento, Baldomero negó, porfió y acusó a los investigadores de haber colocado el explosivo ellos mismos, pero una vez pasada aquella fase inicial y, muerto de miedo, confesó su participación en el complot. Aunque, eso sí, negaba lo de la bomba, que achacaba a una trampa de sus propios compañeros.

Enfadado con ellos y tras sentirse abandonado delató a todos los participantes, que eran: el propio José Antonio Ruipérez; don Jorge Magano Sáez, comandante de aviación; Lucio Bartolomé, falangista de la centuria Enrique Barco; Laura Alonso, de la Secretaría General de la Sección Femenina; Juan Ramón Gálvez, general de Brigada; Fernando de Redondo de la Secretaría General del Movimiento, y Jesús Callejo Rodríguez, capitán de infantería. Se procedió a llevar a cabo su inmediata detención para ser debidamente interrogados. Otro de los implicados, un fanático falangista de Valladolid, Martín Expósito, se les escapó por muy poco ayudado por un cura amigo suyo, Carlos Canales, que tenía contactos en Sudamérica. El agente del SIAEM Fermín Márquez, alias agente «Patrick Ericsson», infiltrado en el campo durante meses, fue ascendido a teniente y brillantemente condecorado.

TELEGRAMA ENVIADO DESDE NUEVA YORK
Y RECIBIDO POR DON ROBERTO ALEMÁN
EL 15 DE ENERO DE 1944

TELEGRAMA
DIRECCIÓN GENERAL DE CORREOS
Y TELECOMUNICACIONES

INDICACIONES
RECEPCIÓN

PREÁMBULO: Nueva York   15 de enero de 1944

TEXTO: Aquí Humphrey STOP llegué bien a Nueva York STOP Mi mujer se reunió conmigo ayer STOP Muchísimas gracias por todo STOP Te echo de menos amigo. STOP

Estimado Roberto:

Sé que he tardado mucho tiempo en ponerme en contacto contigo pero sólo quiero que sepas que no fue por desagradecimiento sino todo lo contrario. No quería comprometerte. Espero que recibieras el telegrama en clave que te envié pero no se me ocurrió otra forma de hacerlo pues no me atrevía a ponerme en contacto contigo por temor a perjudicarte. Me imagino que tras mi fuga se produciría la subsiguiente investigación, y aunque sé que estás bien situado, nada me desagradaría más que saber que habías tenido que pagar un alto precio por ayudarme.

Desde que llegué a este país no pasa un día sin que me acuerde de ti y sin que me invada la zozobra por saber si saliste con bien de todo aquello. Ahora sé que sí. Nunca he tenido ni tendré posibilidad de pagar todo lo que hiciste por mí, amigo, y quiero que sepas que siempre, siempre, te estaré agradecido por todo aquello. Me ha costado mucho tiempo hallar a alguien de confianza y que además pueda permitirse el lujo de entrar y salir de España con facilidad. Aquí, los exiliados mantenemos cierto contacto, a veces cenamos o comemos juntos y fue en una de estas reuniones donde conocí a Gilberto. Es un empresario de éxito, que se relaciona bien con el Movimiento pero que, aunque no se significó durante la guerra pues no le agradaban los desórdenes, simpatiza en secreto con la causa de la República. Entablamos una gran amistad y ahora espero te haga llegar esta carta.

La noche en que me comunicaste que me iba, estaba preparando algo. Ahora te lo puedo decir: desde siempre trabajé para el Partido Comunista. Nunca milité. Decidimos hacerlo así desde el principio para que pudiera tener una verdadera piel de espía pues, además, era policía. Ni siquiera durante la guerra me inscribí oficialmente en el Partido aunque siempre desarrollé labores de inteligencia para el mismo. Yo no era el único caso, ya en la década de los treinta el Partido creyó necesario desarrollar una suerte de servicio de inteligencia integrado por gente fiel que fuera infiltrándose en distintos estamentos de la sociedad. Nunca asistíamos a reuniones ni manifestaciones y no podíamos pertenecer a célula alguna. Una idea fantástica. Cuando comencé a trabajar como policía —una sugerencia de mis superiores— comprobé que aquello me gustaba y que, encima, no se me daba mal, por lo que cumplí con mi doble función a la perfección. Luego llegó la guerra y las cosas cambiaron. Caí prisionero, y como sabes, pasé las de Caín. Cuando ya me dejaba morir, abandonado a cualquier atisbo de esperanza, recibí una gran noticia en la prisión: Berruezo, mi compañero de fatigas, me había localizado e iba a hacer lo posible para que un capataz amigo suyo me reclamara para las obras de Cuelgamuros. Yo —ahora lo sabes— durante la guerra me especialicé en el uso de explosivos. El Partido quería matar a Franco y me necesitaban para preparar una bomba. No sé bien cómo me habían localizado por esos campos de concentración en los que malviví pero me llamaban a la acción. Yo era un muerto en vida, pero al tener un objetivo mi perspectiva cambió. Me juramenté para aguantar vivo al precio que fuera y cumplir mi misión aunque me ejecutaran después de conseguir acabar con el Caudillo. Total, ya estaba muerto, ¿qué más me daba aguantar unos meses más y eliminar a ese gusano de esta tierra? Tardaron casi un año en lograr llevarme allí. Lo demás, ya lo sabes, llegué al campo y cumplí mi misión, sobrevivir. Luego fui preparando el golpe. Era fácil, Franco iba mucho por allí y se trabajaba mucho con explosivos. Resultaba relativamente sencillo distraer un barreno por aquí y otro por allá. Tuve cierto contacto con Higinio, que tenía orden —él y otros compañeros del Partido que penaban allí— de suministrarme el material necesario. La operación se supervisaba desde Toulouse. Había que enterrar la bomba a la entrada de la cripta aprovechando las polvaredas que surgían tras «las pegadas», en esos momentos en que ni siquiera los guardias entraban allí, sólo presos, aunque aquello provocara que se los comiera la silicosis. Entonces te conocí a ti y vi tu catarsis. Yo estaba tan lleno de odio como tú, pero comprobé con asombro cómo alguien puede redimirse, volver a la vida tras haber hecho el mal, tras haber sufrido tanto y tanto a manos de otros… fue una valiosa lección. Vi que te conmovías con el relato de mis penurias en aquellos malditos campos y descubrí que un monstruo, un fascista, se portaba bien conmigo. Nos metimos juntos en la resolución de aquel caso de rebote, como quien no quiere la cosa, y algo grande surgió entre nosotros: una gran amistad.

Sentí lo que te hicieron a ti y a tu familia en la checa de Fomento y comprendí que, de haber ganado la guerra, también habríamos fusilado y encarcelado a la gente a millares. No somos tan diferentes. Todos somos monstruos y todos podemos ser bellísimas personas. Así es el ser humano y así son las guerras. El 25 de diciembre de 1943, Franco iba a asistir a una misa en la cripta. Era el momento y lo preparamos todo. Por eso Higinio y los anarquistas tuvieron sus tensiones. Cuando supimos que preparaban una fuga hubo problemas, porque llevábamos meses preparando la bomba a la espera del momento adecuado y un registro, unos interrogatorios, las detenciones, podían dar al traste con el plan. El caso es que el destino quiso que el día 24 resolviéramos nuestro caso, amigo. Te comportaste como un gran detective e incluso me salvaste la vida cuando ese bastardo de Rullán me atacó aquel día en el barracón. Te estaba agradecido y resolver el caso era la forma de demostrarlo. Al día siguiente iba a estallar la bomba eliminando a Franco y, muy posiblemente, a una buena parte del Alto Mando franquista.

Sabía que aquello tiraba por tierra cualquier posibilidad de que rehiciera mi vida con Toté, de que pudiera salir de allí. Me daba igual. Lo tenía decidido desde antes y mi nueva situación personal no iba a cambiar nada. Y no, no pienses que lo hacía por disciplina, por fidelidad al Partido o por idealismo —a estas alturas ya no creo en nada—, sino porque quería vengarme y llevarme por delante al tipo que tanto daño nos había hecho. Sabía que yo, el asesino, era hombre muerto. En cuanto muriera el dictador comenzarían los interrogatorios y me cazarían como a un conejo. Me daba igual. Había llegado allí con una misión e iba a cumplirla. Entonces, aquella noche, cuando ya tenía enterrada la bomba, apareciste tú y me dijiste que me iba. La cabeza me iba a estallar. La bomba estaba colocada y preparada para explotar a las nueve y cuarto del día siguiente. Si el artefacto estallaba y yo conseguía fugarme como tú me planteabas, habría cumplido mi misión con más éxito del que nunca había soñado.

Pero pensé en algo... Si la bomba estallaba y yo escapaba casi en el mismo momento no tardarían en atar cabos, no se pararían ante nada, te descubrirían, te torturarían. Probablemente el propio Venancio se vería obligado a confesar que la noche anterior había ayudado a escapar a un preso. El asunto era grave, un atentado contra el dictador. Eras hombre muerto. Entonces, no sé bien por qué, tomé los alicates con disimulo y mientras preparabas el coche pasé por la cripta y corté los cables de la bomba.

Corté los cables, sí.

Espero que nadie lo sepa nunca. Me avergüenza decirlo pero yo, que pude matar a Franco, dejé de hacerlo por un amigo. ¡Qué idiota! ¿No?

Yo pude matar a Franco.

¿Podía condenar al hombre, a un amigo, que me estaba dando la posibilidad de escapar del infierno y empezar una nueva vida? Estaba en mi mano que murierais los dos o vivierais ambos. Sopesé las dos vidas, la suya, la tuya. La vida de Franco y la vida de Alemán.

¿Cuál valía más para mí?

No había duda.

¿Y quieres saber algo, amigo?

No me arrepiento.

PD: Escríbeme y hazme saber cómo estás. Dale la carta a Gilberto.

PDII: Toté trabaja en una oficina y yo en un café. Tengo un hijo, se llama Roberto.

Recibe un abrazo de tu amigo, Juan Antonio Tornell

WESTERN UNION

TELEGRAM

FROM: Madrid 10 de octubre de 1947   44729 27/47

MESSAGE: Supe que tú cortaste los cables. STOP
Llegamos a Nueva York el día 12. STOP Vamos
con mis hijos Paz y Juan Antonio. STOP Nos
vemos a las 12 de la mañana en el hotel Plaza.
STOP Besos y abrazos de tu amigo Roberto
Alemán. STOP

FIN

En Murcia, a 8 de junio de 2009

Impreso en Talleres Gráficos
LIBERDÚPLEX, S.L.U.
Pol. Ind. Torrentfondo
Ctra. Gelida BV-2249 Km. 7,4
08791 Sant Llorenç d'Hortons (Barcelona)